愛さずにいられない

北村薫のエッセイ

新潮社

北村薫

愛さずにいられない
北村薫のエッセイ
contents

愛さずにいられない

北村薫のエッセイ

1

懐かしい人
忘られぬ場所

二十五年の時を飛び越えて――『スキップ』

何かの雑誌に、真新しいランドセルを背負った小学生達を見た、という投書が載っていた。可愛いな、と思い、側に寄って聞き耳を立てたら、一年生クンは溜息をついて、いった。

「……ああ、幼稚園の頃はよかったなあ」

おかしいけれど、当人にとっては、切実な言葉だろう。

『スキップ』の主人公は、昭和四十年代の女子高校生である。彼女が、ある日、気が付いたら二十五年の時を飛び越え、現代の〈おばさん〉になっていた――というところから物語は始まる。

時を越える話の多くは、昔の若さを取り戻すところから始まる。それは、誰にも共通する、胸はずむ、甘い夢だから――だろう。だが、浦島さんの話でなら、太郎は〈おじいさん〉になり、そこで幕は降りてしまう。

浦島さんといえば、その話を聞いて「どうして、乙姫さまは玉手箱なんかくれたの？」と首をかしげる子がいるらしい。確かに、「この箱を開けてはいけませんよ」といわれ、我慢できずに箱をぱっと開けたら、白い煙がもくもくもく。「たちまち、太郎はおじいさん。おしまい」となったら、これは「めでたし、めでたし」どころではない。

実は、『浦島』の話には、色々な型がある。玉手箱を渡す時の乙姫様も、「開けてはいけない」といったり、「困ったら開けなさい」といったりする。

となれば、なんとなく乙姫様の気持ちも分かる。仮に自分だけ若くなれても、時を逸脱するやり方では、幸せなどつかめない。箱を開けた浦島は、自分の本当の年齢を知り、次いで鶴になって空へと飛び立つ。

『スキップ』の主人公も、浦島さんよりは歩幅が小さいけれど、時間を飛んだ。――こういうと、いかにも奇想天外なファンタジーのようだ。しかし、何百年か経った――というのならともかく、高校生が中年になるぐらいなら、これは世間にざらにある。

時の流れの中を歩んで来て、ある時ふと「わたしは昔のままのわたしなのに、いつの間に、こんなに月日が流れてしまったんだろう？」と、玉手箱でも開けたような、焦燥と怒りを覚える。これは、実に人間らしいことだろう。仮に、天下を取ろうと、そういう思いは、人の足元に忍び寄るものだろう。

口に出せば、それはただの愚痴だ。小学生ならいざ知らず、自分の人生に責任を負うべき大人なら、いえることではない。彼ら、彼女らは、時が決して後戻りしないという、当たり前のことを知っている。

ただ、誰の胸の芯にも、若き日の〈自分〉が住んでいる。そして、時によってはけげんそうな目で、今の自分を見つめることがあるかも知れない。そういう時、人は、その胸の中の自分を愛さずにはいられないだろう。愛しつつ、そこで立ち止まったり、いわんや、振り向こうとは思わない。軽やかに歩みたいと願う。

これは、そういう人間の物語なのである。

鮎川先生訪問記

鮎川先生のお宅に初めてうかがったのは、今から三十年ほど前のことです。中学生の頃から、日本ミステリの代名詞と考えていた方です。実際にお会い出来るなどとは思ってもいませんでした。ところが、神奈川県在住のワセダミステリクラブの仲間が、お訪ねしようと声をかけてくれたのです。その仲間がいなかったら、とても出かけられなかった。まさに、天の時、地の利、人の和が揃ったおかげでの訪問でした。

お宅の前に、

「ここに先生がいらっしゃるのか」

と、しばし、たたずんでいたものです。今なら、そこで一枚写真を撮るところですが、先生はカメラがお嫌いだから——と考えると、持っていかなかったのです。サインしてもらうのも畏れ多くて、ご本も持っていけませんでした。本当にかたくなっていました。

現れた先生は、ゆったりと落ち着いていらっしゃいました。応接間で、色々と話をして下さいました。

何かのことから、東京オリンピックの話題になり、

「その時は、中学生でした」

と、申し上げたら、

「そんなになりますかね」

と、びっくりなさいました。昔のことですよ、と、二十《はたち》の感覚で申し上げたのですが、なるほど、今になってみれば、前の前のオリンピック——つまり、アトランタなど、ついこの間のことです。

自分のご本を、あまり、とっておかれないというのにも、そういうものなのかなあ、と思いました。

「最近のものは、ほとんど読まなくなってしまいましたが、何か面白いものはありますか」

と、聞かれたので、

「『なめくじ長屋』のシリーズというのが出ました」

「そうですか。では、それを読んでみましょう」

というやり取りもありました。

お作の話も色々とうかがいました。中でも、『りら荘事件』を《別に苦労をせずに書き上げました》というのは信じられなかったので、その辺りのことや、『下り〝はつかり〟』の話題が出ました。

後年、わたしが覆面作家としてデビューした時、正体はご存じなのに楽しげに煙幕を張ってくださいました。依井貴裕さんが、鮎川先生のお宅にうかがい、わたしが以前座った椅子に腰かけ、覆面作家のことを聞くと、

「そういえば、北村さんがお下げ髪の頃、うちに来て、そこに座ったよ」

と何くわぬ顔でおっしゃったそうです。その直後、わたしが、依井さんにお会いしたら、

「北村薫というのは、やっぱり女ですよ。鮎川先生がこうおっしゃった」

といわれました。《ここにいるのが当人なんだけどなあ》と思いつつ、

——鮎川先生もやるなあ。

と舌を巻きました。

いつまでも、我々の側にいてくださるような気がしていただけに、訃報を聞き、さみしくてなりません。

比類ない純粋さ

中学生の時だった。クラスにＭという剽軽《ひょうきん》な友達がいた。彼が笑いながら、

「おい、この本、凄いぜ！」

といって、緑色の新書を見せてくれた。

『薔薇荘殺人事件　―犯人当て探偵小説集―』

という本だった。

Ｍは、その最初の短編を示し、

「これ、『達也が嗤う』という題だろ。それでさあ、犯人が○○で、○○を○○○○と○○が○○○になるんだぜ」

といった。

勿論、伏せ字の部分も、はっきりといったのである。わたしは、笑い事ではなく凄いと思った。そういう価値観の存在に、衝撃を受けた。潔いほどの徹底ぶりではないか。

その本を借りて帰り、一気に読んだ。そして、こういう心を持つ、《鮎川哲也》という人の本を、もっともっと読みたいと思った。

夏には毎年、千葉県東金市にある母の実家に出掛けることになっていた。そこに行く楽しみのひとつが、本を買うことだった。繁華な中心街まで行くと大きな書店があった。わたしが生まれ育ったのは、埼玉の比較的小さな町だった。書店に置かれている本の数も、わずかなもの

だった。

目的の書店に入ると、並ぶ背表紙をわくわくして見つめた。田舎町では、見つけることの出来なかった《鮎川哲也》という名前を探した。すると、講談社ロマンブックスという新書が並んでいる中に、短編集『白い密室』があった。思えば、最初に読んだ『薔薇荘殺人事件』も、このシリーズの一冊だった。

乏しい小遣いの中から、大枚二百七十円をはたいて、その本を買った。背表紙に写真の載っていた著者は、いかにも頭の良さそうな端正な人だった。こういう人が、こういう物語を書いているのだ——と知って、納得出来た。

畳にも、壁に飾られたくすんだ『晩鐘』の複製画にも、昔めいた匂いのする、古い東金の家で、わたしは、短編集『白い密室』を読んだ。実に幸せな時間だった。

「短編ベスト3を——」という問いである。あり過ぎて選べないというのが本音だが、こういった思い出を手繰《たぐ》って、まず、この本から二作、選ぼう。

最初が、これである。
①『五つの時計』
短編集『白い密室』は、開くと傑作が目白押しだ。中でも、この作を読み進んだ時の、体が浮き上がるような高揚感は忘れられない。余計なもののない、純粋なものの美しさ。精密な思考で組み上げられた細工の妙に感嘆した。

そして、一方、
②『地虫』
も、大好きだった。同じ短編集の中の『絵のない絵本』も、独特の世界を作り上げている。しかし、この作にある繊細な感傷性と孤独な心は、方向は違っても、やはり純粋としかいいよ

うのないものである。

結局のところ、鮎川先生の魅力とは、こういう純粋さにあるのではないか。それは、ひと筋の道を迷い無く行く、純粋さである。

さて、大学生になって、先生のお宅にうかがうことが出来た。先生は、緊張しきったわたし達を、にこやかに迎えてくださった。

読んでいるミステリの話になった時、わたしが、島久平の『密室の妻』や『硝子の家』をあげると、鮎川先生は我がことのように嬉しげに微笑まれた。そして、

「島さんの本を読んでる若い人がいるんだね。島さんに話そう。きっと喜ぶよ」

と、おっしゃった。

他を思いやる温かさと同時に、本格を愛し、本格を愛する者を愛するお気持ちが、ひしひしと伝わって来た。

創作者としての実績は、いうまでもないが、鮎川先生は、アンソロジストとして過去の名作を発掘し、若い書き手の作品を世に出した。また、『幻の探偵作家を求めて』のような企画を立て、それを実行することも、先生でなければ出来なかった。《そこに鮎川哲也がいた》ということが、日本ミステリにとって、どれほど大きなことだったか、改めて分かる。

そこで、これは禁じ手になるが、後期を代表して、『幻の探偵作家を求めて』の冒頭を飾る、③『ファンタジーの細工師・地味井平造』を、あげたい。勿論、シリーズ中、続くどれを取ってもいい。ただ、この企画がここから始まった——ということを重くみたいのである。

短編ミステリではない。しかし、ミステリファンなら、誰もが興味深く読めるものだ。そして、それぞれが、訪ねられる先人達を語ると同時に、訪ねる鮎川先生自身を語る文章になって

いる。

綴られる言葉を読み進む時、今更ながら、かけ替えのない方を亡くしたという思いを強くする。

「日記は語る」

鮎川哲也先生のお宅にうかがったことがある。――昭和四十六年三月十八日木曜、その日は《晴、うす曇、あたたか》……とまで、書けるのは、何もわたしの記憶力のせいではない。

「鮎川先生の日記に、あなたのことが出ていましたよ」

と、戸《と》川《がわ》安宣《やすのぶ》氏から、いわれたのである。

戸川氏は、東京創元社の編集長から社長となった方で、同社の鮎川哲也賞を始められた。鮎川先生との縁が深い。そんなわけで先生の奥様だった方から日記を託された。

実際に見せていただくと、その日に《W大生の二君来訪》と書いてあり、欄外にわたしの名が記してある。

わたしは、愛読する作家の家を訪ねることなど考えない方だ。ところがこの時は、先生のお宅の近くに住む後輩が手紙を出し、訪問の許可を得ていた。《一緒に行きましょう》と云う。そうなれば、断る理由はない。便乗した。今から、四十年近く前のことだ。

記憶に残るお話は幾つかあるが、たまたま東京オリンピックのことになった。わたしが中学生の時だった――というと、先生は、おっしゃった。

「つい、この間のことだと思っていたけれど……」

大学生にとって、中学時代は、はるかな昔である。違和感があったので、よく覚えている。しかし、今となれば五、六年前など、まさに《つい、この間のこと》である。時に対する感じ方は、年齢によって変わってしまうものだ。

先生は、日記に《七時まで鰻をくって喋る》と書かれている。そういえば、夕方、帰ろうとしたところで、

「食べて行きなさい」

と、おっしゃった。

先生は、『幻の探偵作家を求めて』などの一連の企画で、インタビュアーとしてのお仕事もなさっている。ところが、ご自分のことを聞かれると、よくいえば茶目っけたっぷりの、悪くいえば口から出まかせの答えをなさることが多い。そのぬけぬけとした感じが、また妙に先生らしい。

わたしがデビューした時、しばらく正体不明ということになっていた。先生は、無論、知っているのに、誰かから聞かれると平気で人を翻弄するような受け答えをして下さった。これも、遊び心だろう。

大学時代に、お邪魔したのを覚えていて下さり、

「北村薫さんは、おさげの頃、うちに来たことがあって……」

などと、わざとおっしゃった。聞いた人が《やっぱり、北村薫は女なんだ》と頷くのを見て、内心ニヤニヤしていらしたらしい。

おさげではなかったが、胴回りが別人のようにスリムだった頃の一日が、先生の日記に記されているのは嬉しい。

＊

わたしが、鮎川先生の作品に初めて出会ったのは中学生の頃である。夏休み、短編集で『五つの時計』を読み、《世の中には、こんなに面白い小説があるのか》と思った。その記憶は鮮やかである。それ以前の鮎川作品を、新作として読んではない。

鮎川日記を読むと、現在では日本ミステリ史上の古典となっている『黒い白鳥』や『憎悪の化石』執筆当時の様子が、生々しく迫って来る。そして『オール讀物』から初めての依頼を受けた時の緊張ぶりも、うかがえる。

当時、鮎川先生を担当なさったのが、後に『文藝春秋』などの編集長を経て社長となった安藤満氏である。日記には、息の合った作家と編集者ならではのやり取りが書かれている。安藤氏は、一度、他誌に行かれてから、また『オール』に戻る。再スタートの時、まず鮎川先生にいった。

「巻頭で行きますから、百二十枚、お願いします」

それが、昭和三十六年の十一月号である。目次に並ぶのは、源氏鶏太、海音寺潮五郎、吉屋信子、司馬遼太郎、松本清張、池波正太郎などなど。だが、表紙に刷られたのは二人――第一に『死のある風景』鮎川哲也、続いて、それより小さな活字で『湯治客』丹羽文雄――の二枚看板である。これがどれほど大変なことか、今の読者には分からないかも知れない。

当時のことを安藤氏に聞く機会があった。安藤氏は微笑まれて、おっしゃった。

「僕は、鮎川先生を尊敬しているんだ」

また、

「僕の本籍はね、『オール讀物』にあるんだよ」

とも。日本の雑誌界における『文藝春秋』の重みを考えた時、この言葉は決然と美しい。

都筑道夫氏を悼む

都筑先生の突然の訃報に接し、しばらくは言葉もなかった。

やがて、四十年も昔、町の貸本屋で手にした一冊の新書版の表紙が、じわじわと頭に浮かんで来た。テレビの画面で、力道山が活躍していた頃だ。私が見たのは、真鍋博描く、何匹もの黒猫の絵だった。『猫の舌に釘をうて』という奇妙な題の本で、開くとワイルドの詩句が冒頭に引かれていた。一ページめくるごとに「凝っている（らしい）」「洒落ている（らしい）」と思わせられた。今、（らしい）と補うのは、田舎町の中学生風情に、天才都筑道夫の筆の妙が、当時、十分の一も理解できたかどうか、おぼつかないからだ。

ただ、最初から最後まで――これは文字通りなので、裏表紙に書かれた「読者への警告」に至るまで――作者の色に染め上げられた、大胆かつ細心な作品だとは分かった。こういう本は他の誰にも書けなかろう、と驚いた。

その時から、都筑道夫の本は私にとって特別なものとなった。『猫の舌に釘をうて』も、勿論、改めて買い直した。高校時代、大学受験直前の下見と称して出掛けた東京でも、都筑道夫の本を買い、「今、こんなことしてて、いいのかなあ」と焦りつつ、吐く息の白い部屋の中で、読みふけったものだ。また、そういう時に読む都筑作品の面白さといったらなかった。

驚くべきことに、その「面白さ」は決して、ひとつの方向に固定されたものではなかった。昨今では、ミステリーというジャンルが、境界線の引きにくい幅の広いものとなっている。ところが都筑作品は、今の大きな網ですら捕捉し難い――都筑小説としかいいようのない、ひとつのジャンルとも思える。都筑道夫とは、常に動いて止まず、変幻自在の色を見せる不思議な球体であった。

さらにいうなら、作家として多彩であるにとどまらなかった。優れた編集者であり、評論家であった。海外作品を紹介し、また熱のこもったハードボイルド論を書き、本格ミステリー論を展開し、時代を動かした。都筑道夫は戦後ミステリーという船の、中心に置かれた重要な機関であったといえよう。

時の象徴となるような人物は、いるものである。探偵小説創成期のイメージと重なるのが江戸川乱歩・横溝正史であろう。そして、都筑道夫は、まさに戦後の、日本ミステリーの青春そのものだと思う。

泡坂妻夫氏を悼む

今から十年以上前のことである。推理作家協会設立五十周年記念のイベントとして、文士劇が行われた。その舞台に泡坂先生も登場なさった。鼻の下には、端を指でつまんでひねりあげたような昔風の付け髭。一礼とともに、手にしたリングを自在にあやつる鮮やかなマジックが始まった。

僕の役は「泡坂妻夫」です——とおっしゃっていたが、その役を見事に演じ、そして拍手の中、にこりと笑って退場なさった。

パーティの片隅がくつろいだ雰囲気になった時、先生がポケットからコインなどを取り出すこともあった。たちまち、わっと人が集まる。他の誰でもない、あの泡坂妻夫が目の前で手品を演じている——そう思うと、掛け替えのないものを見ているのだ、という気になった。

小説においても、先生は魔法の手を持っていた。他の誰が書いても、こなしきれないようなアイデアを、見事に作品化してしまう。単に、小説になる——という次元ではない。作品が特別な光を帯びて輝き出すのだ。

他の人には書けないものを書くのが作家であろう。そういう意味で、泡坂妻夫はまさに泡坂妻夫であった。独自の山の形を見せる高峰だった。

読者としてのわたしは、しばらくミステリから遠ざかっていた時期があった。そんな時、ある新聞の新刊書評欄に、綾辻行人氏の『十角館の殺人』、そして——先生の『しあわせの書』

が並んで取り上げられていた。久方ぶりに興奮し、その日のうちに書店に向かったことを鮮やかに覚えている。

『しあわせの書』(新潮文庫)を読み終えて呆然とした。こんなことが考えられるということに、考えるのみでなく書いてしまうということに驚くしかなかった。

以降、小説はもとより、「文献に現れた日本最古のマジシャンの名は卑弥呼である」と始まる『大江戸奇術考』(平凡社新書)や、紋章についての本など、様々な形で先生の世界の魅力に接してきた。

わたしが、子供たちの間に受け継がれる伝承歌について、ある雑誌に書いた時、パーティの席で、わざわざ声をかけてくださった。

「あの歌は、僕も歌っていたんだよ」

そういって微笑まれた温顔が忘れられない。

突然の訃報が、ただただ残念である。魔術師の一時の退場であり、またお会い出来るような気がしてならない。

四コマ漫画

子供が、四コマ漫画を読んでいて「どういう意味？」と聞くことがある。なるほど、これは、作者の意図を《読めるか、読めないか》ということが即座に判明するリトマス試験紙でもある。

しばらく前に、中学校の同窓会があった。その時、同じ新聞部にいた、往年の女子中学生と再会した。わたしも彼女も、今では中学生ならぬ中年となってしまった。その彼女がいった。

「北村君」――わたしの本名は、北村ではないが、ここでは便宜上、北村を代入させていただく。「北村君については、ずっと忘れられないことがあるのよっ！」

三十年を経て後の告白、と思えばロマンチックだが、口調はそんなものではない。

「何だい」

「新聞の四コマ漫画にね、こういうのがあったの。犬がクシュンといって、家の中でおじさんが《外で佳人のくしゃみかな》という俳句を作るの」

「上五は？」

「……《春風や》だったか、何だか、忘れたわ。でも下がそうなの。わたしが、それ、読んで《どこが面白いの？》って聞いたら、北村君が《佳人ていうのは、美人という意味の風流ない い方なのさ。犬がくしゃみしたのに、そんな言葉を使ってるのがおかしいんだよ》って説明したの」

「いいじゃない」

「――それがね、いかにも、《お前はそんなことも分からないのか》という調子だったのよ。わたし、すっごく傷ついたのよっ！」

生意気ざかりの頃だから、そういう口ぶりになったかも知れない。彼女は、学年でもトップクラスのできる子だったから、よけい口惜しかったのだろう。――三十年間、忘れられないほどに。

「その節は、まことにあいすみませんでした」

平あやまりした。

ところで、今年は、上の娘が中学三年。受験生の親の気分を味わった。まことにつらかった。――今頃は、試験会場で問題を解いているだろうか。親に似て、おっちょこちょいだから、つまらないミスをしなければいいがなどと、いろいろなことを考えた。

さて、無事に合格が決まったから、のんきに書けるのだが、四コマ漫画というのは読解力のテストに使えないものだろうか。《佳人》の例などは、ほとんど単語力の問題だ。しかし、力のある漫画家の作品を読んでいると、違った次元で《難しい》ものにぶつかることがある。センスを問われる作品だ。そういうものをいくつか並べて説明させたら、決まり切った文章題以上に、読む力の柔軟さが計れるのではないか。

冗談ではない。これは案外、真面目に考えていることなのである。

付記　後に『長谷川町子全集⑮』（朝日新聞社）で、この漫画を見ることができた。俳句を作っているのは波平。《夜さむかな……いずこの佳人のクシャミやら》となる。

えさし藤原の郷――奥州の地に広がる平安建築の世界――

「風景」といわれて、普通に思い浮かべるのは山や海――つまり自然だろう。

上高地の水と緑が作る眺めを前にして、死後の世界の静けさとはこんなものかと思ったことがある。裏磐梯の湖も忘れ難く、また長谷寺の展望台から見た鎌倉の海や、茨城県高萩の海岸にひっそりと広がる万葉の浜は、小説の中にも書いた。

はるか昔のことをいうなら、小学校の遠足で長瀞（埼玉県）に行き、生まれて初めて見る渓流に心をうたれた。帰って、今は亡い母に「お母さんも連れて行きたかった」と何度も話した。そんな記憶は、明るい碧《あお》の流れのように鮮やかである。

要するに「水」のある風景が好きなのだ。これらのどれについて語ってもいいわけだ。しかし、ここでは視点を変え、まったく別なものについて話そう。

自然の反対は「人為的なるもの」である。そういう意味では「眺められるために造られた」、いわゆるテーマパークの景観こそ人為の極であり、最も正統的（？）なアンチ自然といえるだろう。

小説中に現れる代表的なテーマパークは、なんといっても江戸川乱歩の「パノラマ島」だ。地平の果てまで続くかに見える大森林、あるいは無限に歯車やシリンダーの広がる機械の王国。

こういった「異世界の創造」には、小さい頃から心引かれてきた。男の子なら珍しくない模型ファンだったたが、ただ作るというより、それを並べて情景を生み出すことを好んだ。――こちらは珍しいことだろうが、テレビで戦国ものの合戦シーンを見たりすると、武将の紋所を調べてミニチュアサイズの天幕や旗を作り、布陣の再現をしたりもした。

そういった手製の世界には、実際に足を踏み入れることはできない。しかし、浅草に「新世界」というデパートが出来たときのことだ。新聞の大広告を見ると、鏡の迷路があるという。魅力的だった。親にせがんで連れて行ってもらった。最初の迷路体験である。だが、現実は空想には勝てない。

わたしが広告から夢想したのは、それこそ砂漠の砂のように、鏡の反射によって、どこまでも広がる銀の国、どう進んでいいか分からず、ついには泣きたくなるような異世界だった。しかし、実際に入った迷路は、広さもさしてない、ちゃちなものだった。

自分が親になってみると、各地にさまざまなテーマパークが出来ていた。時間をさかのぼって建物・町並みを再現するといった趣向には、今でも食指が動く。限定された時の中にいるのが我々だ。それを越えるというところにロマンがある。行けるはずのない場所に足を踏み入れられるのだ。けれども、子供を連れて行ってみると、大体において、かつての鏡の迷路に入ったように、がっかりする。

最大の難点は——テーマパークなのだから当たり前だけれど——アトラクションをやっていることだ。仮に、それが鎌倉時代の町並みを再現したものだったとしよう。そこに観光客目当ての催し物などあるはずがない。あったらぶち壊しだ。

そうはいっても商売なのだから、お土産などは売りたかろう。それは町並みからは離れた邪魔にならないところで、恥ずかしそうに、細々とやってほしい。

勿論、無理だとは分かりつつ、そう思ってきた。しかし、去年の夏のことである。一家揃って東北に出掛けた。その途中、さして期待することもなく、観光案内に載っていた「えさし藤原の郷」というところに立ち寄った。岩手県江刺市（現・奥州市）にあり、大河ドラマのロケなどにも使われるのだという。ここが思いがけず、心をくすぐる場所だった。

基本的には、奥州藤原氏ゆかりの建築物が立ち並んでいる。そのほとんどに再現への情熱が感じられた。ちゃちではない。造りに厚みがある。朱塗りの柱の立ち並ぶ政庁に、まず、入った。そこで、たちまち、王朝ものの芝居の台詞を幾つかつぶやいてしまった。演技したくなる。つまり、舞台になっているということだ。

「これはいいね」

と、期待しつつ、大路に出ると、またよかった。一つの建物から次に向かうための、単なる過程ではなく、道そのものが景観となっている。残念ながら、観光客相手の馬車が見えた。牛車だったら、と思ったがそこまで要求するのは酷だろう。

以下、パノラマのごとく展開する建物は、配置もうまく、周囲の緑との調和もよく、なかなか見事に「風景」となっていた。一番いいのは、そういった中に、食堂やら土産物の店が混在しないところだ。

幸いなことに、わたしたちが行ったときはお客も少なかった。見渡す限り他人の姿がないとも何度かあった。これも好感を持った大きな要因だ。

天候は今にも崩れそうな曇天だったが、それが武家棟梁の館などには似合っていた。実際問題としたら困るが、どしゃぶりの雨なども似合いそうな気がした。

隠者の住まいなどでは、子供たちが、

「これ、蚊にさされるだろうねー」

といっていたが、昔の人は、雨にも負けず虫にも負けず、しかも歌など作ったわけだ。

最後が、寝殿造りの伽羅御所《きゃらのごしょ》。前面だけでなく、きちんと奥の料理所まで造られている。こ

れが値打ちだ。ひと巡りして、庭と正対した当主の席の前に行く。係の人が、

「どうぞ、お座りになってください」

と、いってくれた。脇息に手を置いて座に着くと、またまた、何か台詞をつぶやきたくなった。

車に戻ったところで、高校生の娘が、

「嫌らしくないね」

と、評した。観光地らしさが、まったくないわけではない。しかし、全体に真面目で、妙に媚びていないところがいい。今回、好きな風景としてあげる所以である。

朝一番で入り、静かなうちに眺めを楽しみたいところだ。

付記　浅草「新世界」は子ども心にデパートと思っていたが、今にして思えばレジャー施設なのだろう。

さまざまな窓から

この本を手に取ったあなたは、多分、芥川龍之介という名を、初めて眼にしたわけではないでしょう。それどころか、もうすでに、芥川の本を読んだことがあるのかも知れません。さあ、それでは考えてみてください。――一番最初に出会った彼の作品は何でしょう。これは案外、難しい質問です。

ある雑誌の投書欄を読んでいて、印象に残ったものがあります。幼なじみの男の人と結婚した奥さんの言葉です。その人は、子供の頃から近くにいたせいで、「一番最初に彼と出会った瞬間」が分からないというのです。大切な運命の瞬間が記憶の中から浮かんで来ないのが哀しいというのですね。そういう哀しみもあり得るのだと教えられました。さて、出会いの時が分からないのは、それだけ相手と幼い頃から親しかったからです。物語を知るというのは、小説の形で読む場合だけとは限りません。絵本や、人の話、あるいはテレビなどで見たりもするのです。そういう形で、『蜘蛛の糸』や『杜子春』に接した人は多いはずです。

実はわたしも、芥川作品との最初の出会いは分かりません。ただ、小学校二年の時、先生の読んでくれた紙芝居のことを覚えています。雨で体操の時間がなくなった時のことかも知れません。女の先生がいいました。

「今日は、アクタガワ・リュウノスケという人の『白』というお話ですよ」

そうして始められた紙芝居が、とても嫌だったのです。もしかしたら、これが最初の出会いかも知れません。白というのは犬の名前です。彼は、牛乳のように真っ白な犬なのです。ところが、他の犬が危険にさらされている時、助けずに逃げ出したため、全身真っ黒に変わってしまったのです。可愛がってくれていた、男の子女の子も白だと気づいてくれません。

　この孤独感、自分が認知してもらえないというやりきれなさが、たまりませんでした。漫画などを見ていると、ヒーローに偽者が現れるというパターンがありました。長いシリーズものなどでは目先を変えるために、時に使われたパターンです。おかげで本人が誤解され、非難を浴びたりする。わたしは、これが大嫌いでした。もしかしたら、『白』の話が感じさせた重苦しいものが、後々まで影響を与えたのかも知れません。

『羅生門』について初めて知ったのは、小学校高学年の頃読んだ漫画でした。それも、『羅生門』そのものの漫画化ではありません。京都に修学旅行に行った人達が、「こういう恐い話があるんだよ」と物語るのです。

　そういうわけで、アクタガワ・リュウノスケというのは、子供の頃から耳に親しい名前でした。文庫本を買うようになった中学生の頃、『白』や『羅生門』の確認をかねて、芥川を何冊も買いました。田舎町に住んでいましたから、通学路が田圃の中の長い直線になるところがありました。車など通らない、細い道です。そこを文庫本を開いて、読みながら歩いて行ったこともあります。

　少年だったその頃、「いいなあ」と思ったのは短編では『奉教人《ほうきょうにん》の死』です。これは衝撃的でした。ごく短いものでは『カルメン』。そして、小説以上にエッセイを面白く読みました。「あれっ、この本に入っているのがないぞ」と思われるかも知れません。実は、そこにこそ芥川の魅力があり、また彼が広く知られている理由もあるのです。

　ある雑誌に、評判の高い本を選び読者から感想を募集するというコーナーがあります。それを見ると、同じ一冊の本に関して、実にさまざまな意見が寄せられます。見当はずれな読みと的確な読みが対立するというだけではありません。なるほどと思える、しかし、正反対の読みが載ることも当然あるのです。本は、マラソンの勝ち負けのように、はっきりと価値の見えるものではありません。読み手が解釈によって、その作品の価値を決定することもあるのです。

芥川の場合には、「これが名作」といってあげるものが、人によって違ってきます。また、同じ人が年齢を加えることによって別の作品を選び出すこともあるのです。わたしも、『奉教人の死』に（まだ、読んでいない人のために、どういう内容なのか語れません。これは、先に説明されたらつまらなくなる作品なのです）、胸をうたれた自分を、大人の眼から見た今は「随分と素直だったなあ」とも思います。また、芥川という作家について知った後に『白』を読み返すと、子供の頃には考えなかったようなことも色々と浮かんでくるのです。

それだけ、芥川の書いたものは多様なのです。また、ひとつの作品についても、色々なことがいわれています。高校生なら、ほとんどの学校の授業で『羅生門』が出てくると思います。この有名な短編についても、いまだに、さまざまな意見や解釈が出されているのです。

——余談ですが、『羅生門』といえば、今、声に出して読むということの楽しさがいわれていますが、わたしは、昔これを自分で読んでテープに吹き込んだことがあります。しかも、最初のところには雨の効果音をフェイドアウト——段々消えていくわけですね——させて朗読になっていく、などと凝ってみました。芥川は原稿を書く時、一字一句の表現に大変、苦しんだ作家として有名です。彼の机の周りは、書いては破った原稿用紙で埋まっていたといいます。そういう苦心の末に生み出された文章です。音読してみて、響きを味わうのも楽しいと思います。

芥川龍之介は、窓の多い家です。この本がひとつのきっかけとなって、あなたが芥川のさまざまな作品を読み進んでいけば、ちょうどいくつもの窓から中をのぞくように、芥川龍之介という人の姿がしだいに見えてくることと思います。

短い小説といえば、どれくらいのものか。そのひとつの答えが、飯田茂実氏の『一文物語集』です。

教室中の机が青く透明になってゆき、授業中だというのに床から一斉に浮かびあがって、窓から次々と脱け出して行った。

これで終わり。

ページをめくれば、文字通り一文からなる作品が、それこそ《次々に脱け出》る机のように現れて来るのです。

ここで考えると、短歌もまた、特に《短い小説》的な物語性を持つことがあります。そして短歌といえば、早稲田の思い出に繋がります。

いうまでもなく早稲田は、多くの現代短歌の巨人を生んでいます。そういう中の一人に藤原龍一郎氏がいます。

氏はいったん慶応に入りながらも、早稲田短歌会に憧れ、早稲田に入りなおしたという嬉しい人です。以後、独特の歌風で現代の有力歌人の一人となり、また優れた短詩形文学の評論家として活躍を続けていらっしゃいます。

実は、この藤原氏とわたしは、その昔ちらりとすれ違ったことがあるのです。我々の学生時代の溜まり場が、モン・シェリという喫茶店。二階が早稲田小劇場という、知る人ぞ知る店です。卒業してから、藤原という、すでに短歌雑誌、俳句雑誌に作品の載っている才能ある人物が入学して来た――という噂を聞きました。そして、ある夕暮れ、モン・シェリを訪ねた時、挨拶を交わす程度のことをしました。

氏の大学名の出て来る歌には、あまり明るいものではないので恐縮ですが、

学バスに囚徒のごとく身を乗せて早稲田大学文学部前

が、あります。

さて、それから十年ほど経ち、その懐かしの喫茶店も閉じられました。そして友人から、「藤原が、モン・シェリのこと、歌にしたよ」と聞きました。彼の代表歌ではありませんが、我々の仲間うちでは評判となりました。


さらば青春！　などとは言うなああされど茶房「モン・シェリ」なき寒の暮

「モン・シェリ」には《我が恋人》という漢字まじりのルビが振ってあります。それから、さらに二十数年が経ってしまいました。

今、振り返ればどなたも、早稲田の地に、それぞれの《物語》の舞台となった、それぞれの「モン・シェリ」をお持ちだろう。――ふと、そんなことを思います。

背番号1、大倉英貴

大倉英貴という選手がいた。ベースボール・マガジン社から出た『猛虎大鑑』によれば、一九六七年からの七年間、阪神タイガースに在籍。三七七試合に出場して、成績は、本塁打十四本、打点五十二、打率二割二分四厘。安打数は歴代一位の藤田平に比べて、ちょうどチーム歴代百位（平成十四年当時）の百六十九本。当時の打線は、村山や江夏が好投しても、なかなか点を取れなかった。その中でも八番を打っていた。

数字だけを見ると、強い印象は与えない。しかし、彼の姿は、わたしの記憶に鮮烈に残っている。大倉こそ、わたしが阪神の試合を見始めた時、縦縞のユニホームに背番号1を背負い、サードを守っていた選手なのだ。

その頃は阪神の、というより球界を代表する名サード三宅秀史（伸和）の伝説が、まだまだ球場に残っていた。テレビ放送を観ていて、大倉がファインプレーを演じると、アナウンサーが、《三宅と比べてどうですか》といった。これは損である。輝かしい伝説を——夢を語るように、解説者は《三宅はあんなもんじゃない》と答えた。

宿命のように、巨大な影と戦いながら、若い大倉は常に渾身のプレーを見せてくれた。その姿は実にすがすがしいものだった。三塁際の球に、飛びついて行く背番号1をみると、

「大倉、ファンはお前を絶対に忘れないぞ！」

と、いいたくなった。

そんな彼だったが、やがて日ハム（当時は東映だったろう）にトレードされたという噂が流れた。スポーツ新聞のこぼれ話に、東映の大川オーナーが自軍の、一塁大杉、二塁大下、遊撃大橋という内野陣を見て、サードにも自分と同じ《大》の字のつく姓の選手を揃えたくなったのだ――と書いてあった。本当にそんなことがあるものだろうか。

えのきどいちろうさんは、日ハムの大ファンである。その文章を読んでいて、あっと叫んだことがある。わたしが野球を見始めてから、最もルーキーイヤーに活躍した新人といえば、日ハムの木田投手だ。彼がどの球団に入るかは、その年の大きな話題となっていた。鳴り物入りの入団だった。《木田は日ハムに家まで買ってもらった》と、多くの人が語っていた。テレビでもいわれ、新聞にも出ていた。ところが、えのきどさんが木田さんと会い、《契約の時、球団から家を買ってもらった……》といったら、木田さんはぽつりと《家、もらってませんよ》といったそうだ。根も葉もない噂だったのだ。木田という名につく枕詞のように、そのエピソードは語られてきた。当人は何度も不快な思いをしたことだろう。伝説とはこのように、語られるうちに事実となってしまうものだ。

《大》の字をめぐる伝説の真偽は、はたしてどうなのだろう。これは、わたしにとって、阪神タイガースの忘れ難いサード、大倉を巡る長く解決されていない謎だ。

（と書いたが、校正の方のご指摘により、これがゴシップと分かった。大川オーナーの没年、大橋、大倉の在籍年を考えると話があわない。それどころか、大倉はトレード自体、されていないのだ。春の雪のように、謎が解けたことになる。）

振り出しも上がりも鷗外双六　上野の森に森鷗外の面影を探して

晴れやかな秋空のもと、古き日の面影を偲びつつ、文化の森、上野を歩いてみよう——という趣向であった。ところが、お散歩三人組のうち、誰の日頃の行いが悪かったものか、当日は生憎の雨。JR上野駅で降り、公園口に向かうと、前方にどこかで見たような後ろ姿。これぞ、同行の編集者・O嬢であった。東京文化会館を前に、並んで駅頭に立っていると、小雨を切って近づいて来たタクシーから、颯爽と降り来たったのは同じく編集者のH嬢。かくして、いざ出発。

三人は、おなじみの上野公園大噴水には向かわず、まずその前の、西洋美術館の角で右に折れる。

「足元を見て下さいよ」

踏んでいるのは、杉材のブロックである。春先に花粉症で苦しめるのはこいつか、などとは思わない。森林保全のためには、間伐を行う必要があるようで、多摩の森の木がここでは、道路のブロックとなっている。

「木だと思うと、当たりが柔らかな感じがしますね」

濡れていっそう色鮮やかな木の葉の散った路面は、見た目にも美しい。さて、右手に見えて来るのが、おなじみの科学博物館の鯨である。昔も今も、塀際で威勢よく跳ねている。わたしも小学生の時から、知っている。

「これって、年と共に、だんだん大きくなるような気がします」

と、O嬢。理屈からいえば、こちらの体が大きくなるにつれ、風景も建物も小さく感じられる筈だ。しかし、感覚は理屈などあっさりねじ伏せてしまう。O嬢が百歳になる頃、鯨はどれほど成長していることだろう。

さて今回、散歩の終点として森鷗外ゆかりの地を選んだが、最初に訪れたのはどこか。東京国立博物館のミュージアムショップである。これも実は首尾一貫しているのだ。鷗外の就いた役職は数多いが、晩年にはここ、即ち当時の帝室博物館の総長兼図書頭となっている。つまり、鷗外先生の勤務先から始めたのだ。

これが展覧会を観るのなら当然、入場料を払わねばならない。しかし、今回のような場合、あるいは食事をとりたいだけの時は、そのための窓口があり、空色の券を無料で渡してくれる。これを持って入ればいいわけだ。

「いやー、知りませんでしたね」

などといいつつ、《お気軽にお入り下さい》と書かれた入口に進む。中では、誰々作といった本物の陶磁器まで売っているが手が出ない。それを眺めてから、《染付雪景山水図皿　鍋島・江戸時代・18世紀》などというのが六百何十円かで売られているのを見ると、ただのように思えてしまう。勿論、コピー商品の小皿だが、何となく楽しい。これを買う。O嬢H嬢に、何種類もある小皿のうち、どれが好みかと聞くと、共に色絵でないものを指す。

「だって、何かを盛った時、地が無彩色の方が映えるでしょう」

と、実際的だ。

二人も一筆箋などを買う。ちなみに、ここのショップにはわたしが以前、『ミステリは万華鏡』（集英社文庫）の中で触れた、南宋の画家毛松《もうしょう》の筆と伝えられる『猿図』の絵葉書も売っている。他に変わったところでは、明治時代の学校や家庭の様子をゲームにした絵双六の復刻版——などという珍品もあった。《夕食の時、実際にやってみよう》ということになり、これも買う。

ここには多くの人が足を向ける。だが、博物館の裏手にある、国際子ども図書館にまで行く人は少ない。買物の袋をさげて、双六なら次に当たるそこへと進む。

前に立てば圧倒される。堂々たる大建築だ。それもその筈、ここは戦前の帝国図書館なのだ。芥川龍之介、菊池寛、その他多くの作家の作品中に登場する。

「昔は下足番がいて、入口で草履に履き替えたといいます」

「はああ……」

現在のパンフレットに《貴重な建築遺産の内外装の意匠・構造を最大限に保存し……》とある。児童書の図書館であり、また数々の企画展を行っていることは勿論、建築遺産として往時を偲ばせる役割も果たしているのだ。外壁は勿論、内部も階段部分などは撮影ＯＫというのが嬉しい。ここをかつて、多くの文豪達が行き来したのか——と思うと感慨深いものがある。百聞は一見に如かずで、ぜひ写真を見ていただきたい。

撮影できなかった最上階は、天井の高いかつての大閲覧室である。いつ見ても、漆喰細工の見事さにうなる。昔の様子を語る写真が置いてあるが、机を埋め尽くす利用者は男性ばかりである。

「女性も、かなり来ました。ただし閲覧室が、こことは別になっていたのです」

「時代を感じさせますね」

現在はこの広い部屋が《本のミュージアム》となり、企画展が行われている。わたし達が訪れた時には《北欧からのおくりもの》という、北欧児童文学の展示があり、ムーミンやニルスなどに再会出来た。

また、この階の端には、張り出し部分が硝子で覆われ、外壁の装飾を見やすいよう工夫されたコーナーもある。必見といえよう。

さて、かつての本の館を後にし、芸大音楽学部、美術学部の間の通りに向かう。本来なら、芸大の美術館も覗きたかったのだが、展示換えのため休館中であった。

一服する場所は、最初から決めてあった。傘をさしつつ向かったのは桃林堂。野菜果物の砂糖漬《五智果《ごちか》》で知られる店である。こちらで抹茶をいただく。しみじみと落ち着く。お菓子に添えられた黒文字の袋には、植物が刷られている。

「わたしのは、榧《かや》の実ですよ。良質の食用油がとれるんですって。《桃林堂では、この実を煎って菓子に用いる》って書いてある。Hさんのは？」

「えーと、わたしのはトナカイかな」

「……そりゃ変だな」

「あ、ここが角に見えたけど、どうやら違うようです」

梔子《くちなし》であった。そのH嬢はおみやげに、金柑、人参、牛蒡、椎茸などの砂糖漬の入った五智果を買った。ちなみに五智果は、それぞれ違った内容で、三種類揃っている。

ここからは、上野高校の塀沿いに、最終目的地の水月ホテル鷗外荘に向かう。途中で路地の奥にお風呂屋さんがあるのを、O嬢達が目ざとく見つける。前まで行ってみると、《六龍鉱泉》となっている。ただの街のお風呂屋さんかと思ったら、温泉だった。これから行く鷗外荘もまた、気持ちのいい温泉のある宿である。

さて、なぜ《鷗外荘》なのか。わけは敷地内にある建物が語る。森鷗外が、《石炭をば早や積み果てつ……》と始まるあの作品、高校の国語教科書でおなじみの『舞姫』を書いた、その住まいが残っているのだ。

「庭の様子などに、当時の面影はあるのですか」

と、尋ねると、

「庭は手が入ったようですが、旧宅入口のところに生えている《くろがねもちの木》は、今も昔も変わらないようです」

鷗外が、お出掛けやご帰宅の折、この木に目をやったかと思うと、何とも有り難く思える。思わず、艶のある樹皮を撫でてしまった。

夕食は、畏れ多くも、この旧宅でいただく。天井、欄間など、さすがに昔の家らしく立派なものだ。芸大に近いこともあり、時には卒業生を中心としたミニコンサートなどを開き、音楽と共に食事、そして雰囲気を味わえる宿となっている。

「『舞姫』は、この部屋で書かれたんです」

と、いわれると、どの辺りに鷗外が座っていたのかと想像してしまう。鷗外の直筆などを眺めているうちに食事の時間となる。

次第に硝子障子の外も暗くなり始める。東京の、しかも山手線の内側とは思えない静けさである。丁寧に手をかけてつくられた、おいしい料理をいただく。時間を忘れる。

博物館のミュージアムショップで買った双六は、食事が始まるまでは、三人でやってみるつもりだった。ひとつは《二十四時家庭雙六》。雑誌『婦人世界』の付録で、上流の奥様の生活がゲームになっている。振り出しが《午前五時　開門》《五時半　御飯焚》といったところから始まり、生花を習ったり、婦人会に顔を出したり、夜になると謡曲をうなっている亭主をくすくす笑ったりしている。上がりは《午後十時　おやすみなさい》だ。一方は、浅草で出版された《小學尋常科高等科修業壽語録》。めでたく卒業するまでの歩みだが、毎年、落第がある。

そのコマが《おまへさんは作文の時わたしの石板をのぞいて見たね》などといわれて泣いていたりで、一々情けない。

O嬢がサイコロがわりに鉛筆を借りて来て、

「六角ですから、これを転がしてやりましょう」

と一同、意欲満々だった。しかし、鷗外ワインなどを飲むうちに、両嬢は早稲田実業の斎藤の話に力を入れ出した。ことに一方の某嬢などは、試みに、

「では斎藤の、出身地は？　誕生日は？　好きな食べ物は？」

などと質問を連発しても、全て力強く答えてしまう。応じる目の輝きが、昼間とは違う。というわけで、ハンカチ王子の前に、双六などどこかに行ってしまった。

ああ、これもまた一興というべきか。

虎

その頃――が、いつを指すか、久世先生の読者になら、説明を加えるまでもない。子供時代を、その頃、過ごした向田邦子さんや青木玉さんは、使う《言葉の匂いがどこか似ている》――と、この本に書かれている。「ドラマの中の言葉」の一節だ。文は、こう続く。《時代の匂いとでもいうのだろうか、ふんわりと温かく、品がよくて懐かしい》。

そういう温かさにくるまれた目は、発熱し、木枯らしの吹く外に行くことを許されず、首まで布団をあげて寝ている弟のもののような気がする。身内から、湯のようにじわじわと熱が湧き出し、胸も首筋も汗が伝う。額には、濡れた手ぬぐい。家には、姉がいる。《どうしたのかな》と思う頃に現れては、熱くなった手ぬぐいを取り、枕元の、古新聞の上に置かれた洗面器に浸し、絞っては、また額に返してくれる。乾いたタオルで、汗なども拭き取ってくれたりする。替えの下着も持って来てくれる。何もかも、されるがままになっていると、気持ちがいい。

彼女はまだ、《才媛》などという言葉を耳にしたことのない年頃だ。だが、後には否応無しに、そう呼ばれるようになる。少年には何故か、それが分かっている。

友達が来た時、ちらりと姿が見えたりすると誇らしくなるような美しい人だ。しかし、そういう姉が、思いがけない時、思いがけない意地悪をしたりする。――口元に、光るような笑みを浮かべながら。普段は、おとなしやかな姉だ。少年はそういう笑みが、ひょっとしたら自分だけに向けられているのではないかと思う。すると、姉という庭の、秘密の一隅を覗いたように胸がどきどきしてくる。ひょっとしたら、姉の美しさは外見以上に、こういう内から滲み出てくる、何かなのかも知れない。

――この本のページをめくりながら、こんな空想をした。読み終えて、何人かの方に聞いてみた。

「久世先生の書かれた文章で、犬養道子さんが、弟を怖がらせる話があったでしょう？　ほら、弟さんが風邪なんかひいて横になっている。そういう時、前の廊下を、虎の皮を被って、四つん這いで行き来して見せるんです。虎の皮なんか、どこにあったかって？　応接間の敷き物ですよ。――弟は、この世のこととは思えぬ恐怖に、戦慄するんです」

確かに、そういう文章を読んだ記憶があった。だが、わたしには、出典が分からなくなっていた。犬養道子さんについては、今更、説明もいるまい。榊原喜佐子さんの『徳川慶喜家の子ども部屋』（角川文庫）には、女学生である犬養さんの像が見事にスケッチされている。小夜福子、マレーネ・デートリッヒ、ゲーリー・クーパー、双葉山が大好きで、英語力は抜群。女子学習院の教壇の上で、下履きの靴に履き替え、タップダンスを踊ってみせたりする。実に魅力的だ。

そういう人が、まだ小さい頃、さらに小さい弟を、そうやって脅す……というのが、いかにも久世先生の紡ぎ出しそうな情景に思えてならなかった。熱にうかされた時、姉の見せてくれる《虎》は、まさに黄金の毛並みを持った、恐怖そのものである。それは、これから歩む人生かも、あるいは世界そのものかも知れない。あるいは、それらの現実以上に現実的な、何かかも知れない。

久世先生も、その文章を書きつつ、同時に《虎》を見ていたような気がして、《あれは、何に載っていましたっけ？》と、多くの人に聞いて回ってしまった。結果として、お騒がせしただけで、答えは分からなかった。申し訳ないことをしてしまった。わたしの勘違いだったのだろう。

ただ、これは、そういうことを聞き回らずにはいられないような気にさせる本だった。本とは、『むかし卓袱台があったころ』である。

久世先生の、掛け替えの無い本の一つ『美の死』と共に、これが、ちくま文庫の棚に並ぶことが、とても嬉しい。

父とわたしを繋ぐ一冊

——登場人物が、歯が痛い、という戯曲は何だったか？

答えは、普通、イヨネスコの『授業』となる。少なくとも、一番有名なのはこれだろう。わたしはこの質問を、自分の小説中に書いたことがある。そこでは回答を出さなかった。おぼろに二重写しになる別の劇があったから……かも知れない。

今、父の日記を元にした年代記を執筆中だ。大正の末、中学生だった父が、『童話』という雑誌に投稿し入選する——というところまで来た。題が「道化役者と虫歯」。登場する男の子が、歯が痛いといっている。掲載されたのが、大正十四年の十一月号だ。この一冊が、今もうちにある。

初めて読んだのは、小学校の低学年の頃だろうか。父が、「お父さんの書いたのが載っているよ」と、手渡してくれたのだ。

『童話』は『赤い鳥』などと並んで、児童文学史に残る良心的雑誌である。今見ても、美しく楽しい。まず川上四郎のカラー口絵があり、目次には西條八十、小川未明、小山内薫、与謝野晶子、長谷川時雨、島木赤彦といった名が並んでいる。

わたしの育った頃、町に子供の通える図書館はなく、小学校の図書室も貧弱なものだった。そこで、うちにある本は繰り返し読むことになった。戦後の子であるわたしが、この大正の童話雑誌を何度も開いた。ぼろぼろになり表紙は取れてしまった。

今のわたしなら考えられないが、緑色のビニールテープで補修している。確か、針金やペンチなどと一緒に引き出しに入っていた。電気工事用のものだろう。美的センスのある人がやるのなら、そこに味も出る。だがいかにも、子供が取り敢えず貼り付けました――という感じだ。

父が中学生の時から大切に取っておいた雑誌を、こんな風に「我が物」にしてしまった。自分が本好きだから申し訳ないと思う。一方で、大事なものを与えられ、受け取ったことを、喜んでくれている、とも思う。「道化役者と虫歯」は、痛みに泣く子を、父親が気遣う物語である。中学生の時の作であるが、わたしはここに確かな親の眼を感じていた。

人を繋ぐのは心だが、その印のように、この一冊が今も書棚にある。

金子みすゞと父の時代

1

『別冊太陽』（平凡社）の「金子みすゞ」号は、平成十五年の春に出た。

金子みすゞ——といえば、現代日本で最も広く名を知られた詩人の一人である。何よりも作品が、教科書にまで載っている。その一生は映画になり、テレビでも取り上げられた。みすゞに関する本は、数え切れないほど出ている。朗読や歌唱ＣＤの多さも、日本の詩人中、トップクラスだろう。例えば、キングの「美しい日本語」というシリーズでは、「日本の詩歌」として、一人一枚を与えられた詩人が十一人いる。島崎藤村、与謝野晶子、斎藤茂吉、高村光太郎、北原白秋、萩原朔太郎、室生犀星、佐藤春夫、宮沢賢治、中原中也、そして——金子みすゞだ。平成十五年——という年には、長門市立金子みすゞ記念館も開館し、その評価は揺るぎないものになっていた。『別冊太陽』が取り上げたこと自体がそれを示している。

そんな彼女だが、死後半世紀、ほぼ無名であった。みすゞが、童謡詩の師と仰いだのは西條八十である。かつて八十の名は、日本中に轟いていた。今、知名度、読者の数という点では、その位置が全く逆転してしまった。昭和の頃には、誰も予想出来なかったことだ。

みすゞ復活の立役者が、矢崎節夫さんである。広く知られた話だが、矢崎さんがみすゞの足跡を追い、弟上山正祐《うえやままさすけ》さんから、作品のまとめられた三冊の手帳を渡されたのが、ことの始まりだった。

以来、『金子みすゞ全集』『童謡詩人　金子みすゞの生涯』などを始め、伝記、童謡集、絵本に至るまで、みすゞに関する矢崎さんの編著書は数多い。

さて、この雑誌の中に、矢崎節夫さんの「上山正祐の日記から」という一文が載っている。書き出しはこうだ。

平成十四年六月二十日、前夜録音しておいた「ラジオ名人寄席」（席亭玉置宏）を聴いていた私は「えっ！」と声を上げた。

「昭和三十年頃のテープで、島田洋々・富士雪江のコンビで漫才オペレッタ……」との玉置さんの紹介の後――

この後、矢崎さんは「えっ！」と叫ぶことになる。だがわたしは、ここまででもう、「そんなっ！」と叫んでいた。

昭和三十年当時といえば、小学校に上がるか上がらないかのわたしが、ラジオの演芸番組を無上の喜びと共に聴いていた頃だ。中でも、放送があると嬉しくてたまらなかったのがこのコンビによるオペレッタだった。世界の名作物語が軽妙にアレンジされていた。

矢崎さんは、音を聞いて《島田洋々・富士雪江》と書かれたのだろう。――とすれば、これは漫才で知られていた島田洋七や、富士の雪からの思い込みではないか。

私が知っていたのは《ミヤタヨウヨウ・フジユキエ》である。耳から入って来たのだから、二人の名は《文字》としては分からなかった。しかし、耳には確かに残った。特に《フジユキエ》の澄んだ声の響きには、恋した――といってもいい。後に、真山恵介『寄席がき話』（学習図書新社）という昭和三十五年刊の本で、《宮田洋容・不二幸江》――だと知った。

そこには、こう書かれている。

――並木一路と組んでいた洋容が、一路と離れた後、《北海道から歌手志望で、親類を頼って上京していた幸江をタレントとした洋容が、それでもなかなか首をタテに振らない彼女をやっと口説き落とし》コンビとなった。《洋容は映画出演も五十数回、根強い人気はすばらしい。なんといっても幸江の美しさときれいな声が大プラスである》、と。

不二幸江は本名で、芸の上では布地由起江を使い、後に洋容と別れ、ふじゆきえと名乗った。わたしは、この《ゆきえ》時代を寄席で見ているが、昔とは役柄を変えていた。したがって、《ふじゆきえ》は遠い憧れの人ではない。

わたしにとって、不二幸江は、知的で歌のうまい、素敵なおねえさんである。「洋容さん、洋容さん」という、懐かしい声の響きは、いつまでも消えることがない。

かつて一度だけ、このコンビも収録されている漫才のレコードを買ったが、残念、オペレッタではなかった。

わたしの思いは軽いものではない。二人のオペレッタを、死ぬまでにもう一度聴きたいと思っている。得難い、時の彼方の音だ。それが平成十四年六月二十日、とらえようと思えばとらえられるところで流れていた――と知ると、実に口惜しい。

わたしが、まず叫んだわけはそこにあるのだが、矢崎さんの「えっ！」のわけは違う。そのオペレッタの作者名が流れるのを耳にして発したものだ。《作・上山《かみやま》雅輔《がすけ》さん》とラジオはいった。それこそ、――金子みすゞの弟、上山正祐のペンネームだったのだ。

そして、矢崎さんが雅輔さんに初めて会ったのが、二十年前の同じ六月二十日。その日、

《みすゞの三冊の手書きの手帳を手渡されたのが、以後、今日まで続く、みすゞ甦りの始まりだった》――と、時の不思議さを語っている。

わたしはわたしで、この矢崎さんの文章を読み、幼い日々あれほど好きだった、「カルメン」や「楊貴妃」といった《洋容・幸江》のオペレッタの脚本を書いていたのが、

――金子みすゞの弟だったのかっ！

と、また驚くことになった。

なるほどこの姉弟は、人の心をとらえる筆の力を持っていたのだ。

2

わたしが、金子みすゞの尋常ならざる力を知ったのは、大学生の時である。岩波文庫の『日本童謡集』を読み、みすゞの「大漁」のところに来て、それまでの全ての詩が消えて、それだけが立ち上がって来るように思えた。おそらく、同じ思いをした人は他にも多いだろう。しかし、金子みすゞを追い続け、ついに、未刊の詩を発掘し得たのは矢崎さんだけだった。

そして、彼女の《復活》は、昭和の末、新聞によって知らされた。あの「大漁」の作者の作品が発見されたことに驚き、早速、記事に出ていたＪＵＬＡ出版局に連絡を取り、本を買いに出かけて行った。当時のＪＵＬＡ出版局は、まだ高田馬場にあった。帰りの電車で、買った本を、早速読み始めたことを思い出す。

本誌『オール讀物』で『詩歌の待ち伏せ』という連載を始めたのが平成十二年だったが、わたしはその冒頭や、西條八十と関連したところで金子みすゞに触れた。そのためか、この『別冊太陽』からも、原稿の依頼があった。

矢崎さんからも、直接、お電話をいただいたと思う。そこで、わたしは父がかつて、『赤い鳥』などと並ぶ童話雑誌『童話』に投稿していたこと、また、父の日記に《金子みすゞ》という名が出て来ることを話した。矢崎さんは興味を持たれ、ぜひそのことを書いてほしい——とおっしゃった。

そこでわたしは「幻の雑誌『薔薇《SOBI》』とその頃の人びと」という一文を書いた。その時、雑誌がほかならぬ『太陽』だから——という思いもあった。

『太陽』には多くの写真版が載る。そして、うちには、今となってはまことに珍しい『新興童話』『羊歯《しだ》』という、大正末から昭和初期の童話雑誌が残されていた。父の関係したものである。『羊歯』などはガリ版刷りである。日本にもう一冊残っているかどうか、というものだろう。こういう機会にそれを、写真版にして公開しておくことに意味がある——と考えたのだ。

しかし今、改めて、寄せた文章を読み返すと、修正したいところもある。

わたしはそこで、父の日記に記されている、ある雑誌の刊行計画について語っている。『薔薇』という雑誌だ。父の手で、同人として《金子みすゞ》の名が記されている。

そしてわたしは、連名の第一番目に《戸塚比呂志》という名のあることに注目し、雑誌の刊行を目論んだのは彼ではないか——と推理している。

しかしこれは、まだ材料を揃えないうちに出した、頼りない仮説だった。

わたしは、今度、父の日記をもとにして『いとま申して』という本を書いた。

そこで、この《幻の雑誌》がどのように計画され、蕾のまま消えたかについて、八年後の修正回答——というべき結論を出している。

3

前記の矢崎さんの文章の題は「上山正祐の日記から」である。

上山雅輔＝上山正祐は、克明な日記を残しており、その中からさらに、みすゞとかかわりのある部分を抜き書きした「みすゞ雅輔交遊日記・抄」を残していた。金子みすゞの伝記資料として——である。

昔の人は、実によく日記を書いたことが分かる。わたしの父もまた、そうであった。

わたしは、父の没後、残された膨大な記録の解読にかかった。時代を追って読んだわけではない。最初に手に取ったのは、最も厚い一冊だった。それだけに、やりがいがあるように思えたのである。昭和五年五月二十三日から六年七月三十一日までのものだった。

ところがこれが、一頁読み解くだけでも大変な作業だった。崩し字の判読が難しいばかりではない。タイムマシンで、いきなり知らない土地に降りたようなもので、出て来る人達の人間関係も、父の立場も、舞台となる地名も全く分からない。

これを、ただ読むだけではなく、ワープロによって活字化しようとした。他の仕事もしながらの作業だから、二年以上かかったと思う。一冊のノートを終えても、その前後に、記録は果てしなく残されている。民俗学関係のノートも膨大なものであり、日記に限っても、大正から昭和十二年分まである。

——死ぬまでに読めるかしら？

これが、正直な気持ちだった。

その頃から、

――取り敢えず、枝葉にこだわらず、通読だけはしてみよう。

という方針に変わった。

その中で、大正十五年十一月二十三日の日記中に《金子みすゞ》の名を見つけたのだ。父とみすゞとの間に、細くとも繋がる糸があろうとは思わなかっただけに驚きだった。

金子みすゞが投稿し、西條八十から高い評価を受けていたのが、大正の雑誌『童話』である。当時の『童話』の読者欄には、投書仲間からのみすゞ作品に対する評価と共感の声が溢れていた。

この『童話』に、わたしの父も作品を送り、掲載もされていた。わが家には、父の作の載っている二冊があった。幼い日のわたしは、それを繰り返し、読んでいた。

だがこれらの号には、たまたまみすゞの詩が掲載されていなかった。そういうわけでわたしは、復活した彼女の本を手にしても、父に《金子みすゞを知っているか》と聞いたりはしなかった。

みすゞに関するテレビ番組が放送されたり、映画が作られたのは、父が逝った後だ。みすゞブームが、もう少し早く、茶の間にまで来ていたら、父も、その名を懐かしく思い出したかも知れない。

4

雑誌『童話』は、大正十五年の夏、突然休刊となってしまった。『薔薇』は、発表の舞台を失った『童話』の仲間達の、新たな活動の場という色彩が強い。そのため、大正十五年冬の足音が聞こえて来た頃、刊行を計画されたのだ。

だが、十分な準備がなかったためもあり、幻の雑誌『薔薇』は、幻のままで終わった。

わたしは、父の日記の内容をおおまかにつかんだ後、当時の資料、記録などを参考にしつつ、細かく読み直してみた。

雑誌『童話』にかかわった人々が、それぞれどのような存在であったか分かってみれば、日記中の、その人々の言葉の意味がはっきりと分かった。なるほど――と、膝を打つことも多かった。

《戸塚比呂志》を、同人雑誌を企画し全国に声をかけた人物と考えるのは無理であることも分かった。その呼びかけが誰によって行われたかも見えて来た。《童話》の投稿欄の選者であり、後に《笛吹童子》などで広く知られることになる、北村寿夫《ひさお》である。

そしてまた、この時期の金子みすゞが、意に添わぬ結婚をし離婚話まで出た後の、十一月十四日、出産していたことも分かった。

父が日記に、『薔薇』に予定された同人名を列記したのが十一月二十三日である。みすゞは、一言でいえば――それどころでなかった、のである。

以後、父の日記に《金子みすゞ》の名が登場することはない。

現代では、小学校の授業でみすゞの詩を習う。例えば、「私と小鳥と鈴と」などを。全国の子供たちが今、その結びの、肯定の言葉を声をあげて読む。

鈴と、小鳥と、それから私、
みんなちがって、みんないい。

あえて、みすゞについて説明をする必要のない時代になった。『薔薇』――という題名のみの雑誌も、記憶に残るとすれば、その計画案中に彼女の名があったことによって――だろう。
一寸先には思いもかけぬ色を見せる時の流れと、その中に生きる人の姿を、こんなところからも、かいま見る思いがする。

付記　不二幸江さんのことは、『北村薫のエッセイ』の二冊目『書かずにはいられない』に収めた「見えない美女」にも書いた。不二さん、ご本人がそちらを読み、二〇一六年、ご自身の歌集『おもしろげ』を送ってくださった。著者名は長谷川幸子、発行所はブルーベア社である。カバー絵もご自身で描かれている。その年譜によると、宮田洋容・不二幸江コンビは一九五四年結成、一九七四年解消。以降は、ふじゆきえ・はなこコンビとして活動。今も、お元気であると知って嬉しい。
また、「幻の雑誌『薔薇《SOBI》』とその頃の人びと」は『書かずにはいられない』に収めたが、そこでは、戸塚比呂志が刊行を目論んだのではないか――という部分を削除した。

生きた言葉たち

本の紹介文に「泣ける」とあったら、まず、うさんくさいと思う。ああ、いやだ。少なくとも自分はそんなことは書かない、書きたくない――筈だ。

だけど、どうしてだろう。出たばかりの『阪田寛夫全詩集』(理論社)のあちらこちらを、ぽつんぽつんと読んでいたら、病院のベッドの上で(斜め四十度くらいに背を起こして)、この厚く重い本を開いている自分の姿が思い浮かんで来た。

寝ながら本を読むのは、子供の頃から大好きだった。でも、こんな重い本は、それに適さない。分かりやすくいうと、『広辞苑』の表紙を堅くしたようなものだ。横になっては読めない。上を向いて本を差し上げるのはなおさら無理だ。

わたしは、お腹の上に『全詩集』を置いている。朝のようでもあるし、午後のようでもある。いや、病院の早い食事が終わった後かも知れない。そこで、この本を読みながら、何だか、じわりと泣くような気がして来た。

　カミサマ

こんなに　さむい
おてんき　つくって
かみさまって

やなひとね
　ななくさ
ななくさ
なずな
おみなえし
にほんの　そらに
たねをまけ

　やきいもグーチーパー

やきいも　やきいも
おなかがグー
ほかほか　ほかほか
あちちの　チー
たべたら　なくなる
なんにも　パー
それ　やきいも
まとめて　グーチーパー

阪田寛夫――といえば、すぐに持ち出されるのが《サッちゃんはね／サチコって　いうんだ／ほんとはね》の「サッちゃん」である。要するに、こう書いてしまうのが便利なのだ。

「あれ、――あれ書いた人」

「そうかあ」

しかし、その人が芥川賞作家であることは、思いのほか、世に知られていない。阪田の活動の幅はまことに広い。詩、小説にとどまらない。

わたしにとって忘れられないもののひとつが、今から四十数年前、ＮＨＫで放送された『あひるの学校』だ。原作阿川弘之。『全詩集』の年譜によれば阪田は、この台本を倉本聰と交替で執筆している。

うわべだけを見れば愉快なお話だった。肩のこらないホームドラマとして観ていても、無論、面白かったろう。そうとしか記憶していない人もいるだろう。発明狂のおじさんなどという愛すべきキャラクターも登場した筈だ。だが、ストーリーの裏に、次女の決して表には出さない愛の孤独が見事に描かれていた。その筆は、時に顔をそむけたくなるほどに苛烈に、心の痛みをえぐっていた。

なぜ、彼女がカメラの道を選ぶのか。深く内に沈んだせつなさ。そして、長女をめぐるあることから、たえきれなくなって朝帰りした次女加賀まりこと、一睡もせずに待っていた父芦田伸介との、息をすることもはばかられるほどに緊迫したやり取り。

静まり返った清澄な朝の空気の中で、この世で最も愛する人から、「お父さんはね、お前のそういう……」と、以下、最も痛いところを最も痛い言葉で突かれる加賀まりこ。だが、そう生きるしかない彼女なのだ。おそらく生涯で初めて、込み上げる激情を抑えかね、彼女は泣いて父にすがる。

この台所の場面の二人の台詞、表情は永遠に忘れることが出来ない。『あひるの学校』とは、そういう、人間の劇だった。この回の脚本担当は阪田だった――と思いたい。

《次女》は劇中の娘でもあり、自分でもある。阪田寛夫は、そう思わせる作家だった。

《画を描くとは　ゴーギャン／すなわち／知らない浜辺で死ぬことか／砂だぜ　お前の食ってるのは／のたうちまわる／日が沈む》――と、阪田は書く。やわらかく、自在な文章を読む時、言葉はこの人の胸から自然にあふれてくるものと思える。

だが、実際の阪田は、一行書いては消し一行書いては直し、二行進んだところでまた戻ってしまうような執筆ぶりだったらしい。

「俺はダメだ」が口ぐせだったことは、阪田の長女内藤啓子さんの著書『赤毛のなっちゅん』（中央公論新社）にも、『全詩集』巻末の編者伊藤英治による長文の「あとがき」にも書かれている。

内藤さんによれば、編者伊藤は、実に十六年の歳月をかけ、この仕事に取り組んだ。《父の死後、伊藤さんに無人の家の鍵を渡しました。埃だらけで地層のように重なった資料を、一つ一つ丹念に調べ、たくさんの詩を発掘、光をあてていただきました。》

《「僕はこの全詩集に編集者生命をかけています」と口癖のように》いっていた伊藤だが昨年十二月、病のために死去した。「あとがき」は、すでに七月十三日に書かれていた。伊藤はいう。これは《資料集》でも《商品》でもない、《著者、読者と共に同時代を生きてきた出版人の志の仕事》だと。

伊藤の見ることとの出来なかった本を、我々は今、手にした。

開けば、「拝啓」という題の、こんな詩もある。

「拝啓の啓の字です」と電話で、窓口で、

啓子さんたちは何度繰返してきたことか
五十数年前、戦争の始まり頃
岸田國士の小説に令嬢啓子が登場した
映画「暖流」の高峰三枝子はまた美しく
佳き時代の終りを告げる愁いがあった
魂奪われた元中学生の面々は
十何年もたってなお長女を啓子と名づけてる
郵便局長驚く勿れ
おかげで何十万の拝啓の啓子さんは
手紙のはじまりにこの字があると
どうも読む気がしなくなると言ってるぞ

読んで、時の流れと人と家族とを思う。阪田寛夫にしか書けない、生きた言葉たちだ。

春蝶のいた夏

四十年以上前のことだ。早稲田に都筑道夫先生をお招きし、お話をうかがった。会の後、喫茶店でのやり取りになった。そこで、誰かが聞いた。

「若手落語家で一人あげるとしたら誰でしょう」

先生は言下に、

「志ん朝です」

東京ならまず志ん朝、人によっては談志となる。分かる。ところが上方落語となると、ベテランのいわゆる四天王、松鶴、米朝、春団治、小文枝が、ラジオで時に聴ける程度だった。レコードも多くはなかった。ましてそれに続く人達となると、霧の彼方にあるようだった。

ところが、大学というのはありがたい。関西から落語好きの後輩が入学して来た。三浦君という。同じ名字の者がすでに二人いたので《三代目》と呼ばれた。この人がいった。

「上方落語の若手では、春蝶、小米です」

あちらでは、日常的にそういう人達の高座を聴けるらしい。うらやましかった。

東京でも米朝の会はあり、そこで小米を聴けた。後の桂枝雀である。出会いの衝撃もあるだろうが、わたしには、この頃の芸の勢いが最も印象深い。

しかし、一方の雄、春蝶を見ることは出来なかった。それでも、この人に親近感を抱いた。わたしと、共通点があったのだ。

第一に、熱狂的な阪神ファンであること。それから体型。今の姿からは嘘のようだが、当時のわたしは体重四十キロ台。春蝶もまた、話題になるほど痩せていたのだ。《三代目》から、そのことも聞いていた。

わたしがもう就職していた昭和四十八年の夏、三浦君が声をかけてくれた。

「皆さんで、大阪にいらっしゃいませんか。ご案内しますよ」

広いご自宅に泊めてくださるという願ったりかなったりの話だ。

後の名編集者斎藤氏と神奈川県二宮で書店を営むことになる安藤氏が一緒だった。東京駅で斎藤氏が、

「僕は、新幹線に乗るの初めてなんだ」

と、はしゃいでいた。修学旅行で乗ったろう――と、お思いだろうが、どっこい、我々は、《ひので》という修学旅行専用列車を使った最後の世代なのだ。

大阪では、至れり尽くせりの歓待を受け、春蝶の出る会に連れて行ってもらった。今回、三浦氏に電話して確かめたところ、

「たしか、北御堂の津村講堂だったと思う……」

という答えだった。何分にも四十年以上前である。我々の記憶もおぼろだ。実はこの時、春蝶が何を演ったのか覚えていない。しかし一度とはいえ、高座と客席で同じ空気を吸えたのがうれしい。

春蝶の頬の落ちた、確かにあの頃の自分に似た顔が、今になって、しきりに思い返されるのは、テレビで最近、その子当代春蝶の回想談を聞いたからだ。実にいい話だった。こういうものは語る人の財産だ。引くのは控えるべきかとも思う。だが、書かずにはいられない。当代は語った。

——枝雀さんと父は仲が良く、いつも宇宙人同士の交信のような会話をしていました。ある時、父が枝雀さんの好きなてっちりを用意して待っていた。枝雀さんが来てぼくに「悩み事はありませんか？」と聞いた。「学校で本能寺の変というの習ったんですけど、そんなの誰も見てないのにどうして分かるのかと考えるんです」というと、枝雀さんはぼくの手をとって、ぶわーっと泣き出し、「あなたもぼくと同じようなことで悩んでるんですね」。そして、「今日は気分いいから帰ります」と、てっちりには手もつけずに帰ってしまった。父は、にこーっとして、「ちょっとおかしいやろ、あの人。そやけど、あの人のことが分かるぼくもおかしいんや。こういうことが分かるもんは長生き出来へんのや。そやから、君とぼくとの時間はあんまりない。今のうちにいっぱい遊ぼうな」父は、それから、四、五年して亡くなりました。

さて、大阪での最後の夜は八月三十日。ナイターを観るか飲むか、という話になった。結局、楽しく飲んで翌朝、帰途についた。駅のスポーツ新聞がまぶしかった。甲子園で行われたのは凄い試合だった。江夏豊が史上初の延長戦でのノーヒットノーラン。しかも自らサヨナラホームランを打ち決着をつけたのだ。だがわたしにそれを観られなかった口惜しさなど微塵もなかった。同じ夜、江夏と同じ関西の空気を吸っていたことが、ただただ、うれしかった。春蝶も、グリコのマークのようになって喜んでいたに違いない。

この年の秋、小米は枝雀になった。その枝雀も春蝶も、今はいない。時は流れる。

エンゲンさんの落馬

伊平屋島《いへやじま》をご存じですか。

沖縄県の最北端にあります。北端といっても、そこは沖縄、無論、透き通った南海に浮かぶ、美しい島だといいます。お隣の伊是名島《いぜなじま》と、仲のよい兄弟のように並んでいる。

ここで、今から七十年ぐらい前、一人の男が落馬したのです。幸いなことに、右の中指を、ちょっと擦りむいただけですみました。

男の名は、宮本演彦。読みにくい名前です。よく、間違えて《とらひこ》と呼ばれていた。寺田寅彦が有名だったから、それにつられるわけでしょうね。しかし、《演》に《とら》という読みはないでしょう。この字は《演劇》や《演説》の《演》です。《演ぶ》という動詞にすれば《のぶ》になる。口語でいえば《のべる》わけですね。

というわけで、名前の読みの正解は《のぶひこ》。——わたしの父です。しかし、知り合いの方に《エンゲンさん》といわれることがあった。尊敬すべき人の名は、音読みで呼ぶことがある。《ふじわらのていか》とかね。でも、この場合はちょっと違ったようです。

先日、父を知る方のお話を聞く機会がありました。その時の言葉に、

「いやあ、何と呼んでいいのか分からなくてね、それで《エンゲンさん》といってたんですよ」

なるほど。わたしは、父の名前ですから、小さい時から、《のぶひこ》と読むと頭に刷り込

まれていました。しかし、確かに、他人には分かりにくいことでしょう。

父は、最初、日本の古典に興味を持ちました。そして大学では、折口信夫《おりくちしのぶ》先生の授業を受けました。折口先生といえば、カリスマ性の強いことで有名です。三島由紀夫のある小説の中にも、妖しいまでに強い個性が描かれています。それだけ魅力があった。

父もまた、折口先生に傾倒し、民俗学の道に進もうとしました。そして、先生の勧めに従い、沖縄で教員としての生活を送りました。

昔のその地は、民俗学研究の、生きた資料の宝庫でした。父は、仕事の合間に、沖縄諸島の各地を巡り、伝承やら何やらの採集をし、ノートを作りました。

記録の一部は、発表しました。しかし、ほとんどは手付かずのまま眠っていました。父が逝った後、気になったのはその資料です。

家を建て替えた際、《普通の息子だったら、ここで全部、捨ててしまうんだよな》と思いました。

しかし、民俗学は専門外でも《貴重なものだろう》という意識はありました。何より、父の汗を無駄にしたくなかったのです。

そうしたところが、あるパーティで、たまたま、國學院大學で教鞭をとられている伊藤高雄先生と巡り合ったのです。伊藤先生のご専門が民俗学、そして國學院は、折口信夫ゆかりの大学です。運命を感じました。

伊藤先生は、早速、父のノートを見てくださり、「これは大変なものですよ」とおっしゃいました。先生のお力で、現在、父のノートは、少しずつ活字化されています。

さらに運命を感じたのは、わたしの子、――父にとっては孫にあたる娘が、民俗学と折口先生に興味を持ち、國學院に進んだことです。娘は、今、ノート活字化のお手伝いをしています。

専門的な部分が多く、歯がたたなかった箇所も、そうなると、何とかわたしにも読めてきます。

父は、ある年の春休みを利用して、まず伊是名島に向かいます。海を行く小舟は揺れ、船酔いに苦しみます。着いた島の美しさは、父の心をうちます。《水田が多く、水が豊かだ。この島は各戸に一井を持ち、二間くらいで良い水を得られる。》といいます。一間は六尺、つまり、約一・八メートル。四メートルも掘らずに水が出る——ということでしょう。

そこから、翌朝、伊平屋島に向かう。教え子らしい山川、仲村の二名が迎えに来る。馬に乗って、島のはずれ、クマヤの洞窟へと向かいます。あの天照大神が隠れたという天の岩戸こそ、実はここだという言い伝えがあるそうです。父は《奇怪な洞窟だ》といっています。

そこから出て海岸を遠望し、さて、原始林の間を行く時、山川君の馬が、父の馬に《追いかかり》ました。おかげで父は落馬してしまいます。

七十年ほど前の春のことです。馬はいななき、蹄は砂煙をあげたのかも知れません。

活字化された原稿を見ながら、娘に、

「この時、打ち所が悪かったら、我々二人ともいないいんだからねえ。不思議なもんだ」

と、いいました。

時も所も違い、はるかな島のはるかな日の出来事です。

まだ若かった父の上には、南の青い空が広がっていたことでしょう。

海を見せたい

太宰治が、明日をも知れぬ戦争の日々を回想して、こう考えたと書いていた。五歳の我が娘への思いである。

――この子にも、いちど海を見せてやりたい。

津軽平野に育った太宰は、十ぐらいになるまで、海を見たことがなかった。初めて、それを眼にした時の興奮は、彼にとっての《最も貴重な思い出の一つ》だという。

爆撃の繰り返される毎日だった。もしも、わが子が、あの《海》を見ぬまま生を終えることがあったら、と思うと、彼はつらくてたまらなかったのだ。

――で、どうなったかは、彼の随筆「海」を読んでいただければ分かる。新潮文庫の『もの思う葦』に入っているから、日本中、どこの書店でも手に入る筈だ。棚になかったら注文していただければいい。

この思い、――自分の大切な体験を、そのまま我が子に、温かなバトンを渡すように受け渡したいという思いは、非常によく分かる。

わたしの場合、子供の頃、叔母がしばらく同居していたことがあった。夫が若くして病死し、独り身になっていた人だ。

この人が、小学校に上がる前のわたしを、よく散歩に連れて行ってくれた。本当に楽しい、きらきら光るような思い出だ。小川や田やあぜ道や、菜の花やネコヤナギやメダカ、全てが驚きに満ちていた。叔母は、童話を書いていた。そういう心を持っていたから、たとえば夕焼けの空を素直に美しいと思い、そう口にする人だった。

昔の母親というのは、今以上に忙しかった。水道もなかったので、まず、離れた井戸から水をくんで来なければならない。洗濯も半日仕事だった。冷蔵庫がないから、買い物も、その日に使う分だけ、毎日、買いに行かなければならない。とても、子供と散歩に出掛けたりする余裕はなかった。その代わりを、この叔母がしてくれたのだ。

幼い子にとって、共に歩いてもらうということが、どれほど素晴らしい思い出になるかを、わたしはこの叔母に教えられた。

となれば、その思いを我が子にも伝えたい。何より自分が楽しい。そういうわけで、子供の眼と心を持ちながらの（これが肝心）、近所の散歩をよくした。そうすると風景は、大人の見るありきたりのそれから、たちまち驚きに満ちたものに一変した。

また、わたしの幼い頃は、まだ家庭にテレビのない時代だった。ラジオを聴きながら寝入ったりした最後の世代だろう。

この音だけのドラマが、とても楽しかった。画面によってイメージが限定されない。空想の広がることが、実に物語を豊かにしてくれた。情報で満腹にならないように、——絵本を見て音や声を、朗読から絵を、それぞれ自分の頭の中で生み出すことが、どれほど素晴らしいかを、身をもって知る。これが大切なことだと思う。「創造性を育てる」などという理屈ではない。何より、ラジオ世代の実感に外ならない。

ごくごく稀に、父が、即興のお話を聴かせてくれたりもした。そういう経験があったから、子供が寝入る時には、自分も出まかせの童話じみたものをしゃべったり、テープの昔話の朗読などを流した。

　高級な玩具を買わなくとも、今、生きていることの喜びや驚きは共有出来る。全てを与えられなくとも、物語は自分の内に構築出来る。

　こういったことは、何より自分が楽しい。思い出しても、胸がわくわくしてくる。幼い子をお持ちの方々は、本当に幸せだと思う。ああいう喜びを、まだまだ味わえるのだから。

親から子から

何度も書いていることですが、わたしが最初に買ってもらった本は『トッパンの絵物語　イソップ1』です。小学校に上がる前でした。兄が漫画雑誌を見ているのが羨ましく、自分もほしい——と頼んだのです。わくわくしながら、父の帰宅を待っていると、出されたのがこれでした。分厚い、付録のいっぱいついた漫画雑誌を想像していたわたしは、失望落胆して泣き出してしまいました。今思えば、まことに申し訳ない次第です。泣きやんだところで、母がその絵本を広げ読んでくれました。「北風と太陽」「よくばり犬」「ねずみのそうだん」……。

——面白い！

たちまち引き込まれ、その後『2』『3』と続けて買ってもらいました。これが、本を読む喜びを知った初めてです。半世紀以上前のことですが、この三冊は今も捨てられず手元にあります。父がひらがなでわたしの名前を書いてくれた紙が裏表紙に貼ってあります。

それから年月が流れ、今度は我が子に絵本を差し出されたことがあります。小学校高学年になっていた娘が、図書館から借りて来た一冊を、

——これ、いいよ。

と、差し出したのです。『おおきくなりたいちびろばくん』（R・クロムハウト作、A・V・ハーリンゲン絵、野坂悦子訳、PHP研究所）でした。

親離れしたいちびろばくんが、《ひとりでいける》と遠くにお出掛けします。注意をされて

も《そんなの、わかってる》と耳を貸しません。おかあさんは、そんなちびろばくんをつかず離れず見守っています。そして……というお話でした。

一読してすぐ、うちにも一冊と買いに走りました。本を間にして、あれこれと話の花が咲いたことはいうまでもありません。

家族の声や言葉を思い起こさせてくれる、こういう本があるのは嬉しいことです。

桜

《「本」の復権（ルネッサンス）を願い》、あるいは《かつて子どもだったあなたと少年少女のための》という言葉と共に刊行されたミステリーランドのシリーズ、それを思うことは同時に、編集者宇《う》山《やま》日《ひ》出《で》臣《おみ》氏を思うことになる。

あるパーティの席上、近づいて来た氏が——いや、宇山さんといおう——宇山さんが、何度目かの執筆依頼をしてくださった。その時、なぜか、

——あ、書ける。

という気がして、頷いた。宇山さんの顔がぱっと明るくなったのを、今も鮮やかに覚えている。心から喜んでもらえるのは本当に幸せなことだ、と思った。

そして夏になり、少年野球の取材に行った。主人公はアリス、少女のエースピッチャーと決めてあった。人は、色々な意味で有限の存在であり、誰もが内に《お別れ》の種を抱えている。少年野球で活躍している女の子は少なくない。それぞれ、かけがえのない《野球》への愛を、胸に抱いていることだろう。しかし、例えばエースとして今マウンドに立っていても、中学生になれば同じ場所にいることは出来ない。心の器である肉体が、その頃には男と女を分けてしまう。

これは無論、少女ピッチャーだけの話ではない。誰もがいつでも、心と現実が離れて行く哀しみに出会うものだ。

そういうことを書くのに、《野球》は、まことにぴったりのものと思えた。

物語に組み込もうと思っていながら、忘れてしまったエピソードがある。チェロのヨーヨー・マが『徹子の部屋』に出た。彼は、確かそこでこんなことをいっていた。

――若い頃、チェロを教わりたくてカザルスのところに行ったんです。そうしたら、カザルスはわたしを見て、《チェロより、君、まず野球をやってみたまえ》といいました。

言葉の受け取り方は、様々である。これを嫌みや皮肉ととる人もいるだろう。しかし、わたしには、それが素敵なアドバイスに思えた。

――ああ、野球！

その時、わたしは、あふれる光を感じた。あのカザルスがいったと、あのヨーヨー・マが語るのだ。その瞬間、野球は、ただボールを投げバットで打つものではなかった。魔術的な何かに思えた。

人が、何かを聞くというのはこういうことだ。単語の響きを耳に入れることではない。誰もが、弓で弾かれた弦の震えを、自分なりの共鳴箱に響かせるものだ。

野球には、こういう思いをさせるところがある。だからこそ、様々な物語の素材になって来たのだろう。子供の頃から、色々な野球漫画に出会った。『くりくり投手』『黒い秘密兵器』『ちかいの魔球』『巨人の星』といった一連の《魔球もの》がある。これらは、『宇宙怪人』や『透明怪人』といった荒唐無稽だが楽しい芸を見せてくれる怪人二十面相の、あるいは山田風太郎の忍法ものの心に繋がる。魔球のない、この世のものとしての野球漫画なら、ちばあきおの不滅の作品『キャプテン』『プレイボール』が心に残り、また近年の傑作は『Ｈ２』だと思う。

小説で忘れられない一作といえば何といっても、Ｒ・クーヴァーの『ユニヴァーサル野球協会』。そこに描かれるのは、実際のスポーツではなく、さえない中年男が自室でやる壮大なサイコロ野球の世界だ。わたし自身、大学時代には、二個のサイコロでやる同様のものを考え、溜まり場に持って行き熱中した経験がある。

野球とは、具体でもあり抽象でもある。そういう大きなものであることを、カザルスのエピソードは感じさせる。これを作中のどこかに入れようと思っていたが、書いている時には忘れていた。物語は自分の思うようには出来上がらない。

話は元に返る。——大まかな筋と主人公の像を考えた。そして、抜群の力量を持つ少女ピッチャーの取材に行った。

その時、彼女達の練習するグラウンドをぐるりと囲む桜の木を見た。夏だから、花など咲いてはいない。しかし、《お別れ》に関する物語を書こうとしている時、桜の木に囲まれるのが不思議だった。世界を覆うように散る花びらのまぼろしが見えるようだった。

その一週間後、思いがけない宇山さんの訃報を聞いた。

物語は、まことに書きにくく、そしてまた書かねばならないものになった。

今、ようやく一冊の本を宇山さんの前に捧げることが出来る。中で活躍するのは、宇山さんの子供達でもある。

わたしが子どもだったころ　『野球の国のアリス』あとがき

――について語る前に、ひとこと。アリスの物語には、部活の顧問の先生が出てきません。本当ならいるはずです。県外に試合に行くなら、当然、引率の先生がいなければいけません。忘れたわけではありません。でも、出しませんでした。そのほうが、物語がぎゅっとしまると思ったのです。どうしても気になる方は、《鏡の国では、それでもいいのかな》――と思ってください。

さて、最近は昭和三十年代がブームだといいます。わたしが子どもだったころを舞台にした映画が評判になったり、そのころ放送されたテレビドラマがＤＶＤ化されたりしています。

今のあなた方は、テレビというのは家にあって当然――とお思いでしょう。昔はそんなことはなかった。『月光仮面』（という子ども向けドラマがあった）のころには、まだわが家にテレビなどありませんでした。今でも、初めてテレビが来るという日、小学校の授業中もおちつかず、ランドセルを揺らして急いで帰ったことを覚えています。当時わたしの見ていた『快傑ハリマオ』が今、五百円ＤＶＤになって書店に並んでいます。

その第三シリーズ「アラフラの真珠」の最終回をつけたら、どういうわけか電波状態が悪く画像がひどく乱れました。昔のテレビだと、そういうことがあったのです。

母が、

「眼に悪いから消しなさい。」

といいました。しかし、そこまで続けて見てきたシリーズ物の最終回です。どう決着がつくか確認しないわけにはいきません。どうやら、悪役の陳秀明と海賊、片足ブラックの二人が仲間割れを起こし死闘をくりひろげているようです。欲にかられた悪人どうしの戦いです。画面は、ゆがんだり砂嵐状態になったりします。そこでわたしは、母に向かっていいました。

「これが本当の、《みにくい争い》だよ。」

長生きしているといいこともあるもので、二度と見られないと思っていた《その回》をDVDで確認することができました。なるほど、二人の悪人が息もたえだえになりながら戦っていました。

その回までの分は買いました。しかしながら、さすがにまだ全巻は見ていません。子どものころは、毎週これにチャンネルを合わせていたわけです。

このドラマで、主人公ハリマオになった俳優、勝木敏之は後の『隠密剣士』という番組では、敵方の頭目役となって出演しています。正義の味方から一転、悪の忍者軍団のチーフになったわけです。

これまた、しばらく前にＤＶＤになりました。見返すと、やはり懐かしい。どの回だったか、隠密剣士と敵が対決する山場のシーンで遠くの道を自動車が走っているのを見て、うれしくなりました。いかにも、昔の少年ドラマらしいゆるさです。そこが、今となってはとてもいい。

再会できたのはドラマだけではありません。先日、書店で前谷惟光という昔のマンガ家の作品の復刻版が出ているのを発見しました。この人のマンガで、忘れられない一冊があります。

リストを見ると、『ロボット名探偵』という本が復刻されている。これに違いないと思い、注文して買いました。

前谷惟光といえば、代表作はギャグマンガの『ロボット三等兵』シリーズです。わたしの町の駅通りに貸本屋があり、そこでこれを読みファンになりました。何とも説明しようのない、とぼけたユーモアが大好きでした。

ところが、夏休みのことだったと思います。兄が一冊のマンガを読んでいました。それが前谷惟光の『ロボット名探偵』だったのです。わたしは、砂漠のペンギンを見たようにびっくりしました。あの《ロボット三等兵》が《探偵》をやっている！

江戸川乱歩の『少年探偵団』シリーズや、海外物の『怪盗ルパン』シリーズは、飛びつくようにして読んでいました。あのギャグマンガの主人公が、そういうことをやっている――というのが、実に不思議だったのです。

もちろん、見せて――と頼みましたが、そうなると兄はじらして、なかなか渡してくれません。ようやく受け取って読んだマンガの面白かったこと。『ジキル博士とハイド氏』という有名な物語がありますが、それを下敷きにして、いかにも前谷惟光らしい傑作になっていました。

「どこで借りてきたの？」

と聞くと、川向こうの隣町で貸本屋を見つけ、そこでみつけたそうです。それから、わたしが橋を渡ってそこに出かけたことはいうまでもありません。

――あのマンガと再会できるのか？

そう思って、復刻本を開くと、この中の「ロボット名探偵2」がまさにそれでした。トニー谷（という人がいました）に似ているジギル博士――前谷版ではジギルとなっている――の家に乗り込んだロボットと相棒のロボット犬のやり取りなど、まさに抱腹絶倒。前谷節、炸裂という感じです。その後、テレビ局に乗り込んでのドタバタ大活劇では力道山（という、当時人気のプロレスラー）まで登場します。

もう一度、これが読めるとは思わなかったので大満足です。


わたしが子どもだったころには、今のようなカラーテレビもなく、本のいっぱい並んだ図書館もありませんでした。それでも、いや、それだからかも知れませんが、心のやわらかなうちに出会ったさまざまなドラマや本の中には、今でも鮮やかに思い出すものがあります。

この本（『野球の国のアリス』）が、あなたにとってのそういう一冊になれたら、これ以上のしあわせはありません。

半世紀を照らした灯台――「ミステリマガジン」創刊五十周年

我々の年代の者が《ミステリマガジン》について語ろうとすれば、前身である日本版《ＥＱＭＭ》、つまり《エラリイ・クイーンズ・ミステリ・マガジン》のことから始めなければならない。

ミステリの魅力に取り憑かれた少年時代、それについて、もっと知りたいと思った。暗夜を照らす灯台はないか――と望んだのだ。書店に行くと、ミステリ関係の雑誌が目に入った。国内については、宝石社の出していたいわゆる旧《宝石》、そして海外ミステリについては早川書房の《ＥＱＭＭ》。この二誌が、東と西を照らしているらしい。だが、昔の子供は今より、はるかに貧しかった。手に取って目次を眺めることはあっても、なかなか買うまでには至らなかった。雑誌より先に、文庫本の方を選んでいた。

そんなわたしが、ついに清水の舞台から跳び降りる気になり、書店のおばさんに「これ、ください」といったのが、一九六四年に出た九五号。本格特集だった。

この号は、本当になめるように読みましたね。目次には、クイーン、カー、クリスティーの名が並んでいる。クリスティーの「三匹のめくらの鼠」は、高校に入ってから演劇部で短縮版を作り上演した。犯人当ての形式にし、正解者には抽選で学食の食券（牛乳の券だったかも知れない）が当たるようにした。コラムが、また大変なものだった。「6年ぶりのクイーン」という無署名の文章では、クイーンの新作（！）*The Player on the Other Side* について熱く語られている。「ペイパー・バック書き下ろし第一作の「死人の話」を読み終えた時には、これがはたして、あのエラリイ・クイーンの作品なのだろうか、同名異人の作品なのではないだろうかなどと、あらぬ疑いに頭を悩ましたものであった」というくだりがある。今、読むと微笑ましく、懐かしい。

さらに、大井広介の「紙上殺人現場」では、日本にも注目すべき作の生まれたことが報じられている。「千二百枚というのを、まだ出版されていないか問合せ、ゲラ刷りを読ませてもらった」という、その「大作」こそ『虚無への供物』。書いたのはどういう人物なのだろうと、あれこれ推測し、「新人ならこの一作で残る」という。今、読み返しても胸が高鳴ってくる。

また、奇妙な味に分類された、冒頭の作、スレッサーの「二世《にせ》の契り」の巧さにも舌を巻いた。単行本に収録されていないようなので、去年出た、アンソロジイ『北村薫のミステリー館』に、これを入れた。長い年月に渡って、役に立っているわけだ。百八十円という定価は、当時としては高かったのだが、こんなに元をとった雑誌も珍しい。

この《ＥＱＭＭ》の創刊されたのが、一九五六年。数えて五十周年というわけだ。背表紙が四角くなる前の、初期の号については、古本屋さんで手に入れるしかなかった。高校時代、あちらこちらに探索の足を伸ばした。それの積んである店があると、買って帰っては作品リストなどを作った。創刊号だけは、パラフィン紙でカバーがかけてあった。とはいっても、さほど高くはなかったと思う。大学受験で忙しい筈なのに、こういった作業に多くの時間を割いた。

やがて、《ＥＱＭＭ》は、HAYAKAWA'S MYSTERY MAGAZINE と副題のついた《ミステリ・マガジン》になった。多くの海外作品を紹介してくれたのは勿論だ。しかしこの時期、一方で「懐かしの《新青年》」という忘れ難い特集もあった。おかげで、小栗虫太郎の「聖アレキセイ寺院の惨劇」など、当時は入手困難だった作品を読めた。これは実にありがたかった。

そういえば、この号に載ったルルーの「斧」も、後にわたしのアンソロジイに採らせてもらっている。まことに、本誌との縁は深いわけだ。

個人的な繋がりをさらにいうなら、大学時代、わたしは小さな個人雑誌を出していた。それを、《ミステリ・マガジン》のコラムで取り上げてもらえることになった。本誌の出るまでが、何とも待ち遠しかったことを覚えている。

二十周年に当たる、一九七六年には、法政大学推理小説研究会が、労作『ミステリ マガジン インデックス』を出した。つい、この間のことのように思える。巻頭に都筑先生の言葉をいただいている。先生が編集を引き受けた「当時まだ小学生にもなっていなかったひとが、いま編集者として、私のところへやってくる。ちょうど二十年前のことなのである」と、回想していらっしゃる。それから、さらに三十年が経ったと思うと、改めて、時の流れの速さに愕然とする。

先生は続ける。「わすれたわけではなく、辛いことはまったくなかった。好き勝手なことばかり、やっていたのである。私のポリシーは、推理小説の雑誌を編集しているつもりにならないこと、というものだった。それを公言して、誤解されたこともあったが、もともとが推理小説の雑誌なのだから、いくら離れようとしても、離れきることは出来ない。ヴァライエティを考えて、雑誌としての普遍性を出そうとしたのである。(中略)私の青春が、創刊当時のこの雑誌に集約されていたのである」。

そして、《ミステリ・マガジン》は、副題を取り去り、《ミステリマガジン》となった。この間、半世紀。ミステリの一雑誌が、これほどに長い間、灯台としての機能を果たし続けているのは、驚異である。

小説以外で、雑誌を豊かにしてきたのが、すばらしいコラムや随筆群である。単行本としてまとめられたものが何冊もある。だが、様々な事情により、入手困難となっている場合もまた多い。本誌のファンとして、そういうものが、読みやすい形で、現代の読者に再度提供されたらと願う。

心の響き

「じゃあ、誰が好き」

「歌手じゃ、あんまりいない」

「他だと？」

「《海の王子》なんか、いいな」


（『スキップ』より）

1

呉智英さんが、『ダ・ヴィンチ』二〇〇九年十一月号の「マンガ狂につける薬」で、赤塚不二夫について、こう語っています。

——《(「天才バカボン」の) 一九六七年「少年マガジン」連載の第一回目には、脈絡なくチビ太が現れ、「おまえ、でる本まちがえてるんじゃない？」とバカボンにたしなめられる。当時学生だった私は、そのあまりの面白さに驚嘆した。》

いうまでもなく、《チビ太》は『少年サンデー』の「おそ松くん」の登場人物です。呉さんは、そこに掟破りのギャグ精神を見て驚嘆したのです。しかし、チビ太は、ふと横町の角から走ってきそうなキャラクターなのかも知れません。というのは、その三年前、一九六四年『少年サンデー』「オバケのQ太郎」でも、似たような登場の仕方をしているからです。こちらでは何と作品どころか、作者まで違う。それなのに、ひょっこり出て来てしまうのです。あわてたQ太郎は、いいます。

「こら、ぼくのまんがへ出るな」

見事なセンスです。同時に、藤子不二雄が出発時から合作の形をとっていたこと、さらに「オバケのQ太郎」では、スタジオ・ゼロの仲間、石ノ森章太郎、つのだじろうなどまで作画に参加していたことが、こういう秀抜なギャグの生まれる要因となったのでしょう。つまり、一枚の画稿に複数の描き手のキャラクターが入ることは、それまでの藤子作品においては、普通のことだったのです。チビ太を登場させるまでの距離は一歩――しかしながら、凡人には踏み越え難い一歩だったろうと思います。

ただ、この両者のギャグの肌合いは確かに違う。「天才バカボン」の例が、呉さんの見たようにシュールなギャグの道を突き進む赤塚不二夫の足取りを示すとするなら、一方、「オバケのQ太郎」におけるそれは、当時の漫画家達が《身近な仲間》であったことを示しているように思えます。

そのうち最も身近な二人の手になる――いわゆる藤子不二雄の作品中、「海の王子」は、わたしにとって印象深い作品のひとつです。今回、全編を読み返し、悪役サイドの異様な魅力に「シルバー・クロス」のビッグ・ファイブに繋がるものを見ました。これは安孫子氏の分担したところでしょう。それに対して、一歩も引かぬ海の王子とチマ。この凜とした清潔さに、藤本氏の持つ、少年漫画の伝統を正しく受け継ぐ面が明確に表れています。

わたしが小学校中学年の頃、少年週刊誌が刊行され、大きな話題になりました。そのうちの『少年サンデー』に掲載開始となったのが「海の王子」です。

わたしは、毎号買ってもらうような贅沢は出来ませんでした。一冊三十円というのは、三日分の小遣いでしたから、それを毎週定期的に吐き出すようなことも無理でした。友達のうちに行った時などに、ちらりちらりと部分的に見ました。それでも、この兄妹の姿ははっきりと覚えています。

ナントカ王子という言葉が、今では安売りされている感じがあります。しかし、こちらは本物の王子です。大人になって知った言葉でいえば「貴種流離譚」などという時の、《貴種》です。そして、お伽噺の最後に、白い馬に乗ってちょっと現れるような、王子だ――というだけの男ではない。はやぶさ号に象徴される《力》を持っている。その行動を支えるのが、昔の漫画ならではの、懐かしい《正義》です。

自分に子供が出来て、世代の違う子供の漫画をテレビで見て愕然としたのは、男の子の行動の目的が、ほぼ女の子の歓心を買うためである――と知った時です。

今回、『少年サンデー』創刊号のコピーを見せていただきました。その中に「ぼくのテレビひひょう」というコラムがあり、東京の小学校の二宮君が《アメリカの子供ってませているので驚きます》といっています。わたしも、『パパは何でも知っている』という番組を見ていたら「キャシーの初恋」という回があり、《小学生の女の子が恋に悩む》という内容だったので、びっくりしたのを覚えています。子供と恋は結び付かない――というのが当時の常識でした。仮にほのかに感じることはあっても、それは表に出すべきことでなかった。

そこで――なのですが、「海の王子」が魅力的だったのは、はやぶさ号の隣の席に、妹チマがいること、これが大きかったと思います。この頃まで、少年漫画に出て来る異性とは妹でした。その中でも、寡黙ではあっても、王子と常に戦いを共にするチマは、しんと底光りのするような輝きを放っているのです。

『少年サンデー』における連載は、「不死身のハイドラ」の巻で一度終了します。その末尾で、海の王子は我が身を犠牲にし、地球の中心に突っ込むのです。脱出しろといわれたチマは、それを拒んで答えます。

「わたしたち　きょうだいじゃないの」

宮沢賢治の内的世界を思わせるような、戦慄を含んだ快感がここにあります。

柳田國男の『妹（いも）の力』に収められた「玉依彦《たまよりひこ》の問題」の「附記」に、伊波普猷《いはふゆう》の「をなり神考」の要旨が紹介されています。そこに、こう書かれています。

――《沖縄諸島には最近まで、姉妹に兄弟の身を守護する霊力があるといふ信仰から、旅立ちに際して同胞女性の髪の毛、もしくは手巾などの持馴れた物品を、乞受けて持つて行く風習が残つて居た。》

チマは、まさにそういう意味での《妹》としての力を持っているのです。

2

わたしは、自分と同世代の女の子が主人公となる『スキップ』という長編を書きました。その時、好きなタイプの男性をあげるという場面で、彼女に《海の王子》の名前をあげさせました。この子なら、きっという――そう思えたのです。

この原稿の依頼を受けた時、担当の編集の方が教えてくれました。

「藤本先生は、お嬢さん方に本を贈っていたそうです」

ここから先はお嬢様の土屋匡美《まさみ》さんの言葉を借りさせていただきます。――《最後にもらった本》は《『スキップ』。読み終えたとき、父の気持ちに沿った内容だと胸が熱くなりました。

／後で分かったことですが、２人の妹も父からこの本を贈られていました。》(『POPULAR SCIENCE』二〇〇四年十月号・トランスワールドジャパン株式会社)

藤本氏は『スキップ』の設定に興味を持たれて読んだのだと思います。だとすると、《海の王子》について語られている箇所で、どのような顔をなさったのでしょう。

お嬢様方に贈ってくださったのですから、『スキップ』は藤本氏の心に響いたのでしょう。それは、とても嬉しいことです。その響きが打っては返すように、わたしのところにまた届きました。

そして、ここに短い文章を寄せられる。——光栄なことです。わたしの物語の中には「海の王子」の波が届いています。同じように、多くの人の胸に、多様な藤子作品という海原の波が響いていることでしょう。

会話

元東京創元社編集長戸川安宣が、ある日の夕暮れの五時頃、自宅でくつろいでいると電話が鳴った。

「もしもし、戸川さんが、最初に読まれたミステリは何ですか」

旧知の男の問いであった。

「『少年探偵団』ですね。昔はラジオの連続番組になっていた。夕方の放送でした。《ぼ、ぼ、ぼくらは少年探偵団》と始まる。――うちは工場をやっていました。五時に終わって、六時から残業になる。その間の、夕食の時、聞いていたんです」

「戸川さんのおかげで、親ごさんも毎日、聞かされたんですね」

「まあ、そうです。――そのうち、新聞に『少年探偵団』シリーズの広告が出た。小学三年ぐらいで、本になってることを知らなかった。それを見てびっくり。《読みたい》と思いました」

「親ごさんは、聞かされた上に買わされたんですねえ」

「第一巻の『怪人二十面相』から順に、全部ね」

「では、初めて読んだ創元推理文庫は？」

「カーの『幽霊屋敷』。――僕の入った立教中学では、春に親睦を深めるためのキャンプがあったんです。その行き帰りで読む本を買いに本屋に行った時、見つけたんです。カーは、子ども向けの本で読んでいました。その印象が強かったから《よし、これだっ！》と思って、手に取りました」

「……『幽霊屋敷』といえば、早川ポケミス版の訳では『震えない男』ですね」

「そうです、そうです」

男も、両方とも持っていた。

「入社なさってから、その推理文庫のお仕事をなさったわけですね」

「何でもやらされましたよ、編集者が少なかったから。文庫で印象深いのは『シャーロック・ホームズのライヴァルたち』の企画が通り、読者にも好評だったことです。《創元推理文庫は、ミステリの岩波文庫》というところがあった。《それにしては、漱石だけ出ていて鷗外が出ていない》という気持ちがあったんです」

「ミステリ以外では、あの頃、『バルザック全集』や『リラダン全集』も出ましたね」

「『バルザック』は前に出ていた二十巻本を増巻し出し直すことになっていました。その企画が進行している時、僕が入社し、月報の担当になりました。先輩編集者が辞めていったので、そのうち本文までやりましたがね。──『リラダン』の方は、入社時には、もう一巻目がゲラになっていました」

「そうなんですか」

「『バルザック全集』の月報──といえば、中井英夫先生との繫がりも、そこから生まれたんです。中井先生には「麤皮《あらかわ》」という短編があります。バルザックの同名小説にあやかっているわけで、ここを手掛かりに先生に書いてもらいたい──と思ったわけです。お宅にうかがい、お話をすることが出来た」

「別の人が担当だったら、そうならなかったかも知れない」

「はい。で、中井先生のお宅で出会ったのが、──講談社の宇山日出臣さんなんです」

「うーむ。繋がりが繋がりを生むわけですねえ。編集者として、一緒に本格ミステリ大賞特別賞をお受けになった宇山さんと戸川さんですが、出版についてのお話など、なさったんですか？」

「いや、仕事について話すことはなかった。勿論、互いの出すものは読んでいましたがね。——敬愛する中井先生についてのやり取りが、ほとんどでした。創元ライブラリ版『中井英夫全集』も、そういう流れの中で生まれました」

「大岡昇平の『事件』が日本推理作家協会賞となった時に、ドラマがあったとうかがいましたが——」

「僕がその時、たまたま予選委員をやっていたんです。予選会の時、『事件』を残すかどうかという話になった。作品としては素晴らしい。しかし、《候補作にした場合、はたして大岡先生が受けてくれるだろうか》と、あやぶむ雰囲気があった。大岡先生は東京創元社と親しかったんです。だから僕は、先生の気さくさとミステリ好きを知っていました。《大岡先生は、国から貰う賞は嫌がるけれど、推理作家協会賞なら喜ばれますよ》といった。そこで一気に話が進みました。うぬぼれかも知れませんが、それがなかったら、候補にならなかったかも知れない」

男は、《ふむふむ》と頷き、

「——といったようなことを、『本の雑誌』に書きたいんですけど、最後に戸川さんが、お出しになった本の中で、特に印象に残る三冊をあげて下さい」

「即答は難しいですね。考えてから、ファックスします」

難しい——というより、意地の悪い質問である。あれこれ考えた末、戸川安宣は翌朝、文庫三・単行本三、計六冊を列記し、男にファックスした。

《文庫編》
◎『プリンス・ザレスキーの事件簿』M・P・シール
◎『日本探偵小説全集』
◎『物語の迷宮』山路龍天・松島征・原田邦夫
《単行本編》
◎『カトリーヌ・ド・メディシス／コルネリユス卿』(『バルザック全集二十三巻』)
◎『五つの棺』折原一
◎『貼雑年譜《はりまぜねんぷ》』江戸川乱歩

2

言葉と謎と日常

大きなチョコレート

子供のお菓子というのも、昔とは、まったく違ってしまった。種類が増えて、日本中、どこででも手に入るようになった。よくいわれることだが、それが幸せかどうか。

ここ何年かで、見かけることの多くなったものに携帯電話がある。あれを法律で十八歳未満使用禁止にしたら、若者は怒り狂うだろう。冗談ではなく、そう出来たらいいな、と思う。

高校生が並んで歩きながら携帯を使っていたりする。隣に今、存在する子との会話は消えている。会って話すことの意味が、薄れていく。そういう風に、本来貴重な筈の会話が、大量生産のために、純粋さ、有り難さを、どんどん失っていく。恋人同士が電話すら出来ずにいて、一週間ぶりの日曜に顔を合わせる。そんな時の身振り一つ、ため息一つは、どんなに雄弁であり、——食べ物に譬えるなら、おいしいことだろう。

仕事でやむを得ない場合ならともかく、携帯を持つことは、若者の、そういう蜜のような喜びに鉋《かんな》をかけ、しゅるしゅると削ぎ取ることだと思う。

子供のお菓子に対する執着を見ていると、同じことを思う。ケーキなどを持って帰れば、「わあーっ」といって喜びはする。だが、わたしの時代には、それは一種の奇跡だった。小学校の六年間で、父がケーキを持って帰ったのは、一度きりである。それも、誰かからの貰い物のクリスマス・ケーキだった。《起こり得ること》と《奇跡》と、いずれの感激が深いかは明らかである。

昔は、多くのものが手に入らなかった。

《100パーセント果汁》などといった代物は、病気になった時に、母親が林檎をすって絞ってくれるジュースだけだった。枕に頭を置きながら、コップの来るのを待つ特権は、病気と引き換えにして、やっと手に入れられるものだった。一袋五円の、インスタント・ジュースが、日本中で飲まれていた。多分、合成された香りに、糖分が混じったものだろう。今の子供達は見向きもしないだろう。そんな時代の差を、最近、あるもので感じた。

ロアルド・ダールの児童読み物の代表作に『チョコレート工場の秘密』がある。子供にチョコレートは、富士に月見草ぐらいに、よく似合う。

さて、わたしが子供だった頃、駄菓子屋さんにも、十円ぐらいのチョコレートめいたものはあった。しかし、とろけるような《正真正銘の本物》を手に入れるには、倍のお金を出さなければならなかった。チョコレート色の地に金の文字の入った紙に包まれた、いわゆる板チョコは二十円だった。そして、——今も覚えている——お菓子屋さんの棚の高いところに、ガラスケースに入って、百円の大判のチョコレートが、王様のように置かれていた。

「あれ、誰が買うんだろう？」

光り輝いて見えた。あることは分かっていても、文字通り、手の届かないものだった。

「誰も買わないうちに、古くなっちゃうんじゃないかな」

などと、余計な心配もした。

百円が貯まらないわけではない。しかし、それだけあったら他に買いたいものがある。本や、プラモデル、などなどだ。チョコレートに百円を出すのは、何というか、——身に過ぎた贅沢だった。だからこそ、その板チョコは、いくら食べても減らないほど、大きなものに思えた。

要するに、《豪華》なものだった。お話でなら、親切なおじさんが現れて、「これをあげよう」

と、いってくれるところだ。しかし、現実世界では、《棚からチョコレート》とはいかない。

ところが、最近のこと、高校生の娘が何を思ったのか、その大きなチョコレートを買って来た。今時の高校生だから、それぐらいの余裕はある。いや、わたしだって、高校生の時になら買おうと思いさえすれば、買えたわけだ。しかし、こちらとしては、外ならぬ《あれ》だけに、思わず、

「おお、大胆な！」

と、思ってしまう。値段を聞いた。昔のままにスライドしていれば千円ぐらいの筈だが、そこまで上がってはいなかった。

当然、一度には食べ切れないから、残った分は冷蔵庫に入る。子供は、あまり執着がない。忘れているようなので、勝手に銀紙を広げて、いくらかいただいた。何十年も経って願いがかなったわけだ。

しかし、と、食べながら考えた。金を出しているのは誰か。何のことはない。《親切なおじさん》は自分自身だったのである。

ところで、子供のお菓子への感動だが、こちらは、現代でも確保出来るようだ。買うのではなく、作るという手段によればいいのだ。娘も『卵一個で作るお菓子』などという本を見ては、昔の子のように、きらきらと目を輝かせている。

付記　正確には柴川日出子さんの『卵1個のお菓子』（日本ヴォーグ社）だったと思う。

心の寓話――『盤上の敵』バレエ公演

世界各地で、様々な紛争が起こっています。富の偏りから多くのひずみが生まれ、さらに宗教や民族の問題がからんで来ます。多くの場合、そこに絶対的に正しい指導者や教えがあり、それに従うことが正義になります。

これに対し、戦後日本では多様な価値観の存在が肯定されています。政府に反対票を投じる人が多ければ、政権は交替します。言論という手段をとる限り、反政府的であることと反国家的であることは、同じではありません。どういう国に育つかで、人間の考えることは大きく変わります。戦後日本に育ったわたしには、他の立場を思いやり尊重することが、とても大切に思えます。さまざまな「絶対」の名のもとに、多くの争いが起こっているのを見聞きすると、特にそう思います。

また、その日本国内でも、いたましい事件が起こっています。暗い心の動きによって、相手の痛みの見えなくなった人が、人を蝕むのです。

これを根絶する、解決の特効薬は容易に見つかりません。しかし、「人間らしい」とは、当たり前に使われる時、それらを否定する言葉です。そういう「人間」に期待をかけたいと思います。

『盤上の敵』は、圧倒的な「黒い心」と、それに理不尽に傷つけられる「白い心」を描いた寓話です。今回の舞台化の企画を知り、最初はとても意外でした。複雑に入り組んだ小説だからです。

しかしすぐに、筋の展開を追って作るのが舞台化ではないと気づきました。音楽とダンスの形を取ることにより、物語の中核にある寓話的部分が、見事に立ち上がって来るのではないか――と思ったのです。そういう意味で、抽象性を持つ『盤上の敵』は「原作に向いている」とさえ、いえるかも知れません。

自分の小説を元にして、また別個の、優れた創作が生まれる、それを見られる――という予感にわくわくしつつ、今、開演の時を待っています。

語られる喜び――『語り女たち』朗読公演

わたしが本当に小さい時、テレビは、まだうちにありませんでした。だから、ラジオの時代の最後を、かろうじて知っています。心の柔らかだった子供の頃、闇の中に響いて来る《語り》に耳を傾けながら、眠りに就いたものです。今思えば、実に貴重な体験でした。声は、情景も、人の姿も、匂いまでも、鮮やかに伝えてくれました。

小説集『語り女たち』で、わたしは、文字を通して語りました。今度はそれを、北原久仁香さんが実際に、声で演じてくださるのです。言葉の絵の具で、魅惑的な画面が描き出されるのです。わたしは今、子供のように、わくわくしながら、公演を待ち望んでいます。

衣、言葉、そして──

様々な形での、詩歌との出会いについて綴った文章を、『オール讀物』に連載していた。『詩歌の待ち伏せ』というシリーズである。連載は思いがけなく長期にわたった。本の形にすることも出来、三冊目が四月に刊行された。『続・詩歌の待ち伏せ』である。

文藝春秋社から、《この機会に、誰か詩歌関係で対談してみたい方がいたら、会わせてあげましょう》──というお話をいただいた。《それなら──》とすぐに、藤江英輔氏の名をあげた。どういうわけか、簡単に説明する。

小林旭といえば、わたしが子供の頃、映画のポスターが町に貼られていた懐かしいスターの一人である。懐旧の思いもあって、そのＣＤを聴いていたところ「惜別の歌」という曲があった。これがなかなか胸にしみる。

《遠き別れにたえかねて、この高楼《たかどの》に登るかな》と始まる。現在、中央大学の学生歌として歌われているそうだ。作詞者名を見たら、島崎藤村となっている。調べてみた。元は『若菜集』中の「高楼」という長い作品である。ただし、そのままの詩句が歌われてはいない。

「高楼」がどういうわけで「惜別の歌」になったのだろう。新潮社で、たまたまそんなことを話していたら、居合わせた方が《その歌を作ったのは、わたしの上司ですよ》とおっしゃった。びっくりした。意外な伏兵の待ち伏せである。何と、「惜別の歌」の作曲者藤江英輔氏は、『小説新潮』の編集長をなさっていた方だという。それなら、連絡がつくだろう。事情をうかがいたいと思った――というわけである。

藤江氏のお話は興味深いものだった。わたしとのやり取りは『本の話』五月号に載っている。ここに重ねて記すことはなかろう。ただ、本筋からややはずれたので、そちらでは活字になっていないことがある。

「惜別の歌」は第二次世界大戦末期、学生であった藤江氏が軍需工場で働いていた時に作られた。召集令状が毎日来る時代だった。明日知れぬ頃に作られたこの歌には、曲の誕生に関するロマンチックなエピソードが幾つも生まれた。しかし、伝説は伝説。実際には、男女が深い交際をするような余裕はなかった。ただ、文学趣味を持っている女学生が《こんなものもありますよ》と、ある歌を見せてくれたことがあったそうだ。藤江氏は、それを今も覚えていた。わたしは《いいですね》と答えながら、《いずれ活字になって来る》と思いメモしなかった。

すると、（前述の通り、この部分は最終的には対談の記録からカットされたのだが）ゲラではこうなって来た。

――大君の御楯となりてゆく日まで　きみの衣の美しくあれ

これでは意味が通じない。《衣》は誤りだろう。わたしは何と聞いたか覚えていなかった。《衣》と聞き誤りやすく、意味の通る言葉はないか――と思った。すぐに浮かんだのは《言葉》である。

――大君の御楯となりてゆく日まで　きみの言葉の美しくあれ

《コロモ》と《コトバ》なら、有り得る聞き間違いだ。わたしが、こう思ったのも、『万葉集』中の大伴坂上郎女《おおとものさかのうえのいらつめ》の歌、《恋ひ恋ひて　逢へる時だに　愛しき　言尽くしてよ　長くと思はば》（新編日本古典文学全集6　小学館）を連想したからだ。この歌の《愛しき》は《うるはしき》とも読むが、一般的には《うつくしき》だろう。

暗い時代、死にに行くその時まで、せめては美しい言葉の限りをわたしに与えてほしい、という切なる願い——これなら分かると思った。しかし、藤江氏に確認したところ、実際にはこうであった。

——大君の御楯となりてゆく日まで　きみの暦の美しくあれ

誰の作かは分からない。小池光氏にうかがったところ、

「勿論、古歌ではないし、専門歌人の作る歌でもありません。考えられるとしたら、投稿歌ではないでしょうか」

という御返事だった。《大君の御楯となりてゆく》ことを美しいといわねば許されなかった困難な時代に、そこまでの《暦》の美しさを歌ったところに、この歌の輝きがある。天秤ばかりの右と左に公私を置いた時、私の方が光る。現在なら当たり前でも、当時は危険な言葉ではないか。そのうちにある真実が女学生の心を震わせ、またそれを見せられた学生の胸に半世紀以上の時を越えて残った。

歌の力だろう。

講演を聴く喜び

今から二十年ほど前、ある所で石垣りんさんの講演会がありました。構えたところのない自然なお話ぶりで、内容も深いものでした。自作の詩を通して、様々なことを語られました。いつまでも聴いていたい——と思う講演は稀です。石垣さんのお話は、まさにそれでした。主催者側に知り合いがいて、幸い、個人的に録音テープをいただけました。おかげで、何度も聴き返すことができました。

その中で、石垣さんが、

「童謡を書けといわれたんです。その時に、童謡なら童謡らしい童謡を書けばいいのに、言葉というのは自分がこういうものを書こうと思っても、そうでなく、自然にこう赤ん坊が生まれて来るように、内面から飛び出す場合があるんですね。そうするとそれはもう、産声のように主張しちゃって、書くわたくしにも手に負えない——」

といって読まれた作品がありました。『悲しみ』という題です。これが強く心に残りました。

しかし、その詩がどういう形で発表されたのか分かりません。石垣さんの詩集に当たっても、見当たらないのです。わたしには、活字の形で巡り合えないものだったのです。講演会のおかげで、知ることができたのです。市販されていない、特別なプレゼントを貰ったように嬉しい反面、やはり文字の形で読んでみたいと思いました。

詩歌についての随筆を、ある雑誌に連載していた時、このことを思い出し、石垣さんにうかがってみました。そうすると、石垣さんご自身も、その詩の掲載された雑誌をお持ちではなかったのです。わたしがテープの音を文字の形にしてお送りすると、「自分ならこのように表記する筈だ」と、原稿用紙に書き直して下さいました。ご了解を得て、その『悲しみ』を随筆『詩歌の待ち伏せ』の中で紹介することができました。この時には本当に、文章を書く仕事をしていてよかった――と思いました。

いうまでもなく、本の書き手と読み手の間には様々な出会いが生まれます。同様に、講演会の語り手と聴き手の間にも、こうした出会いがあるのです。

わたしの、今の例では、録音というものを間に挟んだおかげで、一瞬の言葉を消さずに捉えることができました。しかし、本質的なことをいえば、講演者の言葉や表情、動作が、次々に、まさに現れては消えるからこそ、大切なものに思えるし、聴く立場にいることが輝くわけです。

この春、日本近代文学館で行われた朗読と鼎談の会に行った時には、金子兜太《とうた》さんのある身振りを見て、「来たかいがあったな」と一人で頷きました。声だけではない。そういう動きも含めて人間なので、人間が語るところに妙味があります。いや、語り手だけではない。時には客席に座っている方々の反応が、面白かったりもするのです。

さて、こんな風に聴くことの好きなわたしが、今年は日本近代文学館主催の夏の文学教室でお話することになりました。以前、よみうりホールの客席にいた時、町田康さんが、まずＣＤプレーヤーを取り出したことを思い出します。わたしも、今回、ＣＤをかけるところから始めようと思っています。さて、客席の皆さんと、どのような出会いが生まれるでしょうか。

伝わる言葉、伝わらない言葉

「二十五歳とは見えない若さ――」という文章の一節を見て、うなったことがある。いうまでもない。書いたのは、それより若い方だ。確かに自分が学生だった頃、「社会人」といえば、はるか年上に思えたものだ。今の自分にはどうか。二十五の人なら掛け値なしに「若く」見える。

氷室冴子さんのエッセーには、こういう話がある。男性が「若い女」というので、「二十二か二十三歳くらいの新人ＯＬ」の像を思い浮かべたら、とんでもない。彼が眺めていた娘は「十七、八という年格好」だった。氷室さんは「女」という部分にポイントを置いたのだろう。「若い女というからには、最低でも二十歳はこえてなきゃ。二十五歳くらいまでが、若い女です」と抗議した。すると、男はせせら笑い、「あんた、自分が三十五になったら、女も三十までは若いというつもりなんだろう」

そこで、『大辞林』の「年増」の項を見る。「娘盛りを過ぎて少し年を取った婦人。近世には二〇歳前後をさしたが現代では三〇～四〇歳くらいをいうなど、年齢は時代によって若干前後する」とある。現代の「娘盛り」は、昔よりは長かろう。成人式の会場にいる女性達を年増とは思えない。しかし、「若い」のはどこまでで、「若い女」となったら何歳くらいまでか。その感じ方は、人によって異なる。また、同じ人でも聞かれる時によって答は違ってくるだろう。

日常ごく普通に使われる言葉でも、主観によって受け取り方が違ってくる。では、より特別な言葉になった時、どこまでが、説明なしに通じる範囲なのか。

二十前後の方々と話していた時、「ブログ」という言葉が出て来た。わたしはコンピューターを持っていない。インターネットなどというものもやらない。しかし、新聞などでこの言葉の説明は読んでいた。いささかあやふやな概念としてなら、つかんでいる。まして若い方なら、誰もが知っているものと思っていた。ところが、十数人に一人くらいは、これを知らなかった。

逆に古い言葉が話題になったこともある。一座の一人が、「わたしは短歌が好きで、古語辞典を引きながら、自分でも腰折《こしおれ》を作っています」といった。我々の世代なら、「腰折歌」や「腰折文」という言葉を知っていて不思議はない。しかし、若い方の口から出ると新鮮に響く。試みに、「腰折」の意味が分かるか聞いてみた。三十何人いたのだが、口にした当人以外は誰も知らなかった。

何年か前には存在しなかった言葉が、幅広く普及している。かといって全員が知っているわけではない。昔は文章を読むほどの人間には常識だった言葉も、ほとんど知られなくなった。かといって全員に分からないわけではない。

このあたりに、言葉の微妙さがあり、また面白さがある。

銀幕のオペラ

このオペラ、このアリア、この場面が好きだといっても月並みだろう。趣向をかえ、映画の中での歌劇鑑賞シーンについて書いてみたい。遠い昔の記憶なので、違っていたら申し訳ないが、わたしの頭の中には、こういう形で残っている。

高校生の頃、テレビで『会議は踊る』という映画をやっていた。史上名高いウィーン会議が舞台である。ウィーンだけに、歌劇場が出て来た。演じられていたのがボロディンの『イーゴリ公』、有名な「ダッタン人の踊り」のシーンだった。レコードで聴いていた聴覚だけの世界が、躍動的な舞台となって眼前に現れた。観るものとしてのオペラを実感した。

同じ頃、映画館で観たオードリー・ヘップバーンの『昼下がりの情事』も忘れられない。オードリーが若い男とオペラに行く。出て来たところで、彼が叫ぶ。「ワーグナーは素晴らしい。これに比べたら、ヴェルディなんか問題じゃない」。ヴェルディを俗だと決めつけるような言葉である。それが、この場合は見事な人物描写になっていた。知ったかぶりの若者が口にしそうな、鼻持ちならない発言として描かれていた。オードリーの心は、こちらには向かわない。オペラという素材が、実に的確に使われ、効果をあげていた。

わたし自身も、小説の中に、モーツァルトやヴェルディの一節を引いたりしたことがある。オペラの世界が豊かだからこそ、その豊かさを借り、何事かを表現したくなるのである。

魔法の箱の時代

DVDという、かつては想像も出来なかったものが一般に広まって来た。おかげで、昔のテレビ番組にも、再会出来るようになった。

『隠密剣士』などというのは、わたしが中学生の頃の番組だ。四十年ぶりで観ると、意外にしっかり作っている部分と、「いくら何でも、それはないだろう」と突っ込みたくなる部分が混在していて楽しい。江戸時代が舞台だが、熱演する俳優の後方、遠くの道を自動車が何台も走っていたりする。

一九六二年の世相――などという本のページを開くと、まずそういった番組に目が行ってしまう。思えば、《東京オリンピックをテレビで》などというのを合言葉に、日本中に、魔法の四角い箱が増殖した頃だ。

昔を思い返すと、浮かんで来る夜がある。正確に一九六二年かといわれれば、定かではない。ただ《あの頃》のことではある。冬の夜に、テレビで洋画『第三の男』が放送された。映画というのは、一年に一回、観られるかどうか、という贅沢な娯楽だった。それが、茶の間で観られる。寒い夜道を帰って来る必要もない。おまけにその冬は、わが家でも文明の利器である電気炬燵を買った。炬燵から出た上半身は、現代の室内とは比べ物にならないほど寒かったが、当時はそれが当たり前だった。

父が、これが有名な映画であり、出演する誰それは名優、観覧車の場面に名台詞が出て来る、ラストシーンは有名……などと事前に解説してくれた。

そして、映画はアントン・カラスの弾くチターの音と共に進み、あの結びに至った。ジョゼフ・コットンが左手に待つ並木道、枯葉が絶え間無く散っている。道の遠くから、アリダ・ヴァリが近づいて来る。声をかけるか、近寄ってくれるかと思えば、彼女は一瞥も与えない。カメラの前を行き過ぎると、画面は反転し、今度は逆に、その姿が遠ざかって行く……と、この半月ほど前まで、記憶していた。ところが、これもＤＶＤで観ると、彼女はカメラの右横に通り抜けて終わる。完全な無視が、遠ざかる印象を与えたのだろう。それでは画面として月並みなわけだ。

しかし、思い出の中では違う。張り詰めた冷気の中、炬燵から見つめるわたしの前に、白黒の小さな画面がある。その中を、アリダ・ヴァリは永遠の彼方へと去って行く。そして、雪のごとく、枯葉が舞う。

遠い《あの頃》のことである。

くじ

吉行淳之介のエッセー「スルメと焼酎」に、こんな一節がある。——戦後混乱期の昭和二十二年、大学の正門前で、「三角くじ」を売っていた。一枚十円。吉行は《ふっと十円札一枚出して、箱の一番上の紙をつまんだ》。すると、それが一等当選。一緒にいた友人が、吉行の顔の《スーッと蒼くな》るのを見た。その場で千円もらえた、という。

こう聞いて、まず、どう思うか。わたしは、《よく、当たりくじが入っていたな》と、一人つぶやいてしまった。おそらくは、きちんとした団体がやっていたのだろう。

わたしが、小学校に通っていたのは昭和三十年代だ。正門の方から帰ると、時に、子供向けの香具師が路上に店を出していた。《一度、うちに帰ってから、またおいで》などといってい た。学校から苦情が出るのを気にしていたのだろう。そこで売られる品は、子供の目には、とても魅力的なものだった。簡単な手品のタネや、ゲーム、粘土細工作りの材料などであった。《正門前で売っている》といわれると、どうもこの刷り込みがあるから、香具師の姿が目に浮かんでしまう。こんな風に、小学校の前に店を出しながら旅をして歩く人たちも、昭和四十年代頃には、もう見られなくなってしまった。

一方、学校の裏門の方には、駄菓子屋があった。こちらには、子供向けのくじがあった。大きな箱が、幾つもの枡目に分けられている。それぞれの中に、小さなおもちゃが入っている。お金を出して、枡目の上ぶたの紙を破り、中のものを取り出すのだ。

あるいは、薄紙をなめる方式もあった。くじを引いて、その表面をペロリとなめる。はずれだと《スカ》などという文字が浮き出て来た。飛行機のフィギュアなどが、一等賞などとして飾られていた。

「あんまり早く一等が出ちゃうと、誰も引かなくなるだろう。だからさ、最初のうちは《当たり》を、しまっておくんじゃないのかな？」

などと、話したものだ。

こういうものは、品物が欲しいというより、《今度こそ！》というワクワク感を買うものだろう。《博打というのは、場で朽ちるからバクチというんです》、などという言葉が落語に出て来る。賭け事がやめられなくて、破滅していくのも、このスリルがたまらないからだろう。

大人になった今も、コンビニなどに新しい食玩（という言葉も、現代語として定着してしまった）が出ると、つい、手を出したりする。同じものを同じ値段で売っていても、中が見えていたら買わないかもしれない。ようするに、常識人として、場で朽ちない程度の小さなスリルを楽しんでいるわけだ。

本を開く時の《これは傑作かもしれない》というワクワク感も、思えば、どこかこの気持ちに通じるのかもしれない。

忘れていたアイリーン・アドラー

《必要悪》という言葉がある。裏返せば必要善だ。ミステリ界でいうなら、『少年探偵団シリーズ』の明智小五郎など、まさにそれに当たる。彼がいない限り、希代のランナー怪人二十面相は、どこまでも走り続けねばならない。疲れるだろう。無論、楽しいことをやるのは二十面相だ。しかし、明智がいてくれないと、何をやっていたのか分からない。二十面相の舞台上の、驚くべきパフォーマンスも、明智というライトが当たることにより、隈なく照らし出される。

さて、目を英京ロンドンに転ずれば、いるのはかの有名なシャーロック・ホームズ。こちらの名探偵には、演技者として二十面相的なところがある。初対面の人間の靴などをちらりと見て、「あなたは光文社という会社の編集者、それもミステリ関係の雑誌を担当していますね。好きな色は黄色」などと喝破して驚かせる。こういうところは二十面相的で、それを自ら、明智のように絵解きする。このやり方が魅力的なのは、繰り返しパロディ化されていることでも分かる。

かくのごとく、ホームズの個性は強い。物語では、犯人達という《必要悪》の動きがライトとなって、舞台に、かの名探偵自身が浮かび上がって来る。

わたしの行った小学校には、『ルパンシリーズ』は、ほぼ置いてあった。しかし、ホームズは数冊あったのみ。昔の子供は、図書館でホームズ全作を読むこともできなかった。今では、たいていのところに揃っているだろう。羨ましいことだ。「踊る人形」という話があることを知り、題にひかれ、《何とかして読みたいものだ》と願ったが、かなわなかった。小学校も高学年になると、クイーン、カーを文庫で読み始めた。この頃になると、《今更、ホームズでもあるまい》と思った。そんなわけで、『冒険』から通読したのは、二十を越してからだった。《なるほど、面白い》と思った。《今更――》などというのは、いかにも小学生らしい浅い考えだった。

だが、記憶に関していうなら、子供時代に読んだ本は鮮明に残る。大人になって読んだものは綺麗に忘れる。アイリーン・アドラーがどんな女性だったのか（名前以外は）覚えていなかった。今度の新訳で、まず巻頭の「ボヘミアの醜聞」を読み返し、なるほどと思った。新鮮な喜びを、また味わえたわけだ。

縦と横

レコードがCDに取って代わられる時代を過ごした。

初めてCDを見た時には、《LP盤中央の、レーベルの部分ぐらいの大きさだな》と思った。そこが、ぽんと取り外されたようで、妙な気がした。やがて、MDというものが出て来た。これでCDが衰亡するのかと思うと、そうはならない。《CDより小さくなると、商品として扱いにくい。聴く側にとってもそうだ》――と、ある人がいった。一理ある。となれば、CDという形態は、しばらく存続するのだろう。

さて、昔あった懐かしいレコードで、今、手に入らないものが幾らもある。さみしい限りだが、無論、名盤といわれるものはCD化され復活している。『小沢昭一の　ドキュメント　日本の放浪芸』（ビクターエンタテインメント）などが簡単に入手できるのは、まことにありがたい。

実はこれ、若い頃には手が出なかった。何しろ、第一部だけで七枚組である。レコード屋に行ったら、まず志ん生などを買う。そうするとお金が残らなかった。年を取ると、体の方では自由にならないことが増えて来る。しかし、こういうものが買えるようになるわけだ。

今更、この《20世紀ドキュメント・レコードの金字塔　ひとりの俳優が〝芸〟のふるさとを求めて足と情熱で蒐めた記録！　一年有余にわたる日本縦断現地録音!!》（これが、第一部七枚組の帯の言葉である）について、説明する必要もないだろう。その時、そこに、その人がいてくれたということに感謝するしかない仕事が確実にある。時は流れる。小沢氏のマイクが、これらの音をとどめてくれた。あと十年経っていたら、様々なものが消えていたろう。

ところで、この中の六枚目、『商ら芸＝香具師の芸』を聴いていて、たまらなく面白いと思ったことがある。東京は巣鴨、縁日での録音。毛布やの売り声が収録されている。嗄《しゃが》れ気味の声が、《さっきの婆あみたいに——》《そうだよぉ》などと語る。その口調に、どうも聞き覚えがある。何か極端なことをいっておいて《あ、嘘だよ、そんなこと》と受ける。ここのところで、はっきり分かった。《庚申塚から巣鴨の駅の手前まである。——嘘だよ》と、短い間で同じ型が、再度、出て来る。これは、先代の鈴々舎馬風《れいれいしゃばふう》を写しているのだ。間違いなかろう。小沢氏は落語に深い関心を持ち、少年時代には《落語家になろうかしら》とも思った方だ。勿論、気づいているだろう。中には、《『赤と黒』。スタンダールの小説にあるんだよ。いうことが文学的になって来たなぁ》——と、こんなくだりもある。ここなどでも明らかだ。

九代目鈴々舎馬風といえば、戦後落語界の名物男の一人だ。刑務所慰問の開口一番、《満場の悪漢どもよ》といった——などと、エピソードには事欠かない。乱暴な口調が売りで、《よく来たな》というのが、トレードマークだった。ラジオから、日常的にその声が流れていたのだと思う。わたしの母は《品がないから、嫌いだ》といっていた。おかげで、わたしの頭には、《よく来たな》と話し始める、品のない芸人という記憶しか残っていなかった。後年、談志のまとめた、確か『夢の寄席』という二枚組のLP（後年のCD版『ゆめの寄席』の原型、志ん生のまくら集などがあり、トリは三木助の『へっつい幽霊』だった。このLPについて、色川武大が『寄席放浪記』（河出文庫）で《人気や知名度の点では今ひとつと思える小柳枝を選んで、「強飯《こわめし》の女郎買い」を入れているが、識見だと思う》といっている。もろ手を挙げて賛成）で『権兵衛狸』を聴くことが出来た。楽しかった。こういう人が、名人上手の間に出ることによって、寄席が豊かになったのだろう。この録音は、他でもレコード化され、また、現在、ビクターから出ている馬風のCDにも入っている（これは、馬風のみで一枚、『夜店風景〜物真似』から『よいよい談義』まで五演目を収録し、しかも、『権兵衛狸』はノーカット完全版という実にありがたいものだ）。

改めて、そのCD版『権兵衛狸』を聴いてみた。《――て、嘘だよ、そんなこと》という口癖は、二度、出て来る。《こういう詩的なことというと、笑うんだから》といい、また《むかし、山里に男ありけり。これ、ぼくの落語は、あまりに文学的だなぁ。『源平盛衰記』を思わせるものがあるぞ》などと語ったりする。『源平盛衰記』と落とすことが、昔はおかしかったのだろう。逆にそれだけ、《むかし、男ありけり》なら『伊勢物語』と、誰もが知っていたわけだ。

とにかく、こういうところ、そして何より全体の調子が、毛布やさんそっくり――いや、毛布やさんが馬風にそっくりなのだ。これは頷ける話で、今でも《何でだろー、何でだろー》が流行れば、口上にそれを取り入れてもおかしくない。商売なのだ。とにかく人を引き付け、足を止めなければならない。その有効な手段のひとつだろう。

現代では流行の鮮度がたちまち落ちてしまう。それに対し、昔はこういうものがより長持ちしたであろう。先代馬風の亡くなったのは、一九六三年。『日本の放浪芸』の録音は一九七〇年から一九七一年の間になされている。この頃まで、香具師の口調の中に、死んだ馬風が生きていたと思うと、嬉しくなる。聴いているおじさん、おばさんの中にも、《あ、あの調子は……》と懐かしく思った人が、必ずいたであろう。

口承の芸は、時間軸を縦に伝えられる――と思うのが常識だ。そういう中で、毛布やさんの場合は、横で流れるラジオの声がコピーされている――ように思える。古い伝承の中に、往年の幾つかの芸能が残るのも、こういうコピーの力があったからだろう。

愛しているのに

「馬は人を見る」という。乗馬未経験者を侮るそうだ。ところで、猫もまた、人を見る。

わが家には、ゆずという猫がいる。のんびり寝てばかりいる。目の色が変わるのは、腹が空いた時だけだ。まず、「めしをくれ」と鳴く。「まだ、早いだろう」というと、ふてくされる。そして何と、――テーブルの上の紙への攻撃を開始するのだ。爪を立てたり、噛み付いたりする。こちらは物書きだから、紙を攻められるとつらい。困ると知っているのだ。わたしがいない時には、そういうことをしないらしい。

先日のことだ。たまりかねて、「やめてくれよ」と手を出した。その、私の指の動きと、ゆずの爪のアタックが、空中でぴったり出会った。百万にひとつの偶然、という感じで、彼の尖った、太い釣り針のような爪が、わたしの右の中指の、爪と肉の間に、ぐさりっと食い込んだ。

これは痛い。尋常でなく痛い。

うずくまり、次に跳びはねながら、「こんなに面倒をみてやっているのに、どうしてこんな目にあわなければいけないんだっ！」と、うめいた。

そこで、「愛の関係において、爪をふるう強者と傷つく弱者が生まれるのは別に珍しいことではない」という、ひとつの定理に思い至り、わたしは「なるほど」と、妙に納得しつつ、消毒薬を探し始めたのだった。

（埼玉県　57歳）

ここまでは、わたしの書いた投稿例です。

大切なものって、日常に転がってたりしますよね。猫の爪が刺さった瞬間の痛みや、子どもと道を歩いている時の幸せ、夕焼けのきれいさ。人間の心に食い入ってくるものが、日常の中にはあります。

しかし、そんなものも時とともに風化し、消えていってしまう。デジカメで場面をとどめておくように、言葉でとどめようとすれば、出てきた言葉はどんな像を結ぶでしょうね。それは自分が生きてきた記憶であり、記録になる。

同じように猫を書いても、書く人によってまったく違うものになります。書くということは結局、己を書くということですから。

書こうと思ってまわりを見ることで気づくこともあります。山茶花って今ごろ咲き始めるんだとか、天の川ってこのへんでは見えないんだとか。見えなかったものが見えてくれれば、生活が豊かになるかもしれません。

一つひとつは個人的な体験でも、読み手が「私だけじゃないんだ」って、それが救いになることってありますよね。「あるある」と共感したり、力づけられたり。日常の一コマが、普遍的なものになるんです。

ある投稿に応える投稿が生まれるなど、キャッチボールもあるかもしれません。そういうことが語られていけばパッチワークのように日本の今の家庭の姿が浮かんでくると思います。

書くことのおもしろさは男女共通です。男性のものの見方が表れる投稿は、女性にとっても興味深いのではないでしょうか。

《ヴァイオレット》と《おとらさん》

——世界で一番、美しい単語は何か。

そういうコラムを、昔、新聞で読んだ。確か答えは、フランス語の《ベルジュェール》だった。意味は《女の羊飼い》らしい。美しいというのは、無論《響き》にポイントがあるのだろう。

しかし、人は言葉を、音楽的要素のみで聞くわけではない。言葉は意味を持つ。ある《響き》が、どういうイメージを呼び起こすかは、国によっても違う。我々が、外国人の名を耳にしても、《ビンボーさん》や《マンジューさん》だと、くすっと笑いたくなる。あちらの人にとっては、無論、おかしくも何ともない。そういうことを考えると、他国の言語の持つ《感触》まで、つかむことは、まことに困難といえよう。

『世界文学としての源氏物語　サイデンステッカー氏に訊く』伊井春樹編（笠間書院）を読んでいたら、こんな一節に出合った。明治時代の、末松謙澄による『源氏物語』の訳業を認めた上で、——だが、とサイデンステッカーはいう。


サイデンステッカー◆謙澄の翻訳で、「紫」は「violet」になっているのではなかったですか。それはいけないよ。それは品がないです。

伊井◉品がないですか。

サイデンステッカー◆はい。

伊井◉どういうイメージですか、「violet」は。

サイデンステッカー◆イタリア系の娘（笑）。

加藤◎太陽のイメージになるのでしょうか。


サイデンステッカー訳では、「若紫」は、「Lavender」になっているそうだ。要するに、ヴァイオレットでは活発なイメージになり過ぎるのだろう。

この話を人にしたら、ミラ・ジョヴォヴィッチ主演の映画に、「ウルトラヴァイオレット」というのがあった、といわれた。ヴァイオレットという女性が、ある事情から超人になって戦うらしい。こういう例を聞くと、なるほど、その名前には、（紫という意味ではなく）特別な色があるのか——と思ってしまう。

昔は、日本女性の名に《くま》や《とら》などが、普通につけられていた。健康を願ってのネーミングだ。納得できる。しかし、外国人が現代日本を舞台にして小説を書く時、そういう名のヒロインを登場させたらどうか。原宿の通りを行く《おくまさん》、六本木ヒルズで微笑む《おとらさん》。いかに文献をよく調べて書いたといっても、日本の読者には受け入れ難い。しかし、欧米の読者には、何の違和感もないだろう。

言葉を操るというのは、まことに難しいものだ。

迷子の迷子の子猫ちゃん

豆腐、いわし、くじら等々、それ専門の料理店がある。煮物、焼き物、何でもござれ、同じ食材が様々に形を変えて出て来る。以前、「小説すばる」の別のコラムで、わが家の猫――《ゆず》のことを書かせていただいた。猫専門店のようになってしまうが、続編を書かせていただこう。最近、事件があったのだ。

《ゆず》は諸般の事情から、家の中で飼われている。日光浴や風にあたる場所は二階のテラス。外には出さない。ある雑誌に、やはり室内で猫を飼っていらっしゃる方が、「ちょっとドアが開いたりするだけで、恐怖の表情を浮かべて、後ずさりする」と、シャイな様子を書かれていた。うちのは、まったく呑気。この世に、悪いことや怖いことがあるなどとは、毛筋ほども考えていない。外に関心がある――という前向きの姿勢より、開いていると、考えなしにただ出てしまう。去年の夏、ひょいっと朝の庭を見たら、《ゆず》が家の中と同じような調子で、ゆったりと歩いていた。「わあっ！」と、声をあげて飛び出し、あわてて連れ帰った。玄関が開いたすきに、横からするりと出たらしい。

そして、今度は数日前のことである。お昼に、猫の物凄い鳴き声と、疾駆する音がした。見てみると、庭に面した巻き上げ式の網戸が上がっている。風のせいかも知れない。《ゆず》がそこから庭を見ていた時、外の猫が襲いかかって来たことがある。網戸越しだが、高みの見物をされて「何だ、こいつ」と思ったらしい。《ゆず》が外に出てしまい、待ち構えていた元気な外猫に追われるという最悪のケースらしい。さあ、それからが大変だった。

慣れない車にぶつかったらどうしよう、食べ物だって確保出来ないだろう——と、悪いことばかり考えてしまう。飼い主である娘のことも、勿論、二重写しになった。《ゆず》が消えてしまった時の、娘の哀しみ苦しみを思うと、真昼の光が一段と強く感じられた。

それから、二時間半、名前を呼びながら、《ゆず》の食器を打ち鳴らし（食べることには真剣なので、この音がすると、いつも飛んで来る）、近所を徘徊した。怪しい奴である。何度目かの一周を終え、家に戻って名を呼ぶと、か細い声でニャーという返事があった。文字通り、胸を轟かせながら、裏庭で食器を鳴らすと、物置の下から《ゆず》が、「食べ物……？」という目をしながら、おずおずと顔を出した。

一件落着はしたが、どこを通り、どんな冒険をして来たのだろう。知りたいものである。

落語という海

起

『闇からの声』という小説がある。イギリスの作家、イーデン・フィルポッツの作である。フィルポッツは、江戸川乱歩が称賛したため、日本では、本国以上に評価が高い。この本も、長く「ミステリファンなら必読の古典」とされていたものだ。

さて、——わたしが小学校低学年の頃までは、家にテレビというものがなかった。つまり、ラジオを聞いて育った最後の世代ということになる。

テレビが茶の間に来てからは、朝、時計代わりに画面の表示を見るようになった。だが、それ以前は、ラジオ放送によって「あ、そろそろ、時間だ」と、家を出たのである。

夕方には、子供向けのドラマが始まる。

「うーん、猪口才《ちょこざい》な小僧め、名を、名をなのれっ!」と始まる『赤胴鈴之助』や、「ぼ、ぼ、ぼくらは」と歌われる『少年探偵団』と共に、夜が忍び寄って来る。

その頃、楽しみにしていた放送といえば、まず——落語だった。実に多彩な物語が、魅力的な話芸によって立ち上がって来る。

六十ワットの電球の灯った部屋で、ちゃぶ台を囲んで聞いたことが多かったのだろう。だが、どうもわたしには、しんと静まった闇の中で、布団に横になり、「芝居の工夫をする中村仲蔵」や、「あんころ餅と一緒に金を飲み込むけちん坊」の話に、耳を傾けていたように思えてならない。

実際に、ラジオの音に耳を傾けながら寝入ったこともあったろう。だが、それより何より、わたしにとって「落語を聴く」という行為は、まず、記憶もはっきりとしない頃に始まった、懐かしくも朧げな体験なのだ。

つまり、落語は「昔」という「闇からの声」なのだ。

子供には、忠臣蔵も、まして吉原がどういうところかも分からない。それでも、落語は全て面白かった。

その頃は、「誰の演じた何」という認識などない。だが今にして思えば、桂文楽の『愛宕山』の、傘を持って無限の谷に落下していく男のイメージ、円生の『鼠穴』の、最後のそれはもう深い深い安堵感、金馬の『孝行糖』の並べ立てられる言葉の羅列の面白さ、そして志ん生の『黄金餅』の、黒いユーモアなど、それぞれに忘れ難いものだ。

振り返って、……確かに、そういう噺を聴いた……と思う。

やがて町の本屋をのぞくようになると、分厚い『落語全集』が棚にあるのを見つけた。心の底から欲しかったものだ。もし、わたしの生まれたのが東京で、近くに寄席があったなら、立派な落語少年が出来上がっていたと思う。

ラジオという形式は、まことに、落語とよく合っていた。あの頃、育った人間は、今の子供達と違い、まず耳から、それを知る機会が多かった。

無論、実際の落語を聴く際には、演者の仕草や表情も、大きな楽しみのひとつとなる。それにしても、落語は映画や演劇とは違う。原則として、メイクもしなければ舞台装置も使わない。

それだけに自由であり、雄弁でもある。

承

記憶に頼っていうのだが、確か、小説『闇からの声』の重要なポイントはこうだ。幼い少年が、彼の継承した遺産を目当てにした親戚の悪人に、夜ごと、世にも恐ろしい仮面を見せつけられ、心理的に崩壊してしまう——こんなだったと思う。黒い闇に浮かぶ、恐怖の面。悪意そのものを示すような顔。心の柔らかな幼子に、それをつきつける汚れきった男。想像するだけで恐ろしい。

この小説が、今から四十年近く前、NHKでテレビドラマ化されたことがある。夏だった。主人公の引退した探偵役を、東野英治郎（初代黄門様といった方がわかりやすいのだろうか）がやっていた。同じく引退した元名女優を、東山千栄子（『桜の園』などで知られた伝説的存在）。

こういう海外の古典的名作を、日本を舞台にして見せてくれたのは、大変、興味深く有り難かった。しかし、一方で「小説」を「映像化」することの難しさも感じた。

というのは、まず第一に問題の「面」である。これに能面の般若系統のものが使われていた。幼児が深夜見せられたら確かに恐いだろう。しかし、この面のイメージなら、日本人の誰もが持っている。

——ああ、般若か。

と、思ってしまうのだ。同じ能面でも、むしろ、大悪尉《おおあくじょう》などを使った方が、より凄まじかっただろう。

しいのだ。

とにかく、文章で書かれ、こちらが頭の中で想像している限り、この「面」は限りなく恐ろしいのだ。

ところが、ひとつの実物を出されてしまうと、それは説明になり、「それ」でしかなくなってしまう。

同じようなことが、まだあった。名探偵が捜査を開始するきっかけは、すでに死んだ筈の男の子の声が聞こえたからだ。このままなら怪談である。そのわけが、最後で明かされる。

これは、老探偵に関心を抱かせるために、名女優が子供らしい声を使った演技だったのだ。小説でなら納得出来る。「女優」というのも伏線だったと分かる。しかし、実際に東山千栄子に「声」を出されると、感銘というより滑稽さを感じてしまった。いうまでもないが、「役者の力量」ということではない。あの東山千栄子なのだ。ここは、むしろ彼女をもってしても――というべきだろう。

つまり、実物を前に出し説明してしまうと、どうしても失われてしまうものがある、ということだ。

ちょうど、闇から響く声の、闇の部分に光を当ててしまうように。

落語という表現形態の、ある点で演劇や映画を超える、豊かさや魅力も、実にここにあると思う。

古今亭志ん生は、それぞれの登場人物を演じる時、衣裳を替え、メイクを替えたりはしない。後ろに、背景を用意したりはしない。我々は、一言では捕らえ難い、志ん生という個性を聴き、そこに巨大な物語の広がりを見る。

その個性を聴くことが、落語の大きな喜びである。演目を見て、たとえば『芝浜』と知るだけでなく、誰の演じる『芝浜』なのか、それこそが意味を持つ。

演者によって、噺は見事に変貌する。そういう経験を重ねていくうちに、自分自身もいつか、「ここはこう演じるべきではないか、こう演じることを、作品が求めているのではないか」と思ったりする。

わたしは小説を書いている。最初の物語を構想した時、主要な登場人物の一人を落語家とした。その大きな理由に、「自分なりの解釈によって、古典落語を演じてみたかった」ということがある。

当然だが、わたし自身が高座に座ることは出来ない。せめて小説の中だけでも、自分なりの落語を演じてみたかったのだ。

幸い、刊行と共に、よい評価をしてくださる方が多かった。当時、そのシリーズを、ある有名な落語家さんが書店で買っているところを見た、という話を聞いた。伝聞である。確かなことではないから、それが誰かは記さない。しかし、嬉しかったものだ。

また、兄弟に落語家を持った都筑道夫先生が、「噺家っていうのは、ああいうものだよ。よく小説に出てくる落語家が、和服に扇子を持って、額を叩きながら、高座そのままの口調で話していたりする。そんなことはない。日常生活では、普通の人だ」と、わざわざ、おっしゃってくださったのも印象に深い。

転

我々は落語を愛するから、その人の語る落語を聴く。

究極の落語への愛といえば、入門してしまうことだろう。先日、立川志の輔さんとお話させていただいたことがあった。

様々な話題の出た、実に楽しい時間だった、その中で、わたしはこんなこともいった。

「志の輔さんの語りは、特に談志さんに似ているとも思えないのです」

落語家の中には、師匠と口調のそっくりな人がいる。習うのだから最初はそうであり、徐々に「自分」を獲得していくのが、修業の道だろう。この「似ている」ということの意味も、昔と今では随分変わって来たろう。

昔は、「先代」が亡くなってしまった時、そのコピーが、むしろ好意的に迎えられたのではないか。先代中村勘三郎が逝った時、歌舞伎の舞台には大きな大きな穴が開いた。その頃、勘九郎を見た。意識してのことだろうが、父そのもの、という演技をしていた。

「そっくり」という、声が客席からかかった。「芸の継承」を眼前に見た思い、父に子があったことへの喜び、心の震えがそこにあった。

そういう意味で、はるか昔、カセットテープやレコードもなかった時代には、師匠をなぞることが、むしろ歓迎されたのではないか。能、歌舞伎、そして落語にも残る型の継承の、「全人的なもの」すら期待されたりしたのではないか。

考えれば、何代目何々などという襲名の発想にも、そういうところはうかがわれる。

だが、前人の芸が声のみならず、映像まで含めて記録される現代では、個性の方がより重要視される。「俺は俺」ということは、昔以上に意識されるだろう。

志の輔さんも、優れた個性と創意の人である。わたしも普通、「この人は誰の弟子」などということは忘れて聴く。

しかし、だ。

「――ですけれど、稀なある瞬間、ふっと談志さんが垣間見えることがありました。そういう時、芸というものの不思議さを見るようでした」

わたしは、こういった。実感である。すると、志の輔さんは、

「そうですか、似ないように心掛けているんですけれどね……」

といって、実に嬉しそうな顔をしたのである。こちらもほのぼのと温かくなるような、いい表情だった。

わたしが、そこに見た「繋がり」は、愛という以上に、師への恋に近いような至福のものだった。

結局、よい芸を前にして、我々が没入する時の感じは、やはり、この恋の思いに外ならないのであろう。

その志の輔さんが、埼玉県東部の久喜市で、四季の落語会というのをやってくれたことがある。志の輔さんはいう。

「最初は、一回だけの依頼が来ましてね。だから、こちらから提案したんですよ。それなら春夏秋冬四回やったらどうかってね」

素晴らしい着想である。観客は落語と、そして落語家と、広がりを持って接することが出来る。

この会は、その後も何回か続けられ、柳家小三治さんもいらしてくださった。独特の枕で語られたことの中に、印象的な、映画『野菊の如き君なりき』の思い出もあった。わたしは翌日、すぐにレンタルショップに借りに行ったが、後日、この市の図書館にもビデオがあることを発見した。

——多分、あの落語会に来た中の何人かも、これを借りたんだろうな。

などと考えて楽しかった。

地元でこういう催しのあることは嬉しい。会場の客席には、親子連れの姿も何組も見られた。

中高年が難しい顔をして「鑑賞」している会ではなかった。

バブルの時期、地方に立派な、何とか会館などといった「入れ物」が幾らも作られた。こういう企画が各地で行われたら、そこが本当に生きたものとなるだろう。

結

落語の魅力は、まさに語ることそのものにある。書くこととの達人が、語りの達人とは限らない。

日本の最も著名な批評家の一人に、小林秀雄がいる。講演が、いくつもテープやCDとなって残っている。

それを聴くと、誰しも思うことがある。

——志ん生に似ている。

これである。

わたしは、これを偶然だと思っていた。たまたま、小林の口調が、古今亭に重なったのだと。だから『おとこ友達との会話』白洲正子（新潮文庫）を読んでいて、次のような一節に行き当たった時、仰天してしまった。

赤瀬川原平との対談で、白洲は語る。小林秀雄は、しゃべることが下手だった、と。

——意気揚々とやるんだけど、見物人には一つも通じなかったの。これじゃいかんと思って、そうすると一生懸命になる人なの。パーフェクトにしなくちゃいやで、志ん生の全集で勉強した、間から発音の仕方から全部勉強したのよ。鎌倉の海岸を歩きながらお稽古したんだって。

偶然ではなかったのだ！

小林が、志ん生の芸に敬意を払っていなかったら、決してこういうことはしなかったろう。文を書くのではなく、口から出る言葉を通して己を語る時、小林秀雄は「志ん生という文体」を意識して選んだのだ。

彼は、鎌倉の浜を歩いて、それを身につけたという。そうさせるだけの深さ、大きさが、志ん生という海に、そして、落語という海にあったのだ。

唐茄子へあて身

岩波文庫を読んでいて、吹き出した一節がある。それの載っている本を『化政期　落語本集』とばかり思い込んでいた。

そこで、立川志の輔さんと、お会いした時、こういってしまった。

「江戸の『落語本』の中に、醜男の形容として、『唐茄子へあて身をした』ような顔——というのが出て来るんですよ。これは凄いと思いましたね」

唐茄子までは、普通に思いつきそうだ。だが、それにあて身を食らわせるのは難しい。この間に、計り知れない差がある。割ったり落としたりなら現実にあるだろう。だが、あて身をする者など、いるわけがない。だからこそ、ありきたりの嫌みを越えて、凡人の手の届かぬ、しなやかなユーモアとなるのだ。

さて、家に帰ってから、ふと気になって『化政期　落語本集』を本棚から抜き出し、ページをめくった。ところが『唐茄子』が出て来ない。まるで、時季外れの八百屋を覗いたようだ。こうなると気になる。結局、何時間もかけて出典を探すことになってしまった。そして、

——分かった。岩波文庫で、同じ頃に出た『砂払（上）』の中にあった。

海松亭庭鵞《ていが》作の洒落本の一節。前後がないから、女のことをいっているのかも知れない。しかし、それだと毒があってつまらない。

ややあって、志の輔さんから、パルコの落語会にお誘いをいただいた。発売と同時に寒中の

梅で、完売となってしまう公演だけに有り難かった。客席で、毎度のことながら、「うーむ。この人なら、唐茄子を出すだけでなく、見事にあて身まで食らわせられる」と感嘆したことはいうまでもない。

ヨムヨムとキクキク

さてヨムヨムは、活字の森から、ちょっとばかり首を出してみた。するとそこに、裸ではない、パンダがいた。

季節は冬。寒いからかな――と思ったが、パンダなら自前の毛皮で過ごすのが当たり前。これは、おかしい。さらに、着ているものがちょっとばかり変わっている。

すでに裸でない時点で、十二分に《変わっている》のだが、身にまとっているのは、服といってすぐに思い浮かぶ西洋風でも、パンダから連想される中国風でもなかった。和服である。羽織姿、おまけに片手に扇子を持っていた。

「君は誰だい」

と、問えば、

「キクキク」

「は？」

「は、じゃないよ」

と、キクキクは、もう一方の手に持った、大きめの弁当箱のようなものを示す。

ヨムヨムといえば、生まれた時から本に縁のあるパンダである。ひと目で分かった。

「ＣＤブックだね。ああ、それで君の名がキクキクなのか」

キクキクが、コクコクと頷いた。

「そうなんだ。だから、活字の森のはずれにいるわけさ」

ヨムヨムは背表紙を読む読む。こう書いてあった。

――『ＣＤブック　朝日放送ラジオ「上方落語をきく会」編　栄光の上方落語』（角川書店）

「するってぇと」と、ヨムヨムは落語の登場人物の口調になった。もっとも、箱根のお山から東の生まれなので、東京落語のそれである。

「そいつぁ、高座の衣装ってわけかい？」

「にいさん、その通り」

と、キクキクは扇子で額を打ってみせた。

＊

というわけで――といってもうまく繋がりはしないが、まずはその『栄光の上方落語』のことから始まる。

毎年、年末には「今年のベスト幾つ」といったことを問うアンケートがある。『本の雑誌』のそれに、このＣＤブックをあげた。くわしく書く余裕もないが、この演者のこの演目ならこの時のこの高座――という、選びぬかれた優れた音源を残す、まことに意味のある仕事と思った。たとえば、晩年の松鶴しか知らない人に、この「らくだ」を聞かせたくなる。そういう本だ。

そうしたところが、拙文を読んだ本誌『ｙｏｍ　ｙｏｍ』の編集担当Ｋ氏が、いたく感動してくださった。《これは、ぜひ買わねば》と思って、――パソコンをやらない私には、よくわからないのだが――アマゾンだかミシシッピーだか、とにかくそういうところを覗いたそうだ。

そして、びっくり仰天。天を仰いだままの格好で、わたしの担当者であるK嬢にいった。

——ここからは、K嬢に伝えられた言葉。

「十万もするそうですよ。とても買えないので、目下、購入のため、上方落語貯金をしているそうです」

わたしは、首をひねった。

「そりゃあおかしいなあ」

聞いたのが都内某所だったため、すぐに、続けた。——《それだったら、丸の内オアゾの丸善の何階のどこの棚のどの辺にあるから、すぐ確認に行きましょう》と。

こういうところが、パソコン人間ではない、ひとつ前の世代の本好きなのである。

さて、現物を手にとってみると、《本体188857円》となっている。

K嬢が携帯で聞いたところ《十万とはいっていない、五、六万だった》というK氏の返事。《でも、二万で出てるよ》。《買っといて、買っといて！》となった。

どうやら、早くも新品は売り切れ、プレミアがついているらしい。三島由紀夫の短編に『百萬圓煎餅』というのはあるが、《十万円CDブック》では、あまり有り難くない。

無事に購入後、そういうことを、電話でK氏と話しているうちに、

『本の雑誌』には落語関係の三冊をあげましたがね、実は、後から《ああ、それなら、あれも入れたかったな》と思った本があるのですよ」

K氏は目を光らせ（たかどうかは、電話なので分からないのだが）、

「じゃあ、その本のことは『ｙｏｍ　ｙｏｍ』に書いてください」

探求書が見つかっても、別の欲求が生まれる。人間の欲望には際限がない。

——で、その本というのが、小沢昭一の『小沢昭一的新宿末廣亭十夜』（講談社）である。

現在、落語ブーム、寄席ブームとかいうものがあるらしい。若い人も、新宿末広亭や上野鈴本に足を運んでいるそうだ。まことに結構なことである。携帯やらパソコンやらに使っている時間とお金を、寄席や本の方に少しでも多く回していただきたい。

寄席に行けば、様々な芸に接することが出来るが、平成十七年六月、下旬の十日間――これを下席《しもせき》というわけだが――末広亭の高座に小沢昭一が上がった。随談十夜である。《連日超満員、立ち見のお客さんが幾重にも重なり、満員札止め、開業以来最多の観客数を記録する、大賑わいとなった》という。子供の頃から落語が好きで、今でもふと、《もし、落語の道を歩んでいたら》と思うことがあるという小沢自身にとって、これはまさに至福の時であったろう。

わたしは、小沢の随談もハーモニカ演奏も何度か聞いた。しかし、いずれも会場はホールであった。これに対し、寄席を十日間つとめるというところには、その空間でなければ生まれ得ない、何ともいえない妙味がある。『小沢昭一的新宿末廣亭十夜』は、その記録である。満員のため帰った客ばかりではない。誰もが東京にいるわけではないのだ。心をひかれながら、足は運ばなかった、あるいは運べなかった人も多かろう。そういう人を《我々》というなら、我々にとって、渇をいやす一冊である。

何がどう語られたかについて、あれこれ述べようとは思わない。興味を持たれた方は手に取られるといい。

さて、この企画を考え、実行に尽力したのが、その下席の責任者、トリをつとめた柳家小三治である。

トリの前には、紙切り、曲芸、手品などの、場の気分を変える芸人が上がる。これを膝がわりと呼ぶ。

末広亭開業以来の観客を集めた小沢昭一の後に、膝がわりを挟んで上がった十日間のトリ、小三治はどのような枕から始めて、どのように噺を運んだのであろう。

この本を読み終えた後、わたしは、それをも、聴きたかったと思う。

それにしても、前述の値段の件は違いが極端だと思って、聞き直すと——。

＊

「へぇー、そいつが、十万で出ているのかい。恐ろしいもんだ」

と、ヨムヨムがいう。キクキクはきょとんとし、

「いいえ、にいさん、五、六万ですよ」

「あれっ、おめえ、さっき十万て、いわなかったかい」

「いいえいえ、あたしがいったのは、入っているCDの数なら《十枚っ、十枚っ！》」

お後がよろしいようで。

付記　二〇一六年、小沢の随談十夜の一部がCD化され、ビクターエンタテインメントから『CD版小沢昭一的　新宿末廣亭　特選三夜』として売り出された。

「はて?」と「なるほど!」


謎と仕掛けのあるものが、好きだ。

小さい頃、いわゆる駄菓子屋に、よく通った。そういうところには、種々雑多なものが置かれていた。漫画雑誌の付録が、余って流出して来たようなものもあった。《簡易印刷機》や《日光写真機》などといった代物から、指先につけて揉むと煙まがいのものが出る、妙な商品もあった。

鶴の噴水のミニチュア(水が出る)、座った猿の置物(タバコを喫う)などというものもあった。後者は、短いこよりのようなものが付いていて、それを口にねじ込み、端に火を点ける。すると、断続的に——いかにもそれらしく、プカリプカリと煙が出るのだ。

こういったものが大好きだった。

大人になると駄菓子屋には行かない。しかし、卒業したのは、単に《駄菓子屋》に過ぎない。《一工夫あるもの》に胸躍らせる気持ちは、なくなるものではない。

二十代の頃、東京駅の地下街をあるいていたら、出会ったのである——「王様のアイデア」に。いや、これはもう、私を手招きしているようなショップであった。

そんなこんなを重ねているうち、さらに年月は流れた。今から七、八年前のことである。大学時代の友人たちと、新潟県に出掛けた。

旅の終わりには、「何か土産物を買って行こう」ということになる。その時、大きな《台所用品の店》に入った。そういうもので知られる街だった。

包丁など、まあ、当たり前の商品がずらりと並んでいる。ある品物の前まで来て、わたしの脚は、ぴたりと止まった。

米をとぐボールだが、底に細かい穴が空いている。通常なら、といだ後、掌を添えながら、とぎ汁を流していかなければならない。うっかりすれば、脇から数粒が流れたりする。しかし、穴が空いているなら、そのままで、自然に水がきれるではないか！

こういうものは初めて見た。毎日、使うものだから《これはいい》と思った。手に取り、にんまりしていると、わたしのひととなりをよく知る友人が、

「また、すぐ、そういうもの買うんだからーっ！」

と、いかにも呆れ果てたような声をあげた。「二、三日経てば、ただのゴミだ」といわんばかりだ。口惜しいが、今まで、この手のものは、ほとんどそうであった。その声に反発し、わたしは決然として、これを選んだ。

そして、友よ、見よ、現在もそのボールは、わが家で、毎日使われているのだ。

現実につながる普遍性——文学座「別役実のいる宇宙」

別役の新作（「犬が西むきゃ尾は東」）を観た。都内から明るい電車に乗り、一時間半程かかって、我が家のある駅に着き、そこからは、暗い、前後に人のいない道を、とぼとぼと帰った。一足ごとに、妙に耳に響く言葉があった。「テルゼノン・A」だ。

劇中、広告看板を体の前後に吊るした男が出てくる。いわゆる「サンドイッチマン」である。昔の漫画にはよく出てきた。わたしは田舎町に育った。実際に、そういう人が歩いているところを見た記憶がない。東京にはいたのだろう。

男の看板に書かれている薬の名が「テルゼノン・A」だった。この作者らしく、いかにも、ありそうでなさそうな固有名詞だ。

これが百三十本目になるという別役戯曲だから、わたしなど、観ていない芝居の方が圧倒的に多い。前作のどれかを踏まえた薬名なのかは分からない。

ただ、この語を頭の中で転がしていると、アキレスが亀を追い越せないという「ゼノンのパラドックス」が浮かび、「テルゼノン」が「逆理を語る」と思えてくる。そして、看板の「A」の文字は、劇中でも語られるごとく、彩度の抑えられた舞台の中で不思議に赤く、その赤さが、看板が舞台から消えた後、どこかから、こちらを見下ろしているようだ。

副題が、——「にしむくさむらい」後日譚——となっている。今からみれば前日譚となる「にしむくさむらい」の中では、「夫婦」という繋がりが、かろうじてあった。「他」とのかかわりが、茫洋としようとも。しかし、三十年を経た今では、それすらおぼろになり、それぞれの個が老いとともに「西」の彼岸を向いている。

この人々も、かつては幼な子であった。時に幻聴のように、可憐な子供の歌声の響く舞台上の暗い明るさはいよいよ輝き、明るい暗さはいよいよ深い。

別役戯曲は、芝居を作るものの力量を如実に見せてしまう。今回は、冒頭の小林勝也登場の瞬間から、たちまち、別役の世界が見事に立ち現れる。それぞれの俳優の個性によって、非現実的な存在となりかねない登場人物たちが、現実につながる普遍性を持ってくる。さすが、という舞台であった。

今回は旧作からは「数字で書かれた物語――『死なう團《だん》』顚末記――」が上演されている。新演出で別役の代表作の一つをあわせ観られることになり、観客にとって、まことに有り難い企画である。

およぐひとのたましひは

子供の頃、暗唱した——というより、自然に覚えた名文句には、落語から耳に入ったものが多い。

——七重八重花は咲けども山吹のみの一つだになきぞ悲しき

——天、勾践《こうせん》を空《むな》しうすること莫《な》かれ、時に范蠡《はんれい》無きにしも非ず

などを、すぐに思い出す。苦労なく頭に入ったのは、《言葉》というものが好きだったからだろう。

よけいな脇道に入るなら、勾践というのはあの臥薪嘗胆のエピソードに出て来る人だ。高校時代、学習雑誌の付録に、各教科重要事項の覚え方というのがあった。どっちが臥薪で、どっちが嘗胆かについて、薪に寝た方は衣服がぼろぼろになってフサになって垂れ下がったから《夫差《ふさ》》、胆《きも》を嘗めた方は、香煎という、麦類を煎ってひいた食べ物があるから、それを嘗めると考えて《勾践》と覚えろ、と書いてあった。

——そんな無理な……。

と、あきれた。大体、現代の高校生は香煎なんて知らないよ、と思ったが、いまだにこの暗記法を覚えている。してみれば、無理も通るものである。

こういうところからも、《ひとつ前の時代》の知識が継承される比率は、昔の方が格段に高かったかと思われる。それにかわって今は、多くの新知識が飛び込んでくるのだろう。

歌舞伎の名台詞なども、うちに塩化ビニール製レコード付きの三冊本があったから、これまた自然に覚えた。そういう文句を口の中で転がしていると気持ちがいい。

高校に入ると、一時期、友達とやったことがある。図書館の詩の全集の中から《これは》というものを見つけて、珍しい石や花でも採集したように教えあうのだ。

その時期に、一番、心魅かれた詩人はといえば萩原朔太郎である。朔太郎との最初の出会いは、おそらく中学生の時、夏休みのテキストの最後のページに、参考作品として載っていた『蛙の死』だろう。この印象は強烈だった。

高校生になって詩に眼をむけた時、最初に買ったのが、現代教養文庫の『朔太郎のうた』(伊藤信吉編著)だった。掌編『猫町』が入っているのも好ましかった。

さて、そこで改めて驚愕した。特に彼の口語詩に——である。

およぐひと

およぐひとのからだはななめにのびる、
二本の手はながくそろへてひきのばされる、
およぐひとの心臓《こころ》はくらげのやうにすきとほる、
およぐひとの瞳《め》はつりがねのひびきをききつつ、
およぐひとのたましひは水のうへの月をみる。

『月に吠える』中の一編である。これを声に出して読む時、我々は明らかに水の中にいる。そのことの不思議を思う。

並んだ単語の中に、秘密の箱から引き出したようなものはない。ごく当たり前の言葉ばかりだ。それなのに、朔太郎がこういう順序でこう並べると、なぜこんなにも《すきとほ》ってしまうのか。

指に触れる水の感触のように、文字の多くはひらがなで書かれている。四行目の漢字はただ一つ、《瞳》である。それに《つりがね》と続く。この《かね》をも漢字にすれば《鐘》になるだろう。《つりがね》は裏に《鐘》の表記を隠し、そう思うとそこに《瞳》との間の《ひびきをき》くような気にもなる。全てが魔術的だ。

日本に生まれ育ったから、こういうさまざまな言葉と出会えた。そのことが、まことにありがたく思える。

直木賞待ち

直木賞の候補となり、選考結果の連絡を待つことが何回か重なった。

学生の頃には、自分が作家になれるとは、まして、いわゆる〈直木賞待ち〉が出来ようとは想像もしなかった。

しかし、わが事とは思わずとも一般論として、そんなことが出来るのはいい、と考えていた。遥かな峰を仰いで、光っているなあ、と思うようなものだ。

実は学生の頃、山口瞳先生の本を読んでいて、そういう場面に行き当たった——のだと思う。遠い記憶だが、そうだったと思う。

吉報を期待しつつ、電話が鳴るのを待つ。入学試験の発表掲示を見に行くのとは別の、劇的な感じがいい。道具立てが違う。しかも、そういう場面では、登場人物達が酒を飲みつつ、いかにも大人の食べるような美味珍味をつまんでいた。

山口先生の本に出て来るサラリーマンと違い、稼いでいない学生が、日常、口に入れるのは、さばの味噌煮定食やカレーライスのようなものだ。粋な肴とは縁がない。ページをめくりつつ、味が想像出来たのは、せいぜい江戸前鮨ぐらいだ。

賞を待つのとは関係ないが、例えば『江分利満氏の華麗な生活』の中に、こんなエピソードがあった。

兵隊として南方の島に行った鮨屋が、今、握りを二つ食べられるとしたら何を選ぶか、——

と空想する。結論はトロとコハダ。ここから、さらに一つとなったら、――コハダとなる。山口先生の創作ではなく、伝聞として語られていたと思うが、それにしても炎熱の島でコハダが恋しい――というのは、まことにうなずける。まさに名人芸。喉が鳴る。

――と書くと、おい、食い気で〈直木賞待ち〉を夢見たのかといわれそうだが、さまざまな考えが割れても末に合体し、人の思いとなるものだ。

しかしながら、待つためにはまず小説を書かねばならない。

先日、落語家の柳家喬太郎さんと対談した。喬太郎さんはおっしゃった。

「落語家になろう――とは思わなかったんですよ。落語が、本当に好きだったから」

「ああ……、分かりますねえ……」

そう答えた。わたしは、子供の頃から、本を愛してきた。開くページは、白く四角い聖域である。物語の書き手に対する畏怖の念が強いから、自分が小説家になれるなどとは、到底、思えなかった。

ところが、年を重ねると不思議なもので、自然に、書いておきたいことが出て来た。それが生きるということだ。

思いは言葉になり、わたしは物書きになった。そして、ありがたいことに〈直木賞待ち〉が出来るようになった。若い頃に夢想したのは、ただ待つ場面だけだった。旅行に行くより、計画している時の方が楽しいようなものである。

だが回を重ねるうちに、自分はともかく、期待して下さる周囲の方々の落胆が、身にこたえるようになった。申し訳ない――と口でいうより、受賞という形でご恩返しするのが一番だ。

今回、直木賞決定の電話を頂戴した時、日頃、冷静沈着と思えた編集者の方々が眼をうるませてくださった。その涙が胸に響いた。

待つことにも楽しみはある。だが、やはりその先の喜びはいいものだ。

直木賞に決まって

昔の少年雑誌には、多くの付録が付いていた。それが駄菓子屋に流れ、売り物となることがあった。

わたしが小学校低学年の時だった。〈世界一高いエンパイヤーステートビル〉の組立模型が出た。駄菓子屋で売るのだから、せいぜい五十円だったろう。しかし、当時の子供には大金だ。何日分かの小遣いをため、わくわくしながら買って来た。それなのに、うまく仕上げられず口惜しかった。

同じように、ハガキ印刷セットが出たことがある。財布と相談し、散々、迷った末、ようやく買いに行った。大粒の雨の降る日曜日、黒い大人の傘をさして行った。どこをどう通ったかも、道がぬかるんでいたことも、はっきりと覚えている。わたしは、小さな本を作りたかったのだ。それは、ぼんやりとした夢だった。これぞという原稿などない。わずか数枚しかない原紙を無駄に出来ぬまま、刷ることなく終わってしまった。印刷インクも古びていた。使い物になったのかどうか分からない。

東京のデパートに連れて行ってもらった時には、ガラスケースの向こうに、ひらがなや簡単な記号の揃ったゴム印セットを見つけた。どんなお菓子よりも魅力的だった。自分の考えた文章が、紙の上で活字の形になったら素晴らしい。——だが、これは大人向けの商品だ。〈買って〉と、せがめるような物ではなかった。

それから何十年か経ち、ワープロというものが出現した。わたしにとっては、〈ゴム印セット〉が形を変え、再び現れたようなものだ。もう大人だから、遠慮なく買える。分厚い説明書を片手に、キーを押しては文章を作ってみた。単に印字ができるだけではない。思うままに推敲できる。これが、実にありがたかった。

生きているうちに、これだけは形にしておきたい——という思いが、言葉となって溢れ出したのが、ちょうどその頃だ。わたしは何編かの小説を書いた。幸い、それが本になった。〈ハガキ印刷セット〉に触れながら夢見たことがかなったのだ。

思いがけず作家としての道を歩み出したわたしだが、戦前を舞台にした小説を書こうと資料を調べるうちに、気づいた。——あの〈エンパイヤーステートビル〉は、何と雑誌『少年倶楽部』の、はるかに遠い昭和七年二月号の付録だった。

どこかの倉庫に眠っていたのだろう。それが戦争の時を越え、何らかのルートをたどり、昭和三十年代の駄菓子屋に並んだのだ。流転の旅を思うと不思議な気がする。

子供の頃、〈エンパイヤーステートビル〉は、うまく完成させられなかった。しかし、『少年倶楽部』の組立模型が評判になっていた頃の物語、『鷺と雪』が今回、第百四十一回直木賞に決まった。大きなものを作り上げた——といっていただけたようで、まことに嬉しい。

『鷺と雪』――生きる、物語が生まれる

今回、『鷺と雪』が、第141回直木賞に決まった。

候補作としてあげられるだけで、高い評価をいただけたわけだ。そこからどうなるかより、候補となったことを喜びたい――と考えていた。これが素直な気持ちだった。

だが、多くの方々から、心のこもった祝福を頂戴した今は、期待に応えられてよかったと、しみじみ感じている。

直木賞は作家にとって、人生の重大事である。しかし、子供の受験と重なった時に考えた。〈どちらかの合格を保証してやる〉と運命の神様にいわれたらどうか。――一瞬の迷いもない。子供の方を選択する。親なら誰でもそうだろう。いかなる栄誉も、それに比べれば、たかが自分のことにすぎない。

ただ、作品が自分の子であると考えた時、受賞を機会に、その子がより多くの読者と接し、新しい幸せな関係を作れるかもしれないと思うのである。

ところが、今回の結果を知って喜んで下さった方々の中には、目をうるませたり、顔を覆って嗚咽する方までいらっしゃった。わたしは、すでに両親を失って久しい。胸のうちに常にいるとはいっても、実際に顔を見たり会話を交わすことは、もう出来ない。だが、普段は冷静な方々が、驚くほどの喜びを示して下さると、年齢の別を越え、まるで親の思いに再会したかのような気になり、胸が熱くなった。

高校の現代国語の授業の時、担当の先生がいった。

「――ぼくの友達が、直木賞を取ってね」

文学史の教科書の後ろには〈芥川賞・直木賞受賞作リスト〉が付いていた。紙の上の表は、はるか遠くのものに思える。現実のこととして、そういう話を聞くのは、無論初めてだった。

「仲間が集まって、お祝いをやったんだよ。ところが、その小説の中に――ママンてえのが出て来る」

母親をママン、寝取られ男をコキュなどと、フランス語でいうことが流行った時期がある。

「何がママンだ――と皆でいじめたんだが、〈いや、あれは必然だ〉と譲らなかったな」

小説を書く人間は、自作に関してどんな観点から批判されても、大抵は抗弁の言葉を持っている。当然の反応だろう。

それからどういう授業になったかは覚えていない。しかし、この記憶は消えない。先生の口調までが、はっきりよみがえる。直木賞が、紙の上のものではないと分かった。――その印象が強烈だったのだ。

だからといって、わたしは小説家になろう――と思い詰めていたわけではない。いや、そんな自分など想像もつかなかった。むしろ、本が好きであるだけに、ものを書くことに対しての、敬意と畏怖があった。

それが、人生のある時期から、文字の形にして残しておきたい幾つかの思いが、はっきりとした形をとってきた。物語は、生きて来た結果として生まれたものである。

直木賞の初代選考委員は、まず菊池寛、そして大仏次郎、吉川英治といった、まさに錚々たる顔触れである。その中に、「雪之丞変化」で一世を風靡した三上於菟吉《みかみおときち》もいる。

わたしは、三上についていささか調べ、文章を書いたことがある。縁があるからで、実は母校、埼玉県立春日部高校の大先輩なのである。〈三上〉などと呼び捨てにしては畏《おそ》れ多いのだが、歴史上の方として敬称を略する。

春日部といえば、今は「クレヨンしんちゃん」で有名だが、三上先輩もまたその地の人であった。縁はそれだけではない。墓所がわたしの住んでいる町にある。候補となることの重なったわたしに、天の高みから応援をしていただけたのかもしれない。

事前に行けば、〈先輩に頼る気か、だらしのない奴だ〉と笑われるような気もした。今度の結果が出てから、三上先輩の眠る墓所を訪ねた。

いかにも梅雨時らしい、曇りがちの日だった。湿気の多い空気の中に立つ石には〈三上家歴世墓碑〉と書かれていた。

残念ながら墓所の入口は閉ざされ、中まで入れない。離れて墓碑に正対し、合掌して今回の結果を報告した。後輩の来訪を、喜んでいただけたような気がする。

どこ行くの——受賞者が語る直木賞受賞までの軌跡

『月光仮面』には、間に合わなかった。『快傑ハリマオ』には、間に合った。

——といえばテレビの話である。その魔法の箱がうちに来たのは、わたしが小学校高学年の頃だ。『月光仮面』の放送は、もう終わっていた。だから、イメージは桑田次郎の漫画によって作られている。

それも最初から最後まで眼を通したわけではない。雑誌や単行本を揃って買ってもらえるようなうちには、育っていない。断片的に知った。

駄菓子屋では、月光仮面シールというのを売っていた。漫画のキャラクターを、人型に切り抜いたものだ。善人と悪人を左右に置けば、戦っている場面になる。

中でも、《サタンの爪》という悪役の印象が強烈だった。吊り上がった眼に耳まで裂けた口。異様な衣装。くっと曲がった爪。何より名前がいい。《月光——》に対するに《髑髏仮面》などは、いかにもありそうだ。しかし、どう考えたら、こうなるのか。《爪のサタン》なら、まだ了解出来る。そうでしょう？《特徴的な爪の持ち主である悪魔》だもの。頷ける。

だが、いきなり出て来た相手に、

「……わしの名は、サタンの爪」

と、いわれたらどうしたらいいのか。

——爪？ あんた、爪なの？

しかし、突っ込んでいる余裕はない。襲って来てしまう。わけが分からないから、余計、恐ろしい。常識など通用しないのだ、こいつには。

魅入られたから、町の映画館に映画版『月光仮面・魔人《サタン》の爪』が来た時、友達と一緒に観に行った。溜めていた一日十円の小遣いを吐き出したのだ。おそらくは十日分。

子供にとって大英断だ。ところが原作のファンは、映像化作品を観てがっかりするものだ。

――わたしも、そうだった。映画館からの帰り道、川沿いの道を歩きながら、問題点を語ったのを覚えている。その《がっかり》のポイントは、実に明確だった。

物語の最後がどうなるか、わたしは知らなかった。映画では、バラダイ王国の秘宝をめぐって、洞窟内での争いになる。そこで敗れたサタンの爪は、仮面を剝がされてしまう。

これがいけない。

なぜかといえば、脱いでしまうと、あの恐ろしいサタンの爪が、――《ただの日本人のおじさん》なのだ。つや消しもいいところである。物語という風船が、そこに至り、しゅるしゅるとしぼんでしまう。

この作品を支えているのは、一にも二にも彼なのだ。月光仮面など、それこそ月並みの脇役に過ぎない。であるなら、サタンの爪には、無限の恐怖を背負ったまま、人間を越えた存在として消えていってほしかった。そこらにいそうなオヤジと戦う物語など、誰が有り金はたいて観たいものか。

これが権力者や教祖様の、虚偽の仮面を剝ぐ物語なら、《裸の顔》が出るのも必然だろう。しかし、この場合は違う。悪魔との戦いなのだ。

サタンの爪が、物語の始めから主要な別の登場人物として出ていて、《意外や、その正体は○○でした》というのなら分かる。だが、そういうわけでもなかった――と思う。

最近、テレビ版『月光仮面』がＤＶＤ化された。『バラダイ王国の秘宝』の巻だけは、懐かしさと共に買ったが、老後の楽しみである。まだ全編を通して観てはいない。しかし、多分そうだったろう。

さて、小学生の日から、十年以上経ってから、スピルバーグの『激突！』をテレビで観た。二十を越していたわけだが、同じことを感じた。

車で旅をしている男が、道をふさがんばかりにのろのろ走っている大型トラックにいらだつ。クラクションを鳴らし、何とか追い抜く。すっきりする。気持ちよくハンドルを握っていると、後方から先程のトラックが現れる。猛スピードで常軌を逸した追い抜き方をされ、そこから恐怖の底に突き落とされる。様々な方法で走行を妨害される。

一度、観ただけだが、記憶が正しければ――エンジンの方式の違いなのか、煙突のように立てた筒から黒煙をもくもくと吐くトラックが、いかにも禍々《まがまが》しかった。

その後、誰かとこの作品の話になった。

「トラックの運転手が姿を見せちゃうシーンがあるだろ。あそこで、がっかりしたよ」

相手は、きょとんとしていた。

「――は？」

「だって、そこで男の姿が見えちゃうと、車を運転してるのが人間――てえことになるじゃない」

「――当たり前じゃない？」

「そりゃそうだけどさ、あの場合、向こうのトラックは現代的な恐怖の象徴そのものだよね。人間の内なる《魔》そのものなんだよ。だから、極端な話、運転席を見たら、そこに誰もいなくていい」

「ふーん」

「それなのに、向こうのトラックを運転してる奴の姿が見えたら、話が小さくなる。幻滅もいいとこだよ。——そこが残念だねえ」

相手は納得してくれなかった。

第一、スピルバーグも、そう思わなかったわけだ。しかし、わたしの意見は変わらない。スピルバーグには、自分の作品が分かっていなかった——というしかない。そう思う人もいれば、思わない人もいる。それぞれに見方は異なる。そこが尊い。

それはさておき、考えてみると、この時の気持ちは、町の映画館のスクリーンに《サタンの爪の素顔》が出た時のがっかりに通じる。

ものの見方の《形》というのは、玉葱を一皮剝き、さらに一皮——と剝いていっても、下から玉葱の姿が現れるように、幼いうちから決まっているものなのだろう。

＊

月光仮面ごっこというのが、戦後史のページをめくると出て来る。風呂敷をマント代わりにして遊んでいる。

そんなことはしたことがない。チャンバラは、さらに時代遅れだった。

我々の頃、流行ったのは銀玉鉄砲だ。駄菓子屋で売っていた。ピストルの中に、銀色の小さな玉——というより粒に近い。玉の箱はごく小さく、黒と赤があったが中身は同じ。五円だったと思う。

引き金を引くと、玉が飛び出す。それを構えて射ち合う。当たったら死んだことになって倒れる──とか、そういうルールがあったのだろうが、よく覚えていない。敵味方に分かれて戦った。

そういう時の仲間の一人に、今も親しく話す相手がいる。田舎には珍しい、赤い屋根のうちに住んでいた。洋風の応接間があり、エレクトーンがあった。要するに、うちとは全く違う。洒落ていた。

その応接間に、講談社の『少年少女世界文学全集』が並んでいた。これは発売当時、第一回、第二回配本が二十万部を売った（『別冊太陽　子どもの昭和史　昭和二十年─三十五年』平凡社）という大ベストセラーである。うちでも数冊は買ってもらったが、とても《ずらり》とはいかなかった。

「これ、いい？」

といっては、借りて来た。有り難い話だ。今も感謝している。あちらの親御さんからすれば、我が子のためにではなく、わたしのために買ったようなものだった。

この全集の前に出ていて好評だったのが、創元社の『世界少年少女文学全集』である。値段も内容もほぼ同じ企画だ。わたしの通った小学校の図書室には、これが入っていた。後を追った講談社が、朱色の表紙で背に豪華な皮を用いたのに対し、こちらは薄紅色。初山滋の装幀も懐かしい。

この二つの全集は、よく読んだ。エドガー・アラン・ポーの「黄金虫」は、創元社版の「こがね虫」という訳で読んだ。ちなみに講談社版は「黄金虫」に「おうごんちゅう」とルビが振ってある。物事を決定するのは、最初の刷り込みだ。どちらで読んだかによって、日本に少数の《コガネムシ派》と多数の《オウゴンチュウ派》が生まれることになった。わたしは前者である。

その創元社版の「こがね虫」は、借り出さずに図書館で読んだ。暗号解読の辺りで、たまらない面白さを感じたのを覚えている。

では、どうして借り出さなかったか。その巻が『若草物語　こがね虫』となっていたからだ。『若草物語』は女の子が読むものだ。そこに抵抗を感じた。

では、四人の少女の物語を読まなかったかというと、そんなことはない。これは、前記の友達のうちの講談社版を借りた。そうすれば、図書カードに書く必要もない。恥ずかしくないわけだ。こちらの全集では、『若草物語　銀のスケート』という組み合わせになっていた。

しかしながら、『若草物語』と『あしながおじさん』を例外にして、わたしは、いわゆる少女向けの作品には手を出さなかった。『小公子』は読んでも『小公女』は読まない。『赤毛のアン』も『秘密の花園』も開いていない。

この辺が、微妙な少年心理である。

小学校も中学年になると、駅通りに貸本屋が開店する。たちまち常連になった。一冊十円、うちに持って帰らず、その場で読んでしまえば半額の五円ですむ。ここで貸本漫画を読みふけった。

＊

ところで黒門町の大師匠、名人桂文楽の十八番に『寝床』がある。——支離滅裂だが、ここから落語の話になる。

旦那が聴衆を集め、素人義太夫を一心に語る。ところが、皆、くうくうと寝てしまった。ただ一人、起きていて泣きじゃくる小僧に向かって、旦那がいう。

――どこが悲しかった？　子供には子供の出て来るところだな。『馬方三吉子《うまかたさんきちこ》別《わか》れ』か、『惣五郎の子別れ』か、そうじゃない？　『先代萩』だな？

ところが、小僧は首を横に振る。そこからおなじみの落ちになる。

この最後の場面、文楽ならただ《『先代萩』》というところを、三代目金馬は《『伽羅先代萩《めいぼくせんだいはぎ》』、御殿政岡忠義の段、〽一年待てども～》と細かく語る。

《一年待てどもまだ見えぬ、二年待てどもまだ見えぬ》から《三千世界に子を持った親の心は皆一つ》と、クライマックスに向かうところである。義太夫のさわりまで入れてくるところが、いかにも金馬の描く旦那らしく、楽しい。誰にも出来る技ではない。語りに力があるから、説明に堕すことがなく楽しめる。

何よりも昔の客なら、こういうことが水を飲むように自然に伝わり、《うむうむ》と頷いたろう。文楽のバージョンでも、『恋女房染分手綱《こいにょうぼうそめわけたづな》』や『佐倉義民伝』が、今やっている大河ドラマをあげるように、すらっと出て来る。

落語は色々なことを教えてくれる。幼い頃、ラジオから、それが流れて来るのを楽しみにしていた。子供でも、吉原の話が面白く聞けた。何がどうと分からなくとも、人情の機微は伝わる。

東京に連れて行ってもらえることなどまれだったが、そういう時、父がふと寄席に寄ってくれたことがある。

どこの何亭だったかは分からない。残念なことに誰が出ていたのかも、全く記憶にない。子供だから、落語以上に、色物で百面相をやっていたことを、よく覚えている。

一時間ほどいて、

「じゃあ、行くぞ」

と、いわれてしまった。

こちらは貧乏性だから、

——ああ、もったいない。

と、思った。しかし、父は、誰の何の芸を——というより、都会にある《寄席というもの》の雰囲気を見せてやろうと思ったのだ。

父は、幼いわたしを文楽（こちらは落語家ではなく、人形浄瑠璃の方）にも連れて行ってくれた。といっても、まだ国立小劇場など影も形もない。昭和三十年代前半。文楽にとって危急存亡の時期だったろう。

文楽の一座が地方公演にやって来た。会場は、隣の市の、小学校の体育館だった。これまた、語った太夫が誰か分からない。

その時の演目が、確か『伽羅先代萩』だった……ように思う。

これで《一年待てども〜》を聴き、

——大変に感動した！

などというなら格好がつく。

しかし、わたしにあるのは、——日曜日の体育館に並んだ椅子に座り、ただ時間を過ごした、舞台では人形が遣われていた……といった記憶でしかない。要するに、その世界に引き込まれなかったのだ。

ひょっとしたら、演じられていたのが『先代萩』というのも、自分が子供であった——というところから連想して、作り上げた記憶かも知れない。

会場は、かなり混んでいたと思う。普通のおじさんおばさんが、まだまだ人形浄瑠璃を娯楽として味わえた時代だった。

現代では、かつて最も庶民的な芸能だった浪曲でさえ、そうはいかない。ワイドショーに慣れた一般人の耳には、娯楽として入って来ないだろう。

かつて雪に閉ざされた北の村々では、三味線を抱えた瞽女《ごぜ》さんの来るのを待ち構え、皆が揃って、その語りを無上の楽しみとして聴き入った。当時の聴き手の集中力、物語を迎え入れようとする心も、遠い過去のものとなってしまった。

柔らかいものを食べ続ける子供は、煎餅を嚙むのがおっくうになる。同じように、手取り足取りし、瞬間で了解させてくれる娯楽を知ってしまうと、そうでないものを受け付けられなくなる。待っていられず、心のチャンネルをあっさりカチャカチャ切り替えてしまう。

浪曲といえば、かなり後のことになるが、父は『壺坂霊験記《つぼさかれいげんき》』に関しては、浄瑠璃でも歌舞伎でもなく、浪花亭綾太郎の浪花節のことをいった。

「綾太郎の『壺坂』は、実に下品なものだ」

だが、それで終わらなかった。

「――その下品なところに、浪花節の良さがあるんだな」

洗練されたもの、高雅なものに美を見ることはたやすい。あるいは、浪花節でいえば、一世を風靡した広沢虎造のように、耳に入りやすくなったものだけを楽しむことも。

だが、上品な層が眼を背けるようなところにも、庶民の芸の忘れてはならぬ力があると、父は教えてくれた。

一方でわたしがそれを――綾太郎の『壺坂』を、雨にびしょびしょに濡れるように堪能することからでなく、知識という門から入って納得したことは、大きな矛盾ともいえる。

しかし、いわれねば分からぬことを、いってもらえたことは理屈抜きにありがたい。

幼児の時、寄席や文楽を見せてくれたこともそうだ。父が連れて行ってくれなければ、子供一人で、そんな経験など出来る筈がない。

わたしは、自分が講演をするのは嫌いだが、聴きに行くのは好きだ。敬愛する方が壇上に立つなら、実は話の内容などどうでもいい。自分の人生の一瞬、その人と同じ場にいたということが大切なのだ。黄金の時間とは、そういう時を指すものだろう。

何も分からぬわたしを寄席や文楽に連れて行ってくれた父は、わたしに大きなものを与えてくれたのだと、しみじみ思う。

＊

テレビがうちに来たのは、小学校高学年の頃だ。ランドセルを背負ったわたしが、その日、どれほどわくわくしながら、帰って来たことか。そして、うちで『快傑ハリマオ』を見ることも可能になった。

今の子は、あって当たり前のものとしてテレビ画面に向かうだろう。時報だろうが料理番組だろうが、とにかくそこに何かが映ってさえいれば胸がときめく——という経験はないだろう。

我々が子供の頃には、学校で映画教室というのがあった。講堂に全校生徒が並んで座り、スクリーンの映像に見入った。

たいして面白いものだった筈もない。しかし、皆、私語もせず集中して見ていた。今にして思えば、写真が動き音が出るということ自体に、それだけの魅力——いや、魔力といった方がいい——があったのだ。

テレビがこの世になかったおかげである。

わたしは、そういう《力》の残っている最後の時代を生きた。それは、幸せなことだ。その眼でテレビという驚くべきものを観た。

父は、歌舞伎中継があるとチャンネルを合わせた。隣に座って、わたしも観ることになる。舞台中継もあり、洋画では『真昼の決闘』を二週に分けて放映などということもあった。

テレビが来て、家庭で会話を交わすことがなくなった——などという話も聞く。馬鹿げている。何を一緒に観るかは、こよなき対話である。

こんなわけで、父からもらったものは大きい。ただ、父の蔵書は、古典と民俗学関係のものばかりだったから、歯が立たなかった。中で江戸文芸の叢書に入っていた『黄表紙廿五種』だけは、絵が大きく、内容も面白くて愛読した。

黄表紙は江戸時代の絵本であるが、時間を巻き戻し、わたしにとって人生最初の絵本は何か——といえば、トッパンの『イソップ　1』である。小学校にあがる前のことだ。

昔は『漫画王』や『冒険王』といった厚い漫画雑誌が出ていた。兄がそれを読んでいるのを見て、うらやましくなった。

「本が欲しい」

と、父にねだった。そこで、買って来てくれたのが『イソップ』という運びになる。父からすれば、《幼児からねだられたのだから絵本》というのが、ごく自然な選択だ。しかし、わたしは当てがはずれた。

父の帰宅を待ち侘び、飛び出して行ったら、期待と全く違うものが出て来た。呆然とし、次の瞬間、泣き出してしまった。父はさぞ、無念であったろう。

泣き止んだところで、母が呼び、絵本を開いて読んでくれた。

——面白い！

たちまち、引き込まれた。それから『イソップ　2』『3』と進んで行ったのが、わたしの読書のスタートである。

そこからやがて、前述の『世界少年少女文学全集』や『少年少女世界文学全集』（並べると、後追いの講談社版があまりに露骨に似ていることがおかしい）に繋がっていく。小学校の高学年の頃から、文庫本を買い、自分の本棚を作るようになった。

ところで今年の初め、しばらくぶりに中学校の同窓会があった。

「入学式が終わった後、校舎の方に行くから、《どこ行くの？》って聞いたら……」

と女の子（同い年だから、今はもう《子》ではないが）に、いわれた。このことは、最近書いた小説の中にも引いた。

ほやほやの中学一年生だったわたしは、何をしていたか。

「……図書室を見に行くんだって。——らしいな、と思った」

そんなことをやっていたのだ、真新しい中学の制服を着たわたしは。遠い、そういう時が確かにあったのだ。

おいで、R２-Ｄ２

おいしい梨が届いたので、いくつか、近所に住む友達の家に持って行った。小学一年生の時からの付き合いである。――ということは、半世紀も行き来しているわけだ。

上がって一服していると、奥さんがマグカップを見せてくれた。

「ロンドンで買ったの」

という。なぜ、わざわざ出して来るのか分からない。すると、カップの外側に並んだ、華やかなアルファベットの列を示し、

「――《コングラチュレーション》て書いてあるから、直木賞を取ったらあげようと思って買ったのよ」

それはどうも――と、手を出しかけたが、未使用ではない。話は続く。

「――十年以上、しまっといたんだけど、この間、前のカップを割った時、使い始めちゃったの」

もういいだろう――と油断したら、賞を取られてしまった、というわけだ。

今まで、友の家の戸棚に、こんなカップがしまわれていたとは知らなかった。何とも、ありがたい。そしてまた、舞台裏まで遠慮なく話してくれ、こちらも聞ける関係であるのが嬉しい。

賞に関していうなら、作者と担当編集者も一心同体になる。何度目かの直木賞待ちの翌日、担当のA氏と、銀座で会う予定になっていた。駄目だった後だから、A氏は無念の表情をして

いる。

《取っていたら、ああしてこうする筈だった》と悲憤慷慨するのを聞くと、《随分、凄いことになっていたのだな》と思う。それだけの準備を徒労にさせてしまったのだ。

受賞の帯も、すでにかけて用意してあった。帯をはずすのは人間がやるしかない。これが大変な作業なのだという。わたしは、思わず、

「手伝いに行きましょうか」

と、いっていた。

この話を別の編集者の方（女性）に話したら、《ひどい》といった。そんな時に、帯をはずすことを口にするなんて――というのである。《違うんですよ！》と説明した。話というのは、その時の気分にならないと分からない。

A氏は、わたしと一体化していたから、そこまでいえたのである。それが、こちらにも伝わるから、洒落でもなく本当の気分として《手伝いに行きましょうか》となる。ご迷惑をかけたと思っている時、単純作業をして役に立つのはいい。仮に《二人で行ってやりましょうかっ》といわれたら、《行きましょうっ》と応じていたろう。要するに、文化祭で徹夜の作業をするようなノリである。

こんな風に、そこまでいえるか――ということを打ち明けてくれる相手がいるのは、素晴らしい。

ところが人生において、つらいことと苦しいことは、なかなか他人にいえない。

そこで、唐突だが『スター・ウォーズ』の登場人物（？）中、印象に残る一人にR2-D2がいる。おちびさんのロボットだ。もっとも、わたしは三十年ほど前、最初に作られた作品しか観ていない。その後のシリーズで、彼がどんな役回りを果たしているのか知らない。だが、

あの愛嬌のある姿は眼に残っている。

このR2-D2によく似た、エスプレッソマシンがあるという。イタリア料理店などに置いてあるそうだ。強めのワインなどを飲み、辺りの眺めにソフトフォーカスがかかったりすると、ますます似て来るに違いない。さらにグラスを重ね、

――おいで、R2-D2……。

と、つぶやけば、彼はこちらに寄って来て、酒の相手をしてくれるだろう。しゃべることはなくとも、聞き手にはなってくれる。

もともとは《金属》であるものが、エスプレッソマシンという形になる。そこで冷たさを超えた何ものかを獲得する。しかしながら、いうまでもなく人間ではない。フィギュアですらない。

――だから……。

そんな彼の前でなら、安心して鎧が解ける。そういう心もあるだろう。

こうして生まれたのが、新しい短編集の表題作だ。世間一般にいう恐怖小説ではない。だが、物語の語り手の抱く、《取り返しがつかない》という思いは、限りある時の中で生きて行く我々にとって、最も親しく切実な恐怖の一つだと思う。

作者が作品について、あれこれ語るべきものでもなかろうが、一言だけ付け加えれば、最後の一編『ざくろ』は、結末が二択となる。つまり、「リドルストーリー」となっている。小説にこういう形式のものがあると知った時から、魅力を感じ、いつか書いてみたいと思っていた。今回、念願が果たせたわけである。

初めに『黒死館殺人事件』？

高校の文学史の教科書の後ろに「芥川賞・直木賞年表」というのが載っていた。その頃は、もうミステリファンだったから、こちらのフィールドの作品はないかと探したものだ。ご存じの通り、その《最初》は、昭和十一年、第四回の『人生の阿呆』（木々高太郎）ということになる。

江戸川乱歩によれば、直木賞選考委員のうち、久米正雄が、これを強く推したらしい。乱歩は書く。《他の選者たちは同氏の熱意に追随したかの形であったという》と。

――なぜ、久米が、この作にそれほど執着したか。わたしはかつて、《彼の人生経験に重なるところが多いからではないか》と推理した。選考する――というのは、実に明確な自己表現である。そこに選者の顔が表れる。『人生の阿呆』には、久米正雄という人間にとって、いかにも《ストライク！》なところがあるのだ。

わたしがその文章（創元推理文庫『人生の阿呆』解説）を書いた当時は、戦前の『文藝春秋』を探し出し、選評にまで当たる余裕がなかった。ところが今なら、簡単に出来る（要するに、文春の方と親しくなったわけだ）。

今回、自分の受賞については、様々なところに様々な形で書き尽くしている。『ミステリマガジン』という舞台を考えると、それよりも一般の方には入手しにくい情報を提供するのが、ミステリファンとしての道だろう。

そう考えたのも、何と第四回の候補には小栗虫太郎もあがっていた——と知ったからだ。小栗に対して、どういう評価があったか。ミステリファンなら知りたいではないか。

さて、その前の第三回で、白井喬二が《他に候補者をえらぶならば、中野實、木々高太郎、竹田敏彦などは如何であらうか》と、名を上げている。そして、次の第四回となった。

ここでいよいよ、久米の言葉を読者にご紹介できる——と意気込んだのだが、開いて見ると肩透かし。彼の選評は、

　率先して木々高太郎の「人生の阿呆」を推薦する。これに就ては芥川賞以上に云ふ事もあるのだが、生憎病氣で何とも仕様がない。(談)。

——これだけ。

久米は、選考会には参加している。選評を書く段になって発熱したわけだ。小島政二郎の選評に《久米サンの鑑賞眼を信じます》などとある。乱歩のいう通り、久米が当日熱弁をふるったのだろう。

というわけで、わたしの推理が正しいものかどうかは、やはり霧の中に霞んでいる。まあ、こういうことはクジの当たりはずれとは違う。説を立てるところに意味がある。実証に頼ると、推理が小さくなる。これでよかったのかも知れない。

ちなみに小栗についての言及は、白井喬二にあるのみ。《獅子文六、小栗虫太郎、木々高太郎三氏は殆んど伯仲の作技才幹を感じさせ、此の中から誰か一人と云なら、誰が選ばれても宜敷いと思ひます。これは直木三銑士といふ處でせう。》

小栗が『黒死館殺人事件』を刊行したのは、昭和十年の五月である。この回の候補にはなり得ないわけだ。しかし、白井の言葉を読む時、『黒死館』が候補となり、その小説としての大きさを読み取る評価があったら——と、ふと夢想してしまう。

おーい、どこへ行くんだ

「銀座百点」六月号（六五五号）に、川本三郎氏の『銀座が映画の主役だった—お嬢さん乾杯！—』と題する文章が載っていた。

『お嬢さん乾杯！』とは、終戦から間もない昭和二十四年に公開された映画。新藤兼人脚本、監督は木下恵介。斜陽の名門のお嬢さん原節子と、西銀座の自動車修理工場主佐野周二が結ばれる——という話だ。

物語は進み、男は恋をあきらめ、都を去ろうとする。川本氏は書く。

——このあとバーを出た原節子が、佐野周二を追って東京駅へ駆けつけるのはいうまでもない。このときに流れる曲が、戦前の大ヒット作『愛染かつら』の主題歌、〽花も嵐も踏みこえて……「旅の夜風」。

ここである。ここを読んで、背筋を戦慄が走った。すごい。映画ならではの、そしてこの《時》ならではの効果ではないか。この場面は、ぜひ観たい。——そこで、こちらは駅ならぬ図書館に駆けつけた。

時代も変わった。今は図書館で名作映画のＤＶＤを貸し出している。わたしは、そこにこの作品があるのを知っていた。手に取ってもいた。しかし、借りなかった。戦後の小説誌を開くと、原節子に似た挿絵がよく載っている。だれの目から見ても《美女の典型》らしい。だが、わたし好みの顔ではなかった。むしろ苦手だった。そこで、ついつい見逃していた。

『お嬢さん乾杯！』は、幸い棚にあり、すぐに借りられ、観ることができた。

お目当てのシーンはこうだ。わかりにくいだろうが、細かい説明は省く。「お嬢さん、行きましょう」といわれ「ええ」と答える原節子。ふと振り返り、「惚れております」とひと言、階段を駆け降りる。そこにかぶって「旅の夜風」のメロディーが高らかに鳴る。表に車がある。ドアが開く。乗りこむ。「おーい、どこへ行くんだ」という声を受け、車は走って行く。ここで映画は終わる。

見事な技に舌を巻くとともに、この場面を映画館で観ていた人たちの思いもまた見えるようであった。

『愛染かつら』がどれほどヒットし、また主題歌「旅の夜風」がどれほど愛されたか。それは『お嬢さん乾杯！』とほぼ同時期の昭和二十三年に連載を終えた横溝正史の代表作『獄門島』を読んでもよくわかる。第十章の題は「待てば来る来る」と、「旅の夜風」の歌詞の一節がそのまま引かれ、中にこう書かれている。

――川口松太郎君つくるところの「愛染かつら」は映画になって、日本中の女の子の紅涙をしぼらせた。「待てば来る来る愛染かつら」の唄は、いまもなお全国津々浦々にいたるまで唄われている。獄門島に映画館はなかったけれど、笠岡にその映画が来たときには、別仕立ての舟を仕立てて、島中の娘さんが見にいったそうである。その中でも一番熱心なファンは、本鬼頭の三人姉妹で、かれらは笠岡の識り合いの家に逗留して、その映画が上映されている間中、毎日泣きに出かけたのであった。

映画『愛染かつら』は、前編、後編、続編、完結編とつくられ、昭和十三年の総集編にまとめられた。津村病院院長の令息浩三と、病院で働く高石かつ江の、障害を越えて結ばれる愛の物語である。彼女には、死んだ夫との間に子供がいたのだ。津村浩三を上原謙、高石かつ江を田中絹代が演じた。

わたしは『お嬢さん乾杯！』公開の年に生まれた。無論、『愛染かつら』に対する一般の熱狂ぶりを知るはずもない。ただ、小学生のころ、リバイバルされた「旅の夜風」が、町の花火大会の夜、スピーカーを通して流れていたことをはっきりと覚えている。映画は、後にテレビで観、また松竹のビデオを買った。典型的なメロドラマとされ、作品としての評価は高くない。しかし、有名な《新橋駅駆けつけ》の場面は、まさに日本中の観客に、手に汗握らせたのである。

浩三に、京都にともに行こうと誘われたかつ江だったが、ちょうどその夜、子供が発熱する。専門医に診てもらい、心配はない——ということになる。姉に後を頼み、事情を説明しに、新橋駅に向かうかつ江。


「あと、あと二十五分しきゃないわ」／新橋駅の大時計／「旅の夜風」のメロディー鳴り出す／タクシーの運転手が聞く「何時の汽車ですか？」／「十一時六分、間に合うでしょうか？」／「ゴーストップにひっかからなきゃ、間に合いますよ」／（やさし彼の君　ただ独り　発たせまつりし　旅の空）と「旅の夜風」の唄／駅のアナウンス「今度の下りの列車は、急行神戸行きー」／不安そうに腕時計を見る浩三／「ちえっ、畜生、ひっかかりやがった！」「大丈夫？」「ええ、まあ大丈夫でしょう」／後ろ髪を引かれつつ、改札口から入る浩三／列車が入ってくる／「新橋ーっ、新橋ーっ」けたたましいベルの音／タクシーから駆け降り、入場券を買うかつ江／「発車いたしまーす。発車いたしまーす」／ホームに駆け上がったかつ江の前を列車が出て行く／「浩三様ーっ、浩三様ーっ」／（愛の山河　雲幾重　心ごころを隔てても待てば来る来る愛染かつら　やがて芽をふく春が来る）

『お嬢さん乾杯!』の観客席にいた人々の多くは、この場面を覚えていたろう。原節子が車で駅へと向かうとき、この音楽が鳴るのを聞き、血の沸き立つ思いをしたと思う。

二つの映画の間になにがあったか。父を兄弟を恋人を失った人も多かったろう。戦いのときを経た今、受け手の側には《今度こそ間に合うのだ》という胸の慄えが、作り手の側には《間に合わせてやろうじゃないか》という心意気があったに違いない。《やがて芽をふく春》が来たのだ。

昭和二十四年に発せられた、「おーい、どこへ行くんだ」という最後の問いへの答えは、おそらく、こうだ。

——未来へ。輝く、これからへ。

この目で見たんだ

『オール讀物』に佐藤愛子《さとうあいこ》先生が「これでおしまい」という連載エッセーを書いている。この間の十月号が、「とりとめもなく嘘について」という回だった。

その中には、ただの《嘘》ではなく、困った思い込みについても触れられていた。佐藤さんは×○△さんに迫られてたわね》といわれた。仰天して、いかに抗弁しても《「間違いないわよ。わたしがこの目で見たんだもの」》。

《女流文壇の大御所》から、ある時、《「あれは何のパーティだったかしら、佐藤さんは×○△さんに迫られてたわね」》といわれた。

その時の、迫り迫られる二人の様子まで細部にわたって語られたという。×○△さんとは、一度も会ったことがない。《「そんなバカな……」》と絶句してしまったそうだ。

こんな時、どれほど意を尽くして説明しても、相手の《記憶》は少しも揺るがない。何しろ、この目で見た――のだから。

小林秀雄《こばやしひでお》が亡くなった時、多くの人が思い出を語った。高見澤潤子《たかみざわじゅんこ》の『兄 小林秀雄』によると、事実関係の違っているものが、かなりあったという。

特に、文学史上の有名人といっていい女性――小林と中原中也《なかはらちゅうや》と三角関係になった人の記憶が、妹として耐え難いほど歪んでいたらしい。

『文藝』に載った対談「小林秀雄の思い出」がそれである。高見澤は、《本人は本当だと思いこんでいっているのだろうが、彼女の記憶はめちゃくちゃである。年代も場所も全然ちがうし、事実にないことをやたらにならべている》と語り、その例もあげている。

活字になってしまえば、後にそういうものを、小林を語る材料にする人も現れるだろう。

人の記憶というのは、まことに不思議なものだ。実は、こういった例をあげるのは難しくない。吉村昭《よしむらあきら》が、取材について語った中にも、あり得ないことを事実として語る《歴史の生き証人》が出て来る。まさに、この目で見たんだ——と、真剣にいうのである。

時を経て、そういう人の語るものが、何かの事件や人物に関する唯一の資料となったらどうか。揺るがぬ事実となるのだろう。

外から見て、おかしなものだ——というだけではない。わたし自身、人はそういう状態になるものだと、実感したことがある。

高校の教員をしていた時のことだ。夕方、何かで急にお金が必要になった。ところが財布を見ると持ち合わせがない。困ってしまった。丁度、廊下の向こうからやって来たF先生に事情を話し、一万円札一枚を借りた。

昔の一万円は大金である。翌朝、すぐF先生に、

「どうも、すみませんでした」

といって、札を差し出した。すると、向こうは怪訝《けげん》な顔をしている。

「何、これ？」

「ほら、昨日、借りたじゃないですか」

「ええ？　——俺が貸したの？」

「そうですよ」

「——本当？」

おかしなことをいうと思った。つい昨日の出来事である。

わたしの頭には、その時の情景がはっきりと残っている。

……薄暗くなった周囲、渡り廊下をやって来るF先生。事情を話すわたし。財布から一万円札を抜き出してくれた時のF先生の顔。ことの流れ、相手の表情まで、はっきり覚えていた。

わたしは、やっきになって説き伏せる――といった調子で首をひねっているF先生に、札を押し付けた。

ところが、その日の夕方である。眼鏡をかけた理科のS先生が、いいにくそうに、

「あの……」

と切り出した。例のお金はどうなっているのだろう――という疑問である。こちらが《明日、返します》といった。しかし、顔をあわせているのに、それらしい様子が全くない。不安になったわけだ。

わたしは、びっくりして、

「えっ。確かにわたし、お金借りましたけど、F先生からですよ」

相手も驚いた。そこから、しばらくやり取りが続いた。

いわれてみると、今朝のF先生の反応を思い出す。なるほど、全く心当たりがない――という顔をしていた。勿論、S先生がどこかから金の貸し借りを見ていて、それを材料に嘘をいう筈などない。

つまり、客観的にみて、わたしが金を借りた相手は後者ということになる。結局、F先生から朝の一万円を返してもらい、S先生に渡した。

「あー、どうなることかと思った」

S先生は、ほっと一安心。

しかし、一件落着した後でも、わたしの《記憶》は納得していなかった。脳の画面にはっき

り刷り込まれているのは、F先生とのやり取りなのだ。F先生は眼鏡をかけていない。S先生と教科も違えば、体格も、口調も違う。どうして、そういう二人が、《記憶》の中ですり替わるのか不思議でならなかった。

これは自分の頭の中で、現実に起こったことである。それだけに、思いは生々しい。

本格ミステリで、謎解きの材料となるのは登場人物の証言である。しかし、正しいと信じていわれていることが、事実でなかったらどうか。歪んだ積み木で家を作るようなことになってしまう。小説の中では、そういうことはないというルールを作っておけばいい。

しかし、現実社会ではそうはいかない。誤った記憶は、解けない疑問を生む。

思えば心こそ、まさに大きな、日常を覆う謎だろう。

寄り添う心――万葉から吹く風

『万葉集』といわれて思い出す歌は多い。次の数行も、ふとした時に口をついて出るもののひとつだ。

つぎねふ　山背道《やましろぢ》を　他夫《ひとづま》の　馬より行《ゆ》くに　己夫《おのづま》し　徒歩《かち》より行けば　見るごとに　音《ね》のみし泣かゆ　そこ思ふに　心し痛し　たらちねの　母が形見と　我が持てる　まそみ鏡に　蜻《あき》蛉領巾《づひれ》　負《お》ひ並《な》め持ちて　馬買へ我が背

（巻一三―三三一四）

巻一三の長歌である。――正確にいえば、この中の、《他夫の　馬より行くに　己夫し　徒歩より行けば　見るごとに　音のみし泣かゆ》という部分を覚えている。

人は、詩歌とさまざまな局面で出会うものである。わたしは、この一節を高校時代の古典文法の教科書で知った。見た瞬間に、

――ああ……。

と、思った。

文法の教科書――などといえば、一般的には無味乾燥の代名詞のようなものだ。しかし、読み方によって違って来る。わたしにとっては、日本古典中から引かれた、和歌や文章のアンソ

ロジーでもあった。

おそらくこれは、助詞「より」の使用例として出て来たのだろう。手段・方法を表す用法で、《よそのご亭主は馬で行くのに、わたしの夫は歩いて行く》ということになる。そういう夫を見ると、どうしようもなく涙が溢れて来るのだ。

この思いは、《よその旦那は部長になったのに、うちのはヒラだ》といって不平不満をもらすようなところから、最も遠くにある。妻の心は、《徒歩より行》く夫のそれに寄り添っている。彼女は、彼を《甲斐性なし》などとは思わない。いわない——のではない。思わないのだ。《音のみし泣》くという、現代の詩で使われたら、大袈裟にしかならない言葉が、素直な真実の響きとなり、胸にじかに迫って来る。

学生時代には、女の友達がいて、一緒にお茶を飲んだり、映画や劇を観たり、本の感想を話せたりしたら、どんなに素晴らしいだろうと思ったものだ。だから、ここにある一体感が遠い、届かぬ花と見えたのだろう。

先生から、何の説明を受けたわけでもない。ただ参考として出ていた数行の言葉だ。それゆえ、ふと、ある女性の吐息を聴いたような気にもなった。

本格ミステリ作家クラブ十周年

本格ミステリ作家クラブの設立総会が開かれたのが、二〇〇〇年の文化の日だった。したがって、その歩みは西暦と重なり、まことに計算しやすい。——というわけで、この秋、十周年の記念イベントが大阪・梅田の紀伊国屋書店、並びに東京・神田の三省堂書店で行われた。ありがたいことに、西も東も大盛況であった。

十月末に行われた三省堂の催しの時は、何と大型台風十四号の来襲が予想されるという、(今だからいえる気楽な表現をすれば)劇的状況下、早くから大勢の読者の方が詰め掛けてくださった。

戸川安宣事務局長の司会、辻真先会長、有栖川有栖氏、綾辻行人氏らのトークから始まり、書籍の販売、会員の提供する「お宝」の抽選会、そして幾つもの机を並べての、十名を越える作家の合同サイン会へと続いていった。

最初のトークの後は椅子も片付け、会場は歩行者天国のような賑わいとなった。高校の文化祭のような熱気の中、書店の方がはずんだ声で「わたし、終わったら、倒れちゃうかもしれないっ」とおっしゃっていた。この活気がまことに嬉しい。

当クラブの中心となる仕事は、その年度を代表する本格ミステリ並びに評論を「本格ミステリ大賞」受賞作として選出し、顕彰することである。同時に、設立時から出版社の方々のご意見をうかがう機会を持っていた。その席で「出版不況の折から、読者と書店、出版社、作家を結ぶ催しを開けないか」という痛切な声が出た。

それならすぐに対応しようと、第七回の大賞の時から授賞式翌日に、受賞者を招いてのトーク、並びに本の即売とサイン会を開いている。幸い、読者の方々の支持を得ることが出来た。そういうことの積み重ねが、この記念イベントの盛り上がりに繋がった面もあるのではないか。

また今回は、十周年に際して三冊の記念出版物を作ることが出来た。『ミステリ・オールスターズ』（角川書店）は、会員が自由参加の形で作品を書いた短編集である。『ミステリ作家の自分でガイド』（原書房）は、作家が自作を紹介するという形のガイドブック。さらに『本格ミステリ大賞全選評２００１〜２０１０』（光文社）は、当クラブの軌跡をそのまま示すものである。この最後の一冊に関しては、多少の説明がないと内容が分からないと思う。

本格ミステリ大賞という新しい賞を考えた時、その選出方法をどのようなものにするか、これが悩ましい問題だった。何名かの選考委員によって選ぶ――というのが、当時の常識だった。これに対し、予備選考で何冊かをノミネートし、後は会員の投票という形をとることにした。投票資格は、候補作全てを読んでいること、規定によった選評を添えること――である。

その十年間の選評だけで、この本の中の数百ページを超える。さらに前述の受賞記念トークの記録も掲載した。当クラブの足取りを示すだけでなく、ミステリ史を語る上で欠かすことの出来ない貴重な資料になっていると思う。

西暦も二〇一〇年代となった。本格ミステリ作家クラブもまた、ここから次の十年へと歩を進めるわけである。

3

読書

1992-2016

山本周五郎賞選評

第17回　〈受賞作〉『邂逅の森』熊谷達也

〈候補作〉『ＺＯＯ』（集英社）乙一　『クライマーズ・ハイ』（文藝春秋）横山秀夫　『接近』（新潮社）古処誠二　『邂逅の森』（文藝春秋）熊谷達也　『家守綺譚』（新潮社）梨木香歩

確かな存在感

候補作を読み進み『邂逅の森』に至った時、「これだな」と思った。梅蔵、小太郎といった脇役が登場する辺りからは、完全に小説を読む喜びに浸った。八章に入ったところの一文に行き当たり、「これを推したい」という思いが、「推すべきだ」という確信に変わった。尾根道を行く、富治とイクの姿が簡潔に描かれ、《十七年の月日が流れていた》と続く。この、子が生まれ、成長し、嫁入りするまでの期間——普通の一代記であれば、重要な展開部分になるであろうところに、大鉈が振るわれている。作者が、自分の書くべきことを十二分に了解しているからである。必然の飛躍であるがゆえに、この一文が空疎にならない。逆に、長さと豊かさを——生きている「時」の存在を感じさせる。

実直に書き進めるようでいて、このような確かな技が随所に見られる。妙な話だが、それからは、帯の言葉を恨めしく思い続けながら、ページをめくった。話がどう進むか、事前に知らせる文言だったからだ。舞台となる時代、場所、そして登場する人を見事に描いた物語である。話題作、力作の並んだ今回なので、紛糾することを予想しつつ選考会に臨んだが、他の委員も揃って、この作を強く推した。これは嬉しい驚きだった。

それに次ぐ作として——というより、全く傾向が違う、比較を絶した一冊として『家守綺譚』を選んだ。『邂逅の森』を読んだ翌日には、こういう本も手に取りたい」という気持ちである。

おうむ返しの会話の頻出は、通常なら、あまり褒められたものではない。しかし、この作では、こんなやり取りが書かれる。たとえば、「サルスベリ」における《——会いに来てくれたんだな。　——そうだ、会いに来たのだ。》《——どうしたらいいのだ。　——どうしたいのだ。》《——そうするよ。　——そうしたまえ。》そして、「白木蓮」では、《——孵ったな。——ああ帰った。》《——白竜だな。　——ああ白竜だった。》これが、意図したものでない筈がない。こういった調子が、作品の色合いを決定している。

主人公綿貫と高堂との、このような会話は、一読こだまを思わせる。鏡と向かい合った主人公といってもいい。その面が、《床の間の掛け軸》かも知れない。それを覗いた時、あちら側とこちら側が繋がったともいえる。互いに映し合い広がる異界。醒めた見方をすれば、ここにあるのは、綿貫の脳中の閉ざされた個の世界とさえいえるのだ。

こうなれば問題は、その世界が魅力的かどうか、である。わたしにとっては、間違いなく、そうであった。短編集というよりは、巻かれた長い、懐かしい絵巻を開きつつ、文章化したものと思えた。

ただ、独自な本であるだけに、『邂逅の森』と比べた時、読者によって極端に好悪の分かれる作品ではあろう。

さて、『ZOO』であるが、これはもう「SEVEN ROOMS」につきる。異空間を作っての、独自のルールに基づく物語は漫画『カイジ』などを思わせた。また、かつて英国のカフカといわれた、ウィリアム・サンソムには『長い布』という短編がある。四つの部屋に閉じ込められた囚人達がいる。湿った布が与えられ、それを完全に乾かすように——という課題が与えられる。部屋には、微妙に蒸気が流れていて、完璧に乾かすことが難しい。こういう奇妙な話である。何十年も前に読んだのだが、記憶の底に残って忘れられない。

こういう作品名をあげたのは、「似たようなイメージのものがある」と否定的にいうためではない。状況を描く手段として、異空間作りが有効と、先例が示しているのだ。また、それぞれ、別種の作品であることは、いうまでもなかろう。

「SEVEN ROOMS」は、作者の意図がどうであれ、現代においては、様々な解釈のなされ得る大きな作品である。脱出の方法などにミステリ的処理があり、普通なら、それが作品を小さく見せるところだろう。しかし、それを越える作者の個性＝存在の力があるから、小手先技になってはいない。

ただ、問題は作品集としての『ZOO』が選考の対象であることだ。乙一という作家の、現在に至る道筋を作品で示してくれる本作りは、正統的なものである。ただ、本は賞を取るために作るものではない。当然のことながら、収録作全てが熱くはない、という温度差も生まれる。その点で、強く推しにくくなってしまった。

『接近』は、整った構成が、はたして作品にとって良かったか悪かったか、疑問である。

最後の場面で、《報復だ。／そう気づかされたとき、サカノは耐えきれずに目を閉じた。》となる。確かに、「仁科上等兵」は弥一を裏切った。だが、「サカノ」は——となればどうか。人として裏切った、といえるかも知れない。しかし、それはアメリカ軍人としては承知の上のこと、スパイが職務を行う上での、大前提ではないか。繰り返していえば、弥一にとって「帝国軍人」が「アメリカ軍人」であったのは、存在の根底を揺るがされることだが、「サカノ」にとって、それは揺るがぬ自明のことだ。

また、鍵の言葉となるのが《あなたはどこからやってきたのですか？　ご両親はどこに住んでいるのですか？》である。これは、かつて白沢伍長に向けて、弥一の発した『個人的』な質問である。それゆえに、弥一にとっては、人間と人間の繋がりを象徴する大事な言葉なのだ。だが、「仁科上等兵＝サカノ」が、この言葉の意味を、そこまで深くつかんでいたようには書かれていない。

したがって、最後の場面も、構成上の首尾を一貫させたという意味はあるが、弥一の主観が「サカノ」の胸に食い入ったとは、思えない。これは、やはり「弥一の物語」として、真っすぐに語られた方が良かったのではなかろうか。

『クライマーズ・ハイ』は、あの事故が素材となっているだけに、面白がるのが後ろめたい気がしつつ、それでも面白く読ませてしまう。悠木という名は、困難な時代に己を信じ、屈することのなかった新聞人、信濃毎日の主筆桐生悠々を容易に連想させる。ここで、新聞人に対する思い、その理想が描かれるのかと思いつつ、ページをめくった。

物語の矢の向かう先はどこなのか。スクープへの期待が、次々とはずされることによって、読者にはその疑問が生じ、大きくなる。幾つかの主題が次々と提示されては否定される交響曲のようだ。結局、主人公の決断は望月彩子の投書を採用するという形でなされる。ということは、作品の、そして作者の放った矢の先は《大きい命と小さい命》の問題に刺さったわけだ。そこまでの《大きい命》の事件報道を、あるいは勲章とまでする男達について、これだけ面白い物語を読まされた後だ。それと釣り合う大きさをもって、作者の思いが示される筈のところだ。

だが、その物語の流れが要求している肝腎要の部分が弱い。ここに至って、折角の長編が、座りの悪い台座に載っているのを見せられたようになる。また、望月彩子が書くといい、悠木が《約束する。必ず載せる》といった謝罪文が、ついに読めない。小説は論文ではない。彩子は《敏腕記者に成長し》た。これをもって、彼女はわが人生で回答を書きつつある、となるのだろう。しかし、わたしは前記の語を、「この文を、必ず読ませる」という、我々読者への約束とも勘違いしてしまった。そう思わせるような展開ではあると思う。

生き生きとした群像を描き、さすがと思わせる作品ではあるが、そういうところに不満も残ってしまった。

第18回　〈受賞作〉『明日の記憶』荻原　浩／『君たちに明日はない』垣根涼介

職人芸と若さの魅力

〈候補作〉『チルドレン』(講談社) 伊坂幸太郎　『私が語りはじめた彼は』(新潮社) 三浦しをん　『明日の記憶』(光文社) 荻原　浩　『ナラタージュ』(角川書店) 島本理生　『君たちに明日はない』(新潮社) 垣根涼介

選考という言葉からは、評価するという意味合いが強く感じられる。当然のことだ。しかし、ランナーは同じ走法で決められたコースを進んでいるわけではない。そこで、選考とは評価以前に判断であると思わせられる。

今回は、最初の意見を出し合った時から、候補作が二つのグループに分かれた。点数的に上位となった『明日の記憶』『君たちに明日はない』と、『ナラタージュ』『チルドレン』『私が語りはじめた彼は』である。上位とそうでないものといってしまえば、それまでだ。だが、総意がこう出た段階で、わたしにはこれが、老獪な職人芸で読ませてしまう作品と、若さの魅力を感じさせる作品との分類に思えた。そして、どちらに今回の山本周五郎賞を与えたいかという判断の答えが、その点数である——と。わたし自身が、選考会に臨む前に、そのような思考経過をたどって結論を出していたので、これは自己に対する確認であったともいえる。

『私が語りはじめた彼は』は連作短編集である。「結晶」は、単語の選び方に止まらず、「激しくなった眩暈は暑さのせいなのか、自分自身の記憶を信じられなくなった揺らぎのせいなのか」「たくさんありもするし、なにもないとも言えます」といった対句をも使用する古風な文体で語り始められる。書物を愛する三浦さんが、喜びを感じながら、これからの物語を作り上げて行こうという姿勢が、よく伝わって来る。「予言」は、高校生時代を回想する一人称の形で始まる。父が離婚し家を出て行くことを知った語り手がこういう。「テレビドラマの軽妙な演技の中で、舞台出身の役者が一人入魂の役作りをしてるみたいに、俺だけがお幸せにもこの家の中で浮いていたとは。裏切られた。なにもかもに裏切られた」。その直後に「元からさして良くもなかった成績は、それから二カ月でシベリアの気温グラフなみに低迷した」とある。こういう語りを高校生がするだろうかと、目にした瞬間には思ってしまう。老獪な作者であれば、前者の比喩を使う前に、そういった「テレビドラマ」を主人公に見させるだろう。そこに父からのいきなりの話があるように運ぶのではないか。しかし、それでは、「この作品」にはならない。大上段に振りかぶったところがあるのは、著者の意識した構えなのだ。三浦さんが自分の物語を作ろうという意志の表れであり、結局、語っているのは作者なのだ。それは認めた上で、全体として「作る」作業がうまく運んでいたかと問われれば肯定し難い。最も気になるのは、物語の要の位置にいる村川の像が、それぞれの語りを通して、焦点を合わせるように浮かんでは来ないことだ。

比喩の例を『チルドレン』に見れば、「屈強な警察官たちも、やかましい陣内君には手を焼いていたのだろう。不良の中古品を返品してくるかのように、わたしたちに陣内君を引き渡してくれたのだ」、あるいは「じっと思い屈する顔になる。足の先から、手の先から、皮膚の余っている部分をすべて眉間に集めたかのように、深く皺を浮かべた」といった例が次々に出て来る。軽やかに読ませる、才気溢れる運びの途中に、こういった比喩がちりばめられている。作られたという感じ以上に、この作者が、この作品世界を語るには、こういう表現が必要なのだと納得させる。陣内の一風変わった人間像も面白い。ただ、謎の物語の形をとっているので、ミステリとしての詰めの甘さは気になった。野暮はいわず、伊坂作品の世界に浸るのが本来の読み方かとも思うが、最終話の仕掛けなど、大抵の読者が簡単に分かるだろう。ましてや、永瀬なら瞬時に察する筈だ。そこまでの物語を読んでいるだけに納得出来ない。謎と種明かしの形をとる物語の難しさを感じた。

さて今回、比喩の例を選評としては珍しいほど引いたのは、実は『ナラタージュ』を読んだせいなのだ。『私が語りはじめた彼は』の次に、この作品を読み始め、引き込まれ、ふと我に返った時、「この作品には、比喩があったのかな」と思い、不思議な気持ちになった。見返すと、勿論ある。しかし、どれもが自然で巧《たく》んだところがない。巧んでいるにしろ、そう感じさせないのだ。稀なことだ。澄んだ水を飲むように素直に心に入って来る。水といえば、たとえば「膨らんでいく夜の中で、洪水のようなカエルの合唱と水の流れる音がいつまでも永遠のように聞こえ続けている」などというところなど、一文に譬えの重なる、この本の中では珍しい箇所だろう。こういうところも、読み手を立ち止まらせることはない。「さっきはきれいだと感じた月は、駅から見上げると、理科の教科書の写真のようだった」というあたりが、そこだけ抜き出せば、凝ったところになる。しかし、物語の世界は「高校から大学」というところにある。「教科書の写真」という言葉が何の無理もなく、主人公の気持ちを説明しているのだ。「じっと冬眠するように薬が効いてくるのを待った」と書いても、決して大袈裟とは感じさせない、静かで力のある語りである。これが、まことに魅力的だった。主人公と主人公を肯定する人間の物語は、この語りがあってこそ成り立つ。

だが、読み始めてしばらくして、葉山先生が秘密を語り出そうとするところがあった。「これ以上、今は、苦しくて続けられない」といった理由もなく、その節が切られた。なぜ語り手が、そこで独白を中断するのかが分からない。現在進行という形なら場面の転換も自然であり、受け入れやすい。しかし、過去回想となると、明らかに話者が語り方をコントロールしていることになる。カメラが切り替わったという感じより、語り手が意識して話を替えたように思えてしまう。これは、本の読者の存在を意識した切り方であろう。読ませるためだろう。そこで「何だ、小説なんだ」と思ってしまった。作者の存在が前面に出て来たのだ。小説なら当然のことだ。作者からすれば、とんでもないいいがかりである。しかし『ナラタージュ』は、それだけ生きた語り手が、目の前にいるような気にさせていたわけだ。そう思うと、嬉しくもあった。だから、これは実は称賛の言葉なのだ。しかし今回は、候補作の一方に、読ませるということに関して職人芸を見せる作があった。『ナラタージュ』が文体や描写の自然さに比べ、設定や展開という物語作りの上で、老練に対する若さを感じさせたことも事実だ。

わたしは、一作となれば『明日の記憶』を推し、『君たちに明日はない』も含めた二作受賞も可と考えていた。

『明日の記憶』についての選考では、『アルジャーノンに花束を』の話題が出た。作中の「備忘録」などを読めば、誰しもが連想するところだ。これを一人称で書き、叙述を崩れさせて行ったら、確かに類似が際だったろう。そういう意味でも、語り手の視点のレンズが最後まで曇らず（判断力が落ちても、文章のレベルが落ちない）にいることはやむを得ないのだろう。

難しい素材だ。主人公がどうなって行くかは、読み始めた段階で想像がつく。展開が読めるというのは、小説にとって大きなハンデである筈だ。それなのに、むしろその予感によって読者を引き付け、読ませて行く手腕は見事だ。現実にこの問題を抱えている当事者の中には、結末に至って、安易だ、綺麗事だ、と怒る方さえいらっしゃるかも知れない。だが小説は、ノンフィクションや解説書とは違う。物語を通して、ひとつの症例を越えた人間存在の尊さや悲しみを語るものである。この作品は、そういう意味で小説としての豊かさを持っている。

『君たちに明日はない』は、軽さが目だって、評価されにくいかとも思った。リストラ請負業という職の、背中に負う怨念の重さは、時に言葉で語られる。しかし、さほど物語には反映されない。それどころか、後味のいい人情話になっている。読んでいる間は、ほとんどそのことに気づかせさえもしない。そこにあるのは軽さではなく芸だろう。プロの技だ。この点につきる。

第19回　〈受賞作〉『安徳天皇漂海記』宇月原晴明

『安徳天皇漂海記』を推す

〈候補作〉『永遠の旅行者』（幻冬舎）橘　玲　『スープ・オペラ』（新潮社）阿川佐和子　『安徳天皇漂海記』（中央公論新社）宇月原晴明　『Ｏｐ．ローズダスト』（文藝春秋）福井晴敏　『終末のフール』（集英社）伊坂幸太郎

受賞作は、二作までしか出せない。今回は、揉めに揉め《せめて、枠が三つあれば》と嘆くようになるか——と思いつつ、選考の席に臨んだ。それだけ、作者の力量に圧倒される作品が並んでいた。

そういった中から、自分の物差しを当てた時、最も突出した作を示すことが、選考する者の役目であろう。その意味では全く迷うことがなかった。『安徳天皇漂海記』があったからである。

この作の魅力について語るには、わたしが物語の海をどのように漂い、いかにして波に洗われ、いずこに行き着いたのかを述べねばならない。未読の方は以下を読むより先に、まず『安徳天皇漂海記』そのものを手に取ってほしい。結末にまで触れる、このような文を、先に目にするべきではない。老婆心ながら、そう申し上げておく。——実は、こういった前置きを設けずにはいられない、ということ自体が、ひとつの評価でもあろう。

わたしは、目次から前置きの部分を、整えられた前庭を歩くように進み、さて本文に入った途端に愕然とさせられた。その第一行に、ほとんどの人は、あっと驚くであろう。考えられない入り方である。普通なら、こんなやり方は、玄関に狛犬を置くようなもので、違和感ばかり

が目立つ筈だ。そこだけを引用するのも、意味のあることとは思えない。あえて書かないが、まさに大胆不敵。これは作者が、『安徳天皇漂海記』という物語がどのようなものか、旗幟を鮮明にするための宣言だろう。旗は、高くかかげられたのである。

書物の森の中から、枝を手折っては示す作者の技はまことに見事であり、快い。一例をあげれば、四十八ページから、《散り残る岸の山吹春ふかみこのひと枝をあはれと言はなむ》《身につもる罪やいかなるつみならむ今日降る雪とともに消ななむ》《はかなくて今宵あけなばゆく年の思ひ出でもなき春にやあはなむ》と、いわゆる未然形に続く《なむ》の歌を並べて見せる。この、他への願望（〜てほしい）を示す語の連続によって、実朝の像を浮かび上がらせようという行き方など、まことに面白い。

ただ、最後の一首は、どうしても《春にや》の《や》が引っ掛かる。岩波書店の古い方の『日本古典文学大系29』では、《「や」は詠歎の助詞》と解釈して《あはなむ》を《出会いたいものである》とねじ伏せている。宇月原氏も、《出会いたいものである》としているから、おそらく、この大系本によったのではなかろうか。小島吉雄の校注である。ただ、この訳だとどうしても、流れからも、また《なむ》という言葉の性質上からも、疑義が残りそうな気がする。《や》とくれば、語調からは推量の助動詞に繋げたくなるものだ。《あはなむ》では落ち着かない。

そこのところが、後から出た『新潮日本古典集成　金槐和歌集』の樋口芳麻呂の校注では明快に解かれている。『和歌集』のひとつ前にあるのが《うばたまのこの夜《よ》な明けそしばしばもまだ旧年《ふるとし》のうちぞと思はむ》。となれば、《出会いたいものである》という気持ちに続く筈がない。実朝は、新春を迎えたくないのだ。となれば、形の上から、いかに《未然形に続くなむ》があろうとも、実はこれは《連用形から続くなむ》、即ち《春にやあひなむ》の意であろう

――と解釈している。付された訳は《春に会うことになるのだろうか》で、こちらの方が、はるかに説得力がある。

しかし――である。ここが物語の面白いところで、正しいかどうか、などという論議は、あまり意味を持たない。解釈をしているのは、作者宇月原氏ではない。作中の語り手なのだ。彼は、『金槐和歌集』を読んでいるわけではない。単独の《はかなくて》の歌に接し、《散り残る》や《身につもる》を思い、その《なむ》の連環を通して、《ゆく年の思ひ出でもなき春》をこそ待つ人間像を結ぶ。こういう冒険が、実に面白いのだ。

作者の手際は、知の面にばかり働くのではない。幻を見る目も豊かである。《琥珀と翡翠の二つの玉》《緋水晶》《蜜の湖》と続くイメージは見事である。大きく、豊かな物語性がある。

さらに、その《蜜の湖》が何であるかに至って、構成の妙に思わず膝を打ってしまった。

西に《原罪》という観念があるとするならば、東には、この《原初にして奪われ、失い、捨てられたもの》があるといわんばかりに《万物の長子たる》《そのお方》が示される。そこでわたしが、撞木《しゅもく》を受けた鐘が否応なしに鳴ってしまうように、ほかならぬ《太宰の僧正さま》の作に《ツミの対語は、ミツさ。蜜の如く甘しだ》という言葉がある――と勝手に連想したのは、作者の与《あずか》り知らぬことである。いうまでもなく太宰の場合は、《罪》に対して《罰》を持ち出す前の韜晦《とうかい》であろう。しかし、ふと振り返り《罰》に対して《蜜》を置くならば、それは大いなる許しの光を帯びてくる。

作品は一度、書き上げられれば、作者の手を離れる。童子の勝手に戯れ動くがごとく、こういった響きあいを見せてしまうものだ。こういうところがまた、本というものの面白さだろう。

ともあれ、《奪われたるもの》安徳帝から始められた物語は、その根源的な姿である《お方》の登場により、《つきず果てない無明煩悩も、ついには甘露醍醐と化す》という言葉と、ジパングの琵琶の音の響きに至る。読み終えて、まことに希有の物語だと思った。

一点、五十三ページで《浪のしたにも都のさぶらふぞ》という言葉は《舌たらずの澄んだお声》とあるので安徳帝の口から出たものだろう。そこが気になった。勿論、引用に当たるところなので、原文のままとなっているわけだ。しかし、帝の口から、こういわれてしまうと、聞く側にはどうしても抵抗がある。読む流れが止まってしまう。二位殿が帝に向かって口にするからこその《さぶらふ》ではないか。

一瞬、安徳帝がいい直すなら《浪のしたにも都ぞある》となるのではと思い、いや、これはあくまでもいわれた言葉である、それを見て来たようにいうのも妙なものだ——などと考えてしまう。引用の機械となるには、安徳帝はあまりにも重いのだ。ここはむしろ、女人の（それとは分からぬが無論、二位殿の）声が、海へと歩を進める《安徳さま》の姿にかぶるべきところではなかろうか。

さて、前述した通り、今回は力作揃いだった。しかし、選考委員が候補作と巡り合うのもまた一期一会である。今回は、わたしの前に、この物語が現れた。野球でいうなら、まさに守備範囲に球が飛んできたのだ。捕るのが義務と思った。

——こう書くと、『安徳天皇漂海記』が得をしたと思われるかも知れない。とんでもない。今まで、多くの選考会に臨んだが、傾向から考えて《あの人がこれを推すのではないか》と思うと、多くの場合、全く逆であった。好みの分野の、自分に近い作品が現れた時、人は最もきびしい評者となる。時には激しい憎悪さえ浴びせる。そういうものである。飛んできた球は、多くの場合、打ち捨てられる。『安徳天皇漂海記』には、そういう思いを抱かされることが毫《ごう》もなく、作中から《これを推せ》という声が聞こえた。

それぞれの方が、それぞれの推薦作をお持ちだろうと考えながら、選考会の日を迎えた。結果は、最初からこの作に支持が集中し、積極的に推さない方もまた、《これであるなら、授賞に異論はない》とのことだった。したがって、拍子抜けするほど、すんなりと結論が出てしまった。

続く作品も、一読感嘆させられるものが、ほとんどだった。『Ｏｐ．ローズダスト』には多くの名詞が登場する。それぞれが飾りではなく厚みを持って、物語を支えている。臨海副都心を舞台に犯行を進めるやり方も、普通の作者が書いたのなら、同時多発的に全国規模で行ったらどうか——などと思われるだろう。そうすれば、もっと効果的かつ自分も助かる、と。だが、国家の不実に対する復讐、この国の状況という闇を撃つためには、国家の対応そのものを白日のもとに晒すことが必要なのだ。『終末のフール』は、極限状況をまさに伊坂氏の個性によって描く。そこに、得難い値打ちがある。特に、前半の作品には、何度も《巧いなあ》と唸った。『スープ・オペラ』は、ソープオペラを見事に裏ごしして、香り高い素敵なスープにした。読み手として、わくわくする場面がいくつもあった。

これらに対し、『永遠の旅行者』は魅力的な部分を幾つも持ってはいたが、最終章で、あまりにも性急に、全てをまとめにかかってしまった。そのため無理が生じたことは否めない。

第20回　〈受賞作〉『中庭の出来事』恩田　陸／『夜は短し歩けよ乙女』森見登美彦

あれよあれよ

〈候補作〉『雷の季節の終わりに』（角川書店）恒川光太郎　『夜は短し歩けよ乙女』

（角川書店）森見登美彦『中庭の出来事』（新潮社）恩田 陸『フィッシュストーリー』（新潮社）伊坂幸太郎『陪審法廷』（講談社）楡 周平

『夜は短し歩けよ乙女』を推す。

これはもう、一段階、完全に抜けていて、どれかひとつとなったら論をまたない、という思いであった。

選考会というのは、言葉で作品を論じるわけだ。選評はどうか。論議の経過を踏まえつつ、作品の《力》がどこにあったかを伝えるわけだ、――これも言葉で。

しかし、『夜は短し歩けよ乙女』という、摩訶不思議な作を前にすると、あれこれ単語を並べるのが空しくなる。ただ《読んでみて》といいたくなる。投げやりな義務の放棄ではない。指先の触れる奇妙な感触、あるいは、この舌触りを、直接、味わってもらいたくなるのだ。説明するより、むしろ、こちらから《どう、どう？》と、にんまりしながら問いたくなってしまう――そんな作であった。

そして、言葉で説明したくない《力》は、筋立て以上に、まさに作品を組み上げる、その《言葉》から生まれてくる。小説というもの――表現というものの魅力を、実によく見せてくれる。

物語を動かす原動力は、《私》の《彼女》へ向かう思いである。その彼が《大学生》である。読みながら、かつての、政治の時代の大学生達が、これを読んだら、どんな顔をすることか、と思ってしまった。

前にも書いたことがあるが、たとえば昔の漫画における《少年》が話をする異性は、《妹》であった。男と女は、世界が違った。《だからこその、ほのかな憧れ》はあっても、その思いは公式には《ない》ものであった。ところが、かなり前から、少年の生きる張り合いが、《しずかちゃん》や《夢子ちゃん》に、いかに気にいられるかであるような漫画が出て来た。調味料ではなく、時に、それが主菜となるのを見ると、いかにも落ち着かない。

電車の中や路上でも、いちゃついているカップルが見られるような時代になってきた。（実は、もうその段階は通りすぎ、次のステップに入っているそうだが、それはさておき）以前、ある心理学者の方が、それをこう分析していた――と思う。

満ち足りた人間なら、家でいちゃつく。ところが、人前で行うのは何故か。要するにあれは、自分を支えるものがないからだ。ただ、若くて、今、自分の横には異性がいる。そのことを誇示して、《どうだ、俺には、わたしには、これがあるぞ、あるのよ》と、他人に示したいのだ――と。

そういう《わたくしの何か》がないと、確かに、人は生きにくい。昔は、生きにくいのが当たり前だった。耐えることや断念の中に美学があり、その美学によって自分を納得させることも出来た。曰く《この世は、苦の娑婆だよ》、曰く《耳ったぼだよ（つまり、耳たぶ以上の深さのところには、入れないものなのだよ、ということですね）》、曰く《分を知れ》。

その美学が、世の中の常識ではなくなってきた。せめては色恋の方に向かって、（俺は、これを持っている）と、人に示したくなる。でないと、自己の存在を確認出来ない。生きにくい。だからである。

――こういうことだろう。

身も蓋も無い、いい方だが、非常に納得の出来る心理分析だった。

はたして、この彼に、《彼女》の《他》の何があるのか、と一瞬、思ってしまう（詳述する余裕はないが、わたしは、あると思う）。しかし、この話を前にすると、そういう思いも、ただの《野暮》となり、あっけなく雲散霧消してしまう。

また、いうまでもないが、ここに描かれている京都は現実の京都でもなく、人は現実の人でもない。《彼女》が、独特の書き振りにより《聖性》すら獲得し得ているので、そんな《野暮》を、脱却出来ている——ともいえる。

粗筋を聞いたら、腹の立つような話が、読んでみると、まことに魅力的なのだ。まさに、そこにこそ、小説の魅力、——いや、この場合は、そんなところは軽々と飛び越えて《魔力》といった方がいい——それが、あるからだ。

こういう饒舌体の文章で長々と語られれば、読者は、普通、途中で飽きる筈だ。濃厚な味付けの料理と同じである。一冊の最後まで読み手をつかみ続けるのは至難の業だろう。

ところが、第一章を読んでも、ページをめくる指は次へと進んでしまう。その思いが継続する。それどころか、加速度的に高まってくる。驚異である。

いつの間にか、すらりというかぬるりというか、《ここ》がそのまま異界になっていく。

この感じは、たとえば百閒にもある。牛込の神楽坂を書いていて、そこがいつの間にか、どこにもない神楽坂となるような作が、百閒にはある。だが、それは百閒である。

そして、こちらは紛れも無く、森見登美彦なのである。《あれよあれよ》と読むしかない。

——《こうして出逢ったのも、何かの御縁》。

『中庭の出来事』は、朦朧たるところこそが、優れた味である。その独特の浮遊感が、まことに心地よい。

(以下は、未読の方は飛ばして、読んでいただきたい。)

結末近くになって、《結局、劇場を横切る黒い人物は何だったの？》……《アパートの隣の女の子の部屋にあった黒いゴミ袋の中身を教えてほしいわ》と、置き去りにされた疑問が列記される。そこに、《気になって、夜も眠れやしない》とさえ、付け加えられるのだ。

《そのような物語》である、という宣言に外ならないが、これで収まるかどうかが問題なのだ。『中庭の出来事』の場合には、まさに、あるべき宣言として動かない。作品が、それを要求している。

これを他の作家が書いて、同様の浮遊した安定を得られたかどうか。そういう意味で、まことに恩田陸らしい作といえる。

この作で受賞する、ということに意味があるだろう。

『陪審法廷』は、すらすらと読めた。余分なものを極端に切り落とした、直線的な作だ。テーマを明確に語りたいという意図があるから、そうなるのだろう。

海外の法廷小説で、初めて《陪審員を選ぶ際の弁護側検察側の駆け引き》を読んだ時、感じた《すでに、ここから法廷闘争が始まるのか》という、たまらない面白さを思い出した。裁判の経過が、要領よく書かれていて、一気に読ませる。

海外の陪審物を読むと、よく《日本に陪審員制度がないのは、実に素晴らしいことだ》と思う。しかし、『陪審法廷』では、その意義として、法にない《情》を加味出来るという一点をあげる。

その方向に進む物語として納得出来る。しかし、一方で、すらすらと読める物語だからこそ、直線に、もう少し膨らみを求めたい気も起こらないではなかった。

『フィッシュストーリー』を前にした時、伊坂さんという作家は、実に選考委員泣かせだと思わせられた。というのは、人物再出法の評価についてだ。

色々な例がある。古く、十九世紀前半的かつ小説における代表的なそれは、いうまでもなくバルザックのものだ。それによって、物語の奥行きが広くなる。選考委員には、当然、軽く一作のページをめくる読者以上の読み込みが要求されている。そのことは考慮すべきだろう。

一方で、候補作は単独のものとしてあり、それのみによって評価すべきだという、これまた真っ当な考え方がある。

このようなことを考える時、伊坂作品を読んだ、最も幸福な選考委員は、『新潮ミステリー倶楽部賞』で『オーデュボンの祈り』を読んだ方々だったろう。あの頃、馳星周氏に会った時、「今度の、『新潮ミステリー倶楽部賞』はいいですよ。案山子《かかし》がね――」と、実に嬉しそうであった。輝くばかりの才能に初めて出会う喜びはいうまでもない。さらに、《それ以前の作との絡み合いまで、考慮すべきかどうか》などと迷うことなく、目の前の一冊の重さを量れたからである。

さて、『フィッシュストーリー』では、後半二作が見事だと思う。

表題作は、時を軽やかに重ね合わせる手際と道具立てに、作者の個性が素晴らしい形で現れていると思う。

また「ポテチ」における、《取り替えっ子》という素材を、このような形で取り上げるところにも、非凡さを見た。

しかし、総体としての印象は、どうしても弱くなる。つまり、この一冊だけで、賞に推す気にはなれなかった。そこでこれが、最も他の選考委員の意見を参考にしたい一冊となった。

『雷の季節の終わりに』は、読み始めると、帯に使われた言葉に代表されるような、魅力的なフレーズに捉えられる。

しかし、読み進むにつれ気になったのは、全体のバランスの悪さだ。特に、後半が、この倍は必要ではないか。

そのまま通過した感じになる事件や物が多く、コントロールなく歩いている感じがある。それで異形の大建築になっているかというと、そういうわけでもない。

あるいは、これは、《穏《おん》》の物語という大きなサーガの、ひとつの断片なのか、とも思わせられる一編だった。

第21回　〈受賞作〉『果断　隠蔽捜査2』今野　敏／『ゴールデンスランバー』伊坂幸太郎

樋口晴子という教師

〈候補作〉『果断　隠蔽捜査2』（新潮社）今野　敏　『ブラックペアン1988』（講談社）海堂　尊　『ゴールデンスランバー』（新潮社）伊坂幸太郎　『月芝居』（文藝春秋）北　重人　『ラットマン』（光文社）道尾秀介

選考会では、まず三段階に分けて評点を示す。わたしは『ゴールデンスランバー』と『果断　隠蔽捜査2』を、上に置いた。

『ゴールデンスランバー』の帯には《伊坂的娯楽小説突抜頂点》とある。担当編集者とは、作者と作品の最も身近にいて、かつ双方を最も愛する人の筈だ。編集者にとっても、本はわが子である。その人が、いってみればわが子の鉢巻の額の文字に、この言葉を選んだ――ということだ。読み終えた時、その《伊坂的娯楽小説》に、わたしはこの場合、《おとぎばなし》とルビを振った。評価の意味合いはない。ただ、レモンを見てレモン色だと思うように、そう思った。

作品は、巧妙に作られている。まことに整った部屋に招待された感じだ。ただ、その壁も家具も窓ガラスさえも、色がパステルカラーなので、わたしのようなおじさんはとまどってしまう。全てが、間違いようのない、伊坂的パステルで描かれている。

大きく構え、細部への配慮も持っている話なのに、小説的リアリティを不思議にはずしてくる。森田が死なざるを得ないところまで追い込む《巨大な闇》が相手なのに、その後の彼らの対応の甘さには、妙なギャップがある。何でもする連中らしいのに、カズの口封じがされなかったり、樋口晴子があまりに自由に行動出来たり、花火屋への後の取り調べが甘かったりする。

物理的な、最も見えやすいところでいえば、廃車さえ、ここでは見事に眠りから覚めてしまう。リアルでいくのなら、こういう場面では車の知識のある登場人物が、それなりの準備をして向かい、技術的苦闘の末、動かぬ車を動くようにしてしまう――その作業を書くことこそ、いかにも小説的であり、物語中の大きな読みどころとなる筈だ。しかし、ここでは、それは《余計なこと》なのだ。

物語という部屋は、いうだろう。

――だって、買って来たバッテリーは合わなきゃならない。だって、車は動かなくちゃならないんだよ。

だから、四の五のいうひまもなく、バッテリーは合ってしまうし、車は動く。引力があるから、リンゴが地に落ちるようなことだ。河川敷の車とは、動かぬものではない。動くと決まっているのだ。そうと分かっているのに《余計な手間》をかけるのは、この世界では無駄なことなのだろう。

影武者が殺されてしまえば、《闇の力》にとって青柳雅春を殺したのと効果は同じだ。《あいつら》の犯罪は成功したことになる。だが、主人公が、個人的に逃げおおせれば物語は完結する。

監視のことなどが取り上げられるが、それはあくまでも材料であり、これは社会についての物語ではない。小説家は、つい、そこに手を伸ばしたくなるものだが、そんなことはしない。あくまでも、黄金時代は青春期という過去にあって（当時は別に黄金時代などとは意識しなかったが）、今になく先にあるとも思わない個人が主人公だと分かる。

さらにいうなら、これは、その個人青柳雅春と彼を助けようとする人達の話だ。後者の代表が樋口晴子である。だから結局は、二人の物語といってもいい。

ところが、当たり前に考える限り、この樋口晴子の立ち位置がよく分からない。妻でもなく、婚約者でもなく、恋人でもなく、さらには昔の恋を引きずっているわけでもない。では何なのかと思う時、

——ああ、この人は教師なんだ。

と気づく。

そういう風になっている。

ここに恋の残り香がわずかでもあったら、夫はいい面の皮だ。読者も素直には読めない。だ

が、《色恋で生きている人間なんて、ほんの一握りだろう？》といわんばかりに、あっさりそれは切り捨てられる。

ことが起こった時、樋口晴子はかつて、二人の間にあった「おまえ、小さくまとまるなよ」を思い出す。生徒は、直接には青柳雅春であり、また自分自身でもある。ここで教師の血が騒ぐのだ。そこから先は、獅子奮迅の授業に外ならない。

ここに書かれているのは、「おまえ、小さくまとまるなよ」に始まり、「だと思った」といってもらえる生徒青柳雅春が「たいへんよくできました」のスタンプをいただけるまでの、きびしい実習なのだ。

その意味で、いうまでもなく典型的な成長小説である。

ただ、スタンプをもらえるまでになった彼がその後、《成長》をどう生かしたかは書かれない。それもまた《余計なこと》なのだ。成長してどうなったかが、よく分からない成長小説である。その先を考えるのは、この作品の場合、最中《もなか》の皮の外に餡《あん》を探すようなことなのだ。

実は、そこにこそ伊坂作品らしさがあり、個性がある。特異な作家に、普通の物差しは当てられない。この部屋は、そういう部屋だと納得して眺めれば、隅々までが実によく作られている。ことに縦横無尽の伏線の妙は、お見事というしかない。

長編という形で伊坂的世界を見事に構築した本編に、本年こそよい評価を、と思った。

『果断』は、これに対し実にオーソドックスな警察小説の収穫である。何よりも、読ませる。中編かと思うような速さで読了した。そうさせる力がある。

警察を舞台にした物語は、テレビ・映画まで含めて、かなりあり、《キャリア》や《ＳＩＴ》などという言葉が出て来ると、手垢のついた話かと思う。

だが、そういう話なら主人公が警察内部の理不尽な慣習などに相対する時、肩肘張って《風穴を開けてやる》などと気負うだろう。この物語の主人公は、ひたすら《おかしなことだ》と思い、それならこうしようと動く。理に合わないから、あるべきようにしようとするだけなのだ。部下はあわてふためき、敵役《かたき》は眼を丸くする。主人公竜崎の人物像が、滑稽さも含めて秀逸である。

伊丹刑事部長の、水戸黄門の印籠としての役割も、型通りであっても運びがうまいから、素直に快い。ベテランの味を、遺憾なく発揮している。

早い段階で選考対象は、この二作に絞られた。そこから長い論議が続いた。

この二作が候補に並んだのも、天の配剤だと思われる。伊坂作品と今野作品を合わせて受賞作とすることにより、現代の小説の幅と豊かさが浮かび上がると考え、この二作を推した。

『ブラックペアン1988』には、医療現場を知り尽くした人でなければ書けない面白みがあった。その点では、まことに生き生きとしているのだが、物語を動かす渡海の恨みについては、もう少し、設定上の配慮が必要だったのではなかろうか。

ペアンを置いたままの閉腹について、佐伯は《素人に必然の留置だったと納得させることができただろうか》という。玄人にならば、説明出来るわけだ。実際、スペインから緊急手術を止めるよう電報を打った時も《説明は後でできる》といっている。国際電話が繋がらなかったからだ。となれば、講演の後、つまり数時間後には、事情説明の電話を入れるだろう。それがなくても、後、離島にいる渡海の父を探し当てた時、まず第一に事情を説明するだろう。そうでなければ、おかしい。となれば、渡海の父はなぜ、真相を息子に伝えないのか。

佐伯の真意を知らぬ時点で息子に憤懣を語ったにしろ、事情が分かれば《実はこうだった》と告げるはずではないか。それを黙ったまま、わが子を当の佐伯に、《一人前の外科医に仕立て上げて欲しい》と託すだろうか。何をいわれても、聞く耳を持たず、復讐のために子供を預けるような人物にも書かれていない。

これが、この本を動かしている大きなモーターのひとつなので、疑問を持った。渡海の父が真相を知らぬまま死に、佐伯が乗り出して、その子を自分の大学に来るようにしたのなら、すんなりと了解出来る。渡海の心理も、愛憎ないまぜの複雑なものになったろう。最後の佐伯への反逆の場面が、一種の父殺しの色合いさえ帯びたろう。

そんなところに首をかしげざるを得なかった。

『ラットマン』は、冒頭と最後のエレベーターの話に象徴されるように、実に才気に富んでいる。会話の「　」が、次第にエレベーターの箱に見えて来るあたりや、完結したと思ったその「作品」に続きがあり、最後の再び上昇するエレベーターが、《取り戻せないのだろうか。人は、何も取り戻せないのだろうか》に響くあたりも巧みだ。ただ、《作る》ことに懸命になるあまり、それに物語的魔力を付け加える点では、これまでの作品中の優れたものに及ばなかった。これが《最高傑作》ではないぞといいたくなるのは、未来の作も考えてのことで、大きな期待の言葉と思ってほしい。

『月芝居』の前半には非常に引き付けられた。こういう観点、素材を使うのかと驚いた。その点は、全選考委員が感じたと思う。期待しただけに、後半が月並みになってしまったところが、まことに残念だった。

第22回　〈受賞作〉『この胸に深々と突き刺さる矢を抜け』白石一文

それぞれの妙味

〈候補作〉『オレたち花のバブル組』（文藝春秋）池井戸　潤　『草祭』（新潮社）恒川光太郎　『秋月記』（角川書店）葉室　麟　『この胸に深々と突き刺さる矢を抜け（上・下）』（講談社）白石一文　『鬼の跫音』（角川書店）道尾秀介　『もうすぐ』（新潮社）橋本　紡

ほぼ例年、候補作を読み進むうちに《今回は、これを推そう》と心が定まって来る。選考会がひとつの戦場なら、《よし、作者になりかわって戦おう》と思う。

今年はそうならず、正直、困ってしまった。レベルが低かったという意味ではない。むしろ、逆だ。どの本にも、それぞれ魅きつけられるところがあった。おまけに見事なまでに作品の方向性が違うので比較が難しい。

選考会の冒頭、候補作を三段階に分けて評価を示さなければならない。例年、一作ないし二作に○をつける。だが今回は、《自分にとって、そういう年なのだ》と割りきり、四作に最高点をつけるという異例の形で、会に加わった。

選評も、いつもは、ほとんどの枚数を受賞作について述べることに費やしている。今回は、それぞれについて話させていただきたい。

最初に読んだのは『鬼の跫音』だった。いかにもこの作者らしい、柔らかな嫌な感じ（無論、肯定的な意味である）の、よく出た作品集だと思う。

統一感があり、仕上がり具合を含めてぶれが少ない。短編集の場合、傑出した作があっても、他が弱いと総体としての価値判断が難しくなる。その点、『鬼の跫音』は一冊として評価出来る。

ただ、作者の巧みさを認めつつも、型通りのサプライズエンディングにならず、直線的に押してくれた方が感銘が深かったかと思う作もあった。無論、『〓（ケモノ）』のように、そこを越えたものもあった。メモを秘めて流れ着いた瓶詰のような椅子――という発想が異様であり、物語の果てに待つものは単なる《意外な結末》ではない。


次が『この胸に深々と突き刺さる矢を抜け』だった。《川端健彦氏の生活と意見》という、実に懐かしい小説表現の形がとられている。わたしは、こういう形式の作品が大好きなので、特に前半は楽しく読んだ。

ただ、ここで述べられる感想が、主人公の人物描写に止まらず、《この考えをも書きたい》というものに思える。そうであるなら、一方的な独白に加え、対立する意見を持つ人物も出し論議してもらえたら、より深くなったのではなかろうか。

主人公の設定は王道を踏んでいる。敏腕編集長であり、凶悪犯にも立ち向かい、苛酷な拷問まで耐えてしまう。この魔法の剣を持ったような《力》を表に、裏に苦難の《悲劇性》を与えられた彼は、世の男性読者には実に心地よい存在といえる。

《カワバタ》などという人名の片仮名表記も、途中までは、この小説に独自性と抽象性を与えているように思えた。特に後者は、思考を扱う物語にふさわしい。見事だと思って読んでいた。

しかし、Nが実名の《新村》で頻出する辺りで、《おや？》と首をかしげた。「新村光治」「さよならＵＳＡ」のところである。《ニムラ》を多くの片仮名の中に保護色めかして溶かし込む、叙述トリックの気配も現れ、ややつや消しであった。無論、そこに巧みといえば巧みな配慮があるわけだ。しかし、わたしは統一感が薄れたと惜しむ思いの方を強く感じた。

また、この結末には、急ぎ過ぎたのではないかということも含めて、疑問が残った。

『秋月記』を手にした時には、これが山本周五郎賞候補作であることに不思議な暗合を感じた。この物語が筑前の小藩を舞台にした『ながい坂』ともいえるからだ。

『秋月記』の小四郎は幼時の体験から《逃げない男になりたい》と念ずる。それが、一生の道筋を照らす。『ながい坂』の主人公、後の主水正は（見返して驚いたのだが）小三郎である。これも、物語冒頭に置かれた幼き日の体験によって、彼の一生を決める。

また、いわゆる史料の中にある《彼》が、権勢の座から失脚した人物であると容易に想像出来る。そこから、この主人公を作者の理想像としてイメージし、新たに創造するやり方はまさに『樅ノ木は残った』を思わせる。

わたしは、これをマイナスの意味で書いたのではない。あの忘れ難い主水正が、《小三郎》であったと気づいた時には、その偶然に、創作の神の好意のようなものを感じた。

いうまでもなく、『秋月記』は亜流の作品ではない。表現には全て型がある、ということだ。とはいえ、前を行く傑作を否応なしに連想させながら、それでも全く評価が落ちないのは、驚くべきことである。つまり、爽やかな達成がここにあるのだ。

『ながい坂』は、不滅のものとして指を折られる小説のひとつだろう。その優れた長大さ（物量的な長さをいっているのではない）から眼を転じた時、『秋月記』には中編的な清潔さがある。秋月の長い坂を、間小四郎は誠実に歩いたのだ。

ただ、結びに近付くにつれ不自然さも出た。歴史上の人物を、小説の中で理想像に仕立てた――あえていうなら、曲げたがための不自然さだろう。ともあれ、虚実取り混ぜての見事な人物配置に感服させられた。

『オレたち花のバブル組』は、敵役を倒す痛快物語が、銀行業界を舞台に展開される。実に面白く、一気に読んだ。近藤の出向先での《戦い》など、まさに手に汗握るという感じであった。内部を知る人にしか書けない攻防は、読みごたえがあった。

それは全編にわたっていえる。我々も、銀行の合併話を耳にはした。その内情に眼の届かない世界を《なるほど、こういうものか》と見せてくれ、引き付ける。

また、目的に向かった理だけでなく、場合によっては、清濁併せ飲んで、人情を通すところも至って人間的だ。

しかし、この流れなら最大の山場は、何といっても大和田を倒す場面になる。となれば、ここに、銀行業界に詳しい作者ならではの、思わず膝を打つような必殺技がほしかった。最後に至って、実は裏門が開いていました――といった感じがしたのは事実である。

難しいのは分かる。だが、読み手は欲が深い。途中が優れているだけに、ページをめくりつつ、そういう山場の用意があって、作られた物語かと期待するところはあった。

小説で《死》が取り上げられることは多いが、産む・産まれる、という意味での《生》についての作品は少ない。『もうすぐ』は、それを真摯な姿勢で取り上げ、ともすれば見ない・見えない、ことをも見せてくれる。

多様な例を示すのにネット新聞という手を使ったのは、目新しいし、また的確である。それが仕事である主人公の物語に、層を重ねるように繋がるのもうまい。
ただ、素材が多くなる中で、物語の形でより先まで読ませてほしいところは出て来た。

『草祭』では、様々な意味で境界が曖昧になる。三次元的意味でも、四次元的意味でもそうだ。種であっても、生と死さえも。

この混沌の中で、常識を振りかざし、時代設定を云々することは愚かかも知れない。だが、「くさのゆめがたり」に描かれるのは、領主や山賊がいた《遥か昔》のことだ。それが、時の遠くにある《美奥《びおく》》だ。その《私》の一人称の語りに、《細胞も活動を停止して》と書かれている。意識してのことだろうか。これも、江戸時代や室町時代といった、《ありふれた昔》ではないことの証し――なのだろうか。

そんなことを考えさせるのは、形良く林檎のあちこちを描いて、全体を髣髴とさせるようなものには、なっていないからだ。作者は、そういうありきたりの連作など書きたくない――というより、そういう林檎に魅力は感じないのだろう。

個々の部分に、印象深いところが多い。ただ、全体としては意図されたまとまりの悪さがあるように思えた。

他の選考委員から、《もっと多くの短編の集積であった方がよかった》、あるいは逆に、繋がってうねり波打つような《長編であった方が》という声があった。共になるほどと思った。それが、わたしの思いを逆の方向からいってくれたものと思えた。

第23回 〈受賞作〉『後悔と真実の色』貫井徳郎／『光媒の花』道尾秀介

波乱のない選考

〈候補作〉『後悔と真実の色』（幻冬舎）貫井徳郎 『ＷＩＬＬ』（集英社）本多孝好 『小太郎の左腕』（小学館）和田 竜 『マドンナ・ヴェルデ』（新潮社）海堂 尊 『光媒の花』（集英社）道尾秀介

例年、各候補作についての詳細な検討が行われる。いったん休憩に入り、そこからが長い。選考委員の主張がぶつかりあい、はたしてまとまるのだろうかと懸念される時もある。ところが今回は、――たちまち決まった、という感じである。論戦に入るまでもなく、結果が目の前にあった。

まず初めに評価の点数を入れた段階で、『後悔と真実の色』『光媒の花』の二作が同点で並んだ。他の三作との点差は歴然たるもので、しかも共に否定する票がない。そのことが、貫井、道尾両氏の力量を、如実に示していた。

道尾氏は若いが、今までに書かれた作品の量と質を考えれば、すでに大ベテランといえる。二人のベテランが、それぞれの持ち味を生かした作によって、あぶなげなく受賞した回――といえる。

わたしは、候補作を二群に分け、『後悔と真実の色』『光媒の花』を上位と考えて選考会に臨んだ。一冊に絞って、強く推すことは難しかった。

前者、『後悔と真実の色』は、まことに巧みに構築されたミステリである。

作者は、犯人を特に隠そうとはしていない。そのため、読み手は何度か前に返り、ある部分の描写を読み直すことになる。――そういう作業をしてしまう話なら、普通、仕掛けに寄りかかったものになる。小説としての部分に無理が生じる。

正統的なミステリにおいては、この《仕掛けと物語の融合》というところが、実に難しい。作者は、それを成し遂げた。

第二・第三の犯行の相違点に代表されるような、様々な要素の持つ意味が、真実を見抜くことによって明瞭に浮かび上がって来る。このあたりの技は、まことに見事である。

この手の犯罪小説の常道なら、美叡《みえい》の襲われるところで罠をかけ、犯人逮捕となる。そうでないと後味が悪い。作品の座りが悪くなる。ところが、作者は、そう運ばない。嗜虐的なまでに、主人公を追い詰める。

百六十六ページに早々と、《ひとりが似合うからか？　じゃあ、家も金もなくなったら、ホームレスにでもなるしかないな》という伏線がある。物語は初めから、その一点を目指している。《ミステリの仕掛け》という骨格と並ぶ骨が、この《破滅へと向かう男》のテーマだ。これは、作者がずっと追求しているものなのだが、常識的には、そこまで行くのが唐突な気にもなる。

西條について、百八ページには《金持ちの家のぼんぼん》となっている。その実家との関係が、よく見えて来ない。この布石のないことが、転落を語る箇所で気になった。

例えば、実家は名家だったがすでに没落して絶えている。あるいは、両親との間に問題を抱えている、または父母は死に、兄との間に葛藤がある――などと、簡単に描かれていればどうか。西條の孤独も際立ち、《一人の闇》に沈むしかないわけが素直に受け入れられた――と、思う。

この状況で、愛人の故郷への交通費を秋穂《あきほ》から借りる（事実上、貰う）というのは、かなりの抵抗があるだろう。普通なら、親兄弟の線に頼る筈――と思えてしまう。その道を塞いでおいてくれないと落ち着かない。

秋穂にしても、その性格を形成した彼女の実家が、ほんの一刷毛、描かれていれば、姿が鮮明になったかと思う。他で、背景まで丹念に書き込まれている人物がいるだけに、そんなことを思った。

ただ、この点に関して、選考会で、《この物語は、神話的英雄譚の形をとっており、卑俗なる者の手によって貴種が没落するのは、物語自体の要求による必然だ》という声が出た。その読みの前には、自分の実感も、あまりに地上的な、色あせたものに思えた。

『光媒の花』は、読み始めてまず、第一話で、作者の力量を感じさせる。

物語の方向として、広く知られた海外のある作品と日本のある作品を連想させる。人間の描く物語は、先行する何かを思わせる。それは、人間の営みそのものが果てしない繰り返しだからだ。

ところが先行作を思わせつつ、なお作品が道尾氏の世界ならではの、独自の輝きを見せている。これは並大抵の力ではない。

ただ、第二話、最後で発せられる言葉、「死んでいい人間なんて、この世にいないんだよ」は腑に落ちない。一般論としては是でも、この時、ここで発せられれば、その言葉は、一度、心を殺された智佳《ちか》を、再度殺すものとなる。何をおいても、まず救われねばならないのが幼い魂だ。

それを思えば、真相は後にまで持って行かれるべきものなのか。この作の中に広がるのは、それを後回しにせず智佳に示す世界ではないか。真犯人は自首するという行為により、「死んでいい人間なんて、この世にいない」ということを、苦しむ智佳達に教えるのではないか。自首が遅れるところには、真犯人のためらい以上に、物語の仕掛けを感じてしまう。またカタツムリの涙のような優れたイメージが、種明かしをされることによって、作為的なものとなりつや消しとなる。ここにも物語と仕掛けとのせめぎ合いを感じた。それよりも大きいのは、こういう作為をする《姉》と最終話の《わたし》との人間像が、ずれているように思えたことである。

逆にいえば、物語の全体は、こういった仕掛けから離れたところに成り立っている。そこに、ひとつの達成がある。

この作は、まことに《きれいに》まとまっている——ともいえる。有り体にいえば、賞を取りやすい作かも知れない。

そのことについては、選考会で、氏には、きれいに小さくなるのではなく、もっと暴れ続けてほしいという声が出た。そのためにも、賞を取ってしまう方がよい、という意見だった。

これを聞いて、さらに強く推す気になった。

さて、惜しくも一歩をゆずると思った三作だが、まず『ＷＩＬＬ』が、ほっと安心出来るものであることは確かだ。特に、昨今のミステリ系の作品が、流行病のように残虐な素材を扱う中にあっては、そう思える。

だが、ここでは、奇妙な出来事とその背景——の連続が、物語の素材となっている。その《素材》に納得出来なかった。発端は魅力的なのに、解き明かされたところで、無理が目だってしまう。

読みながら、これが仮に《江戸時代》といった距離感を持った話なら、心地よく受け入れられたろう――などと思った。

『マドンナ・ヴェルデ』は、医学上のテーマを扱い、その独自性で引き付ける。代理母という現代的な問題を、そのみどりと理恵のやり取りを通じて考えさせてくれる。

読み始めて、みどりの人物設定がまず印象深かった。冒頭で、夫の死にも恬淡とし、《なぜみんな、こんな世界に固執するのだろう》という。この《生々流転》の真理を体得している《みんな》とは違う個性が、どう生かされるのかと、思った。だが、物語の中では、《伸一郎さんがふつうの男性じゃないことは認めるわ。だけどあたしはふつうの女なの》という、伸一郎・理恵と対立する《ふつう》の側の見方を代表しているように思えた。その点には、やや違和感を覚えた。

『小太郎の左腕』は、一気に読ませる。《～じゃ》《～申すぞ》《ござりまする》《おりまする》などという台詞と、現代の俗語の混在。大胆に顔を出す作者の意見。おおらかともいえる展開。必殺の狙撃者や、忍法シリーズから出て来たような人物。こういった要素が並んでいる。

この大胆さが、賞にふさわしい小説的達成となっているかどうか。その点で、肯定的になれなかった。自分の見方が硬直したものなのかどうかについては、他の選考委員の意見を聞き、考えたいと思った。

第24回 〈受賞作〉『ふがいない僕は空を見た』窪 美澄

《満場一致》と《賛否両論》

〈候補作〉『ふがいない僕は空を見た』(新潮社)窪 美澄 『下町ロケット』(小学館)池井戸 潤 『折れた竜骨』(東京創元社)米澤穂信 『民宿雪国』(祥伝社)樋口毅宏 『本日は大安なり』(角川書店)辻村深月 『ちょちょら』(新潮社)畠中 恵

選考のためには、候補作の順位付けをしなければならない。○△×三段階の評価が求められる。

いうまでもなく、山本周五郎賞候補作である。どれも優れたものだ。×といっても、相対的評価を示す符号に過ぎない。あくまでも個人の基準ではどうか——ということでしかないし、作品の価値を否定する×ではない。

毎年、どれかにはそういう意味で×をつけることになる。だが、今回は例年通り作品を並べようとしても、下位に置ける作がなかった。それぞれ見事に《読ませる》作だった。

そこで、『民宿雪国』『下町ロケット』『ふがいない僕は空を見た』の上位群と、その他という二段階に分けた。つまり、○と△として選考会に臨んだ。

選考委員として有り難いのは、《どうしても、これを入れたい》という一作のある時だが、今回のようにレベルの高い作品が揃うのも嬉しい。

例年、長くなることの多い本賞選考会だが、今年もまたそうなった。『民宿雪国』があったからだ。これがなければ、今までの最短時間で終わったろう。最初の点を入れた段階で『ふがいない僕は空を見た』が全員に支持され満点となったのだ。事実上、選考は五分で終ったともいえる。次点が『下町ロケット』、『民宿雪国』がこれに続いた。〇印の数は『民宿雪国』が上まわった。

その後、各作について詳細な検討がなされたが、『民宿雪国』以外については、全員がほぼ同意見だった。しかし、この作のところで大きく対立した。中庸はなく、肯定と否定に分かれたのだ。

最終的には、満点である『ふがいない僕は空を見た』と合計点数差のかなり開く『民宿雪国』を同時受賞とするのは問題がある、まれに見る高評価の意味を大切にし、『民宿雪国』を支持した委員は選評でその思いを述べることにしよう——ということで一作受賞となった。納得出来る結論である。

そこで、変則的ではあるが、ここでは落ちた『民宿雪国』について、より多くを語ることにしたい。

この作は他の五作と、全く違う物差しを必要とした。当たり前の小説ではない。不謹慎に聞こえるかも知れないが、いってみれば相撲の大会に一人、キックボクシングの選手がいたようなものだ。同じ基準で考えるわけにはいかない。

わたしは、何の先入観もなく、この本を手にとった。『民宿雪国』という題の示すような物語を（特に考えたというわけではないが、自然に）想定してページを開いた。

すると、プロローグ後の第一章が「吉良が来た後」であり、横に「Ｋｅｙ Ｌａｒｇｏ」と記してある。『キー・ラーゴ』という映画があることは知っていた。しかし、観てはいなかった。それにしても、《「キラ　ゴー」とひねったのか？　それで来たのか？　あるいは、「キラー・ゴー」？》などと、否応なしに考えさせられ、その駄洒落の感触と《雪国》という言葉の見せるものの違いに、ふと足踏みする。これが、最初のキックである。

読み進むにつれ、続くキックを感じないわけにはいかない。『キー・ラーゴ』といえばハンフリー・ボガートだったと思う。ハードボイルドの風を感じたところで第一行を読むと、《私が新潟県T町を訪れたのは、その年の暮れも押し迫ったある日のことだ》と書かれている。やってるやってる——と思うしかないではないか。さらに、《長い手足は、可憐な芍薬のように伸びている》や《薄倖の女神》といった紋切り型を読むに至る。読者は、どうしたらいいか。——笑うのが正しい反応だろう。後半のどんでん返しの連続のところで、実際、わたしは吹き出してしまった。こうまで、読み手を動かすというのは、なかなか難しい。

真剣にやっていれば駄目なところを、わざとやっている。それが如実に分かる。小説は、虚構をまことに見せる。ところがここでは、のっけから《嘘ですよ、嘘ですよ》といっている。逆にいえば、この《小説らしからぬ手法》は、まさに《小説らしい》ものだ。

読者に無論、『キー・ラーゴ』を観る義務などない。ことは逆だ。この物語から『キー・ラーゴ』が見えて来る。それは倒立した「吉良が来た後」であろう……と想像出来る。それでいいわけだ。

だがわたしは小心だから、本書を閉じた後、『キー・ラーゴ』を観て確認しないわけにはいかなかった。

まさに《雪国》と《フロリダ》という分かりやすい倒置がある。映画の来訪者ハンフリー・ボガートは殺すことによって《生きる場所》を見つける。それが物語の結びだ。《雪国》を訪れたものが、どうなったかはいうまでもなかろう。

本書を読み終えた者は、例えば丹生《にう》雄武郎《ゆうぶろう》という物語世界を覆う《名》＝《言葉》が、この世の《虚ろなるものを生む種》として配置されていたことを知っている。他にも下敷きとなることは数知れない。そこに気づくと、荒々しい出来事の連続するこの物語が、実はいかに繊細に構築されているかに、驚かざるを得ない。

作者は、途中までこの物語を、ただのどたばたのように運ぶ。その重なりが、やがて舞台に違った光を与え出す。最初から最後まで、作者は舞台に立ち《来い来い》という手をしている。《突っ込んでくれ》と叫び続けている。《おいおい》と苦笑したり、《そりゃ、ないだろう》といった時、観客は彼の術中にはまっている。

全ては《わざと》の世界であり、読者は何度も裏切られる。物語を虚構化する試みは、これでもかと続けられる。

作者は舞台を崩壊させることによって、虚偽を打とうとしている。

ここにあるのは、血みどろのくれないと闇の漆の黒のだんだら模様が織り成す粘液質の年代記、あるいは、――と見せかけた年代記なのだ。

遊戯性は小説の大事な要素のひとつであり、宝である。作者は、いわばその遊戯性という家を乗っ取り、取り囲む警官隊、やじ馬、そして見つめる者達の前で、まさに必死の演技をした。これだけの物語を遊び半分で書けるわけがない。作者の《覚悟》は明らかだ。

ここまで異形の作品は珍しく、他と同様の基準で比べることが出来なかったのは、前述の通りである。

これを読んでしまった後、《普通》の目で、山本周五郎賞という名に最もふさわしいものは何かと考えた時、浮かんで来たのが『下町ロケット』だ。

いかにも出て来そうな登場人物が現れ、こうなるだろう方向に物語が進む――といった批判があるかも知れない。だが、その進み方、読ませる力に、紛れも無いプロの力量を感じる。企業、銀行などについての知識が、しっかりした舞台作りとなっている。人物像、展開なども含めて考えた時、王道を行って、大きな成果を見せた作と思う。

これに対し、『ふがいない僕は空を見た』は、救いのない題材を扱っても不思議に清新である。登場人物が、借り物の知識の絵具で描かれていない。驚くべき力量だ。

例えばまるで、それを使えば物語作りが出来るから――といったように、性犯罪を軽々しく扱う新人もいるなかで、田岡さんの造形などの人間を見る力は出色である。小説家が、ここにいる。

『民宿雪国』という題も、読み終わってみれば作品にふさわしいものだったが、こちらの『ふがいない……』というそれも、まことに見事だ。

この作品については、他の選考委員が熱く語るであろう。『民宿雪国』の方に、多くの紙数をついやした理由は前記の通りである。《周五郎賞》的作ということでは『下町ロケット』かも知れない。だが、『ふがいない僕は空を見た』の受賞に異論のあろう筈がない。

他の三作について、著者名の五十音順に述べる。

『本日は大安なり』は、著者のセンスの良さがよく出た快作。楽しく読ませる力量は非凡だ。だが、ストーリーのために無理をした面はあった。語るのを双子のうち一人にすれば解消するところがある――という意見が、選考委員の中から出て、なるほどと思った。

『ちょちょら』は、留守居役を主人公にしたところが新鮮だった。だが、主人公が《いい人》

であることと、《この役職》の物語との折り合いが、必ずしもよくはなかったように思う。嘉祥の儀を使うところなどは見事だった。

『折れた竜骨』について、思想が欲しいという意見があったが、この物語に関しては《本格ミステリであること》が思想なのだ。そこにこの衣を着せ、各選考委員に好感を抱かせた手腕は並のものではない。ただ、突出した作のあった中では、一歩を譲らざるを得なかった。

アンケート特集　印象に残った本

1991年

①おしまいのページで　『オール讀物』連載（文藝春秋）
②虹を摑んだ男　A・スコット・バーク著、吉田利子訳（文藝春秋）
③引用句辞典の話　加島祥造著（講談社）
小説以外で、異なるジャンルからの三冊にしました。①『オール』の巻末エッセイ集。うまい、どれもうますぎる。②好きになれない人物のことが書いてあるのに一気読みしてしまった。③宇野利泰とイエーツの詩の話が印象的。

1992年

①読書の楽しみ　篠田一士著（構想社）
②篠沢フランス文学講義Ⅲ　篠沢秀夫著（大修館書店）
③一人書房　成瀬露子著（成瀬書房）
小説以外で三冊。①あらためて、その幅の広さと理解の深さに驚嘆する。②鈴木信太郎、渡

辺一夫、福永武彦などについての話はこたえられない。P二五七の《女っぽい》は、そうとばかりはいえないようだ。③思うところあり。

1994年

①秘密は何もない　ピーター・ブルック著、喜志哲雄・坂原眞理訳（早川書房）
②「レ・ミゼラブル」百六景　鹿島　茂著（文藝春秋）
③千載集――勅撰和歌集はどう編まれたか　松野陽一著（平凡社）
小説以外から。③は講義録にもとづくもの。①も講演。どれも楽しい授業を受ける者の喜びを味わうことができた。となれば篠沢秀夫の『フランス文学の楽しみ』も当然あげるべきだが、同氏の講義を以前も記したので今回はこの三冊。

1995年

①江戸前の釣り　三代目三遊亭金馬著（つり人社）
②ルイス・キャロルの想い出　アイザ・ボウマン著、河底尚吾訳（泰流社）
③勧進帳――日本人論の原像　渡辺　保著（筑摩書房）
小説並びに他のアンケートで答えた本をのぞいた。①めぐりあって、びっくり。つりはしないが本は面白かった。②『少女への手紙』（新書館）の中の一人がこんな本を書いていたとは。③なるほどと思ったところがあった。

1996年

①3D・MUSEUM　杉山　誠著（小学館）
②のしめ〈熨斗目〉　吉岡幸雄著（京都書院）
③江戸川乱歩　日本探偵小説事典　新保博久・山前　譲共著（河出書房新社）
小説以外から三冊。①は、もし名画が立体的に見えたらという夢を現実のものにしてくれた。②は、この一冊だけでなくアーツコレクションというシリーズ全体が嬉しい。③は、この手があったかとびっくりし喜んだ一冊、労作である。

1999年

①とっておきのもの　とっておきの話　全3巻　YANASE　LIFE編集室編（アミューズブックス）
②石井桃子集（5）　石井桃子著（岩波書店）
③少年の王国　潤一郎ラビリンス（5）　谷崎潤一郎著（中央公論新社）
他で書いた本以外から選んだ。①これだけ並ぶと貴重な文化遺産。②子どもの図書館が近くにあったら、と思う。③『小さな王国』の結末が記憶と違っていた。『或る少年の怯れ』の三味線のところは実に怖い。

２０００年

①和田夏十の本　谷川俊太郎編（晶文社）
②父ちゃんは二代目紙切り正楽　桂小南治文　林家二楽絵（うなぎ書房）
③ザ・マン盆栽　パラダイス山元著（芸文社）
他であげた本は除く。①勿論、一言でいえるわけはないのだが、小気味よく鮮やかないらだちを見せる人だ、と思った。②版元は「うなぎ」だが、中の「どじょう」の話が傑作だった。③乱歩作「パノラマ島」の世界に通じる。

２００１年

①極楽まくらおとし図　深沢七郎著（集英社）
②河野裕子の歌　古谷智子著（雁書館）
③小説家ヘンリー・ジェイムズ　中村真一郎著（集英社）
他であげたものは除く。①この密度。②これもまた、優れた短編集の趣。③好個の読書案内。ところで、秋の末に東京創元社から、何と文庫で大阪圭吉とＭ・Ｒ・ジェイムズの短編集が出たのには驚いた。今年の事件である。

２００２年

①中井英夫全集⑩　黒衣の短歌史　中井英夫著（創元推理文庫）
②中山省三郎　七編　中山省三郎著（エディトリアルデザイン研究所）
③白菜のなぞ　板倉聖宣著（平凡社ライブラリー）
他で、あげた本はのぞく。①は中井・中城往復書簡の収録により、忘れ得ぬ書となった。②により、火野葦平がダウスンの詩集の大半を訳していたと知った。③を、今、読み終えた。明治大正期の、白菜についての「プロジェクトX」。

２００３年

①昭和史発掘　全13巻　松本清張著（文春文庫）
②のらくろ先生と野沢　田河水泡著　村のホテル住吉屋にて頒布中（村のホテル住吉屋）
部分的に読んでいた①を、この春、全巻通して読み、あらためて感嘆。しかし、①だけですでに三冊ならぬ十三冊になってしまいました。野沢温泉の売店で手に取り、薄いけれど、めぐりあえて嬉しかった②を書き添えておきましょう。

２００４年

①チャールズ・アダムスのマザー・グース　チャールズ・アダムス著、山口雅也訳（国書刊

行会）
②気になる部分　岸本佐知子著（白水社）
③論よりコラム　漫画アクション編集部編（双葉社）
①アダムスの本が、やっと出た。これが売れれば、続いて刊行されるだろう。ぜひ、売れてほしい！②見事な短編集としても読んだ。③ふた昔ほど前の、コラム集。『本の新聞』による全出版社大障害レースの話等々、あれもこれも面白い。

２００５年

①プロ野球選手はお嬢さま　白球に恋した淑女たち　田中科代子著（文芸社）
②戦中派復興日記　山田風太郎著（小学館）
③詩趣酣酣《しいしゆかんかん》　塚本邦雄著（北沢図書出版）
①日本の女子プロ野球については、以前から知りたいと思っていた。出会えて嬉しかった一冊。②人に語りたい箇所が、幾つも出て来た。早く話さないと忘れてしまうので困る。③これを読んでいる時、訃報を聞いた。また一人……の感。

２００６年

①寺山修司・遊戯の人　杉山正樹著（河出文庫）
②美の死　ぼくの感傷的読書　久世光彦著（ちくま文庫）
③大人の写真。子供の写真。　新倉万造×中田　燦著（枻《エイ》文庫）

文庫から三冊。①私は四半世紀前の《あの事件》を、報じられた通りの出来事とばかり信じていた。②は、本を愛するものが、あってほしいと夢見る一冊。③は大人と子供が同じ状況で写真を撮ったら、どういう違いが生まれるかという本。

2007年

①ねにもつタイプ　岸本佐知子著（筑摩書房）
②わが推理小説零年　山田風太郎著（筑摩書房）
③東京百話　天の巻／地の巻／人の巻　種村季弘編（ちくま文庫）

筑摩の本を三種。①新聞連載された岸本さんの書評も、早く本にしてほしい。②には鬼才の単行本未収録エッセイが、③には数えるのも面倒なほど大勢の文章が集められている。作っていて、さぞ楽しかったろう。読めてあり難いあり難い。

2008年

①整形前夜　穂村　弘著（講談社）
②文豪　てのひら怪談　東　雅夫編（ポプラ文庫）
③小袖雛形　長崎　巌解説（青幻舎）

①著者を、②編者を、それぞれ読む楽しみ。③は見ているだけで楽しい。以上三楽である。

２００９年

①イッセー尾形とステキな先生たち「毎日がライブ」　イッセー尾形・ら株式会社編著（教育出版）
②小川洋子の偏愛短篇箱　小川洋子編著（河出書房新社）
③松尾芭蕉この一句　現役俳人の投票による上位１５７作品　有馬朗人、宇多喜代子監修、柳川彰治編著（平凡社）
①よく、こんなことが出来たと思う。ＤＶＤで演じる先生方が信じられないほど面白い。②アンソロジーは、編者のものということを見せてくれる魅力的な1冊。③アンケートが、やりようによっては、スリルとサスペンスに満ちた1冊になる、という例。

人気の著者が選ぶこの3冊！　本の力に元気をもらおう（２０１１年11月）

①ココロミくん　1〜3　べつやくれい著（アスペクト）
②中央モノローグ線　小坂俊史著（バンブーコミックス）
③花もて語れ　1〜3　片山ユキヲ著（ビッグスピリッツコミックススペシャル）
その形ならではの、見事な達成。読んで驚き、すぐ皆にふれまわったコミック三点をあげます。

人気の著者による〝つい人に勧めてしまいたくなる3冊〟（２０１２年11月）

①古今亭志ん朝　大須演芸場　ＣＤブック（河出書房新社）
②木村政彦はなぜ力道山を殺さなかったのか　増田俊也著（新潮社）
③怖い俳句　倉阪鬼一郎著（幻冬舎新書）
①「よくぞ出してくれた！」というＣＤブック。生きててよかった。②格闘技に興味はないのに、７００ページ近くを一気読み。③この内容を新書で読めるなんてすばらしい。

今年の秋冬は、本を贈ろう　人気の著者による、とっておきの一冊（２０１３年11月）

『エンジェル』　エリザベス・テイラー著、小谷野敦訳（白水社）
◆贈りたい人
面白い小説を読みたい人に
◆贈りたい理由
英国現代小説ベスト十二に選ばれたという逸品。この間、テレビの「日曜美術館」を見ていたら、芳賀徹氏の後ろの書棚に、この一冊がたまたまあるのを見つけ、喜んだ。作者は勿論、作家のテイラー。女優とは別人。

人気の著者による〝私が賞を贈りたい2冊〟（２０１４年11月）

そばちょこ展開大賞　そばちょこ展開文様集　田所耕一、中島光行著（マリア書房）
そば猪口謎解き大賞　絵解き謎解き　江戸のそば猪口　岸間健貪著（ブックハウス・エイチディ）
授賞理由・選評『そばちょこ展開文様集』は、こういうことを考え、実際、本にしてくれたことに対して。『絵解き謎解き　江戸のそば猪口』は、なるほどなるほどと、ページをめくるごとにうれしくなる。共に人間てすごい、本は面白い、と素直に思わせてくれる。

人気著者のオススメ　○○な時に読みたい3冊（2015年11月）

①東京今昔散歩　彩色絵はがき・古地図から眺める　原島広至著（中経の文庫）
②横浜今昔散歩　彩色絵はがき・古地図から眺める　原島広至著（中経の文庫）
③百人一首今昔散歩　彩色絵はがき・古地図から眺める　原島広至著（中経の文庫）
絵葉書のコレクションを、こういう形で見せてもらえるのは、まことにありがたい。「今昔」とある通り、時間の中の散歩になっている。シリーズまとめておすすめだが、とりあえず、基本的なものを三冊あげた。

人気著者が惚れた2冊（2016年11月）

ここに惚れました！
その世界
泉　鏡花　1873―1939　泉　鏡花著（ちくま日本文学）

完璧な構成

日出処の天子　完全版　山岸凉子著（ＫＡＤＯＫＡＷＡ）

推薦コメント

鏡花は、中学時代に読んだ「櫛巻」でつかまり、「売色鴨南蛮」「国貞えがく」「照葉狂言」などが若き日のお気に入り。『日出処の天子』は冒頭でふられた〝異様な国書がなぜ書かれたか〟という謎が、結末に至って〝無限の虚無から…〟という答えに収束する。戦慄すべき傑作。

訳題と原題　ジェームズ・サーバー「虹をつかむ男」

パトリシア・ハイスミスの『11の物語』（小倉多加志訳）が、早川書房から刊行されたのは、一九九〇年の六月だった。随分と話題になった。名のみ高かった『薔薇の名前』がようやく出版され、短編集ではあの『招かれざる客たちのビュッフェ』も出るという、何とも贅沢な年だった。――と、回顧するわけは、いうまでもない。河出書房新社からハイスミスの『回転する世界の静止点　初期短篇集１９３８～１９４９』・『目には見えない何か　中後期短篇集１９５２～１９８２』（宮脇孝雄訳）が刊行されたからだ。未発表の作まで含めた二冊。これらの出現によって、短編作家ハイスミスの全貌が、よりつかみやすくなるだろう（簡単につかませるような人ではなかろうが）。今、短編小説の醍醐味について語る時、この二冊が出たというニュースから語り起こすのは、適切なことだと思う。しかし、ここでの本題は彼女ではない。ジェームズ・サーバーだ。

あまりにイメージが違う。どう繋がるのか――と思われるだろう。実は、尖った剣と丸いナイフだ。共によく切れる。しかし二人には、もっと分かりやすい共通点がある。『11の物語』が出た時、世間には《ハイスミス＝手練れの長編作家》というイメージがあったろう。だからこそ、この傑作短編集の出現に、新鮮な驚きを感じたのではないか。そう思わせていたのは、『太陽がいっぱい』の強烈過ぎるイメージだ。――そして、サーバーとの共通点といえば、まさにこの訳題にある。一九七一年に出た角川文庫版（青田勝訳）を見ると、カバーのどこもかしこもアラン・ドロンのスチール写真に覆われている。訳者はあとがきで、原題は『才子リップリー君』と述べている。こうすることは、出版社が許してはくれまい。

一方、サーバーの日本で最も広く知られた短編といえば「虹をつかむ男」だろう。ダニー・ケイ主演で映画化され、日本でも評判となった（らしい）。その時の題がこれだ。小説の方も、これをいただいた。あるいは、そうせざるを得なかった。

わたしが、この作のことを耳にはさんだのは、大学に入ってからだ。先輩には、優れた読書家が何人もいた。溜まり場で、一人が、ドアを開けて姿を現したもう一人に、待ってましたという調子で、

「『虹をつかむ男』、読んだかっ？」

声をかけられた方も、打てば響くという感じで、即座に、

「傑作っ！」

こういうやり取りを頭の中に記憶しておいて、神田に向かう——というのが、当時の日常だった。早川書房の『異色作家短篇集9　虹をつかむ男』（鳴海四郎訳）をすぐに買った。サーバーの魅力は、無論、この表題作にとどまるものではない。しかし、このような成行から、短編「虹をつかむ男」を真っ先に読み、感嘆した。どういう物語か、説明はしない。未読の方に、この作の筋立てを話してしまうのは罪悪だろう。そこで、読み終えた方を対象に書き進めて行く。

まず何よりも、こういう題材も小説になり得る——ということが実に新鮮だった。考えれば当然のことで、小説という形態は、宇宙のように何でも呑み込んでしまう。ではあるが、大学生になったばかりのわたしにとって、短編とは、巧みに作り上げられた物語か、逆に身辺雑記的な内容を優れた文章力でひとつの世界に仕上げたもの——というイメージが強かった。サー

バーの作品は、こういった網を、するりと擦り抜けて行く。

バルザックの『「絶対」の探求』の主人公のように、夢想を現実にしようと、巨人の力で挑んで行く人物は、むしろ小説の主人公として想像しやすい。だが、「虹をつかむ男」のウォルター・ミティのような、たわいもない、しかし執拗な空想家に出会おうとは予想していなかった。意外であると共に、深い共感を覚えた。わたし自身、眠りに入る前の時間、床の中でこういった空想をすることがある。他にも、大勢のミティが世に存在することだろう。小説を書かないうちに文学賞受賞のコメントを考える人も、カラオケでマイクを握っている間、プロの歌手になりきる親父さんも、またそうである。ふと思えば、我々日本人は、彼に見覚えがある。落語には、こういったタイプの空想家がよく出て来るではないか。おなじみのところでは『湯屋番』の若旦那などもそうだ。こんな人物像をも描き出し、読者を頷かせてしまうところに、わたしは小説の幅を感じた。

そこで「虹をつかむ男」という訳題だが、まことに綺麗かつ立派過ぎる。そこに皮肉な味はある。しかし、サーバー的ではない。『太陽がいっぱい』に比べて、映画の知名度が落ちてきたおかげ（？）もあってか、時を経た講談社文庫の『空中ブランコに乗る中年男』（西田実・鳴海四郎訳）では、「ウォルター・ミティの秘められた生活」と原題通りになった。この方が、わたしには好ましい。

人間に必要なもの——ウーヴェ・ティム　浅井晶子訳『カレーソーセージをめぐるレーナの物語』

題を見て、思わず手に取ってしまった一冊だ。訳者あとがきに、カレーソーセージについての説明がある。曰く、《北ドイツ地方の庶民の味の代表で、普通は道端の立ち食い屋台で買う。二百円くらいの安価な食べ物で、日本でいえばさしずめたこ焼きといったところだろうか。》その起源など、誰も知らない。ところが、この物語の語り手、《僕》には、それを作った女性の心当たりがあった。そして、《彼女》——今は年老いたブリュッカー夫人の話が始まる。

第二次世界大戦末期のドイツ、絶望的な戦いの場に向かおうとする青年を、彼女がかくまう。やがて、戦争は終わる。ここには書ききれない紆余曲折があり、青年は彼女のもとを去る。食べ物の屋台を開こうと思いついた彼女は、曲芸的な物々交換の末、ソーセージとケチャップと、料理の役に立ちそうもない、ただ青年との間に小さな思い出のあるカレー粉を手に入れる。しかし彼女は、暗い階段でつまずき、よりによって大切なケチャップの瓶を三本、割ってしまう。そこに、缶のカレー粉がこぼれる。《彼女は階段に座り込み、大声で泣きはじめた。》ところが——である。彼女が《そのどろどろしたものを捨てにかかった。そのとき何気なく指先についた分をなめた——そしてはっとして、もう一度なめた。そしてもう一度。それはおいしかった。おいしいのだ。思わず笑い出さずにいられないほどに。》彼女は、カレー粉とケチャップを煮てみる。《香りが満ちはじめた。まるで千夜一夜のような香りが。》《バニラを少し加えてみると、これはおいしかった。そこに以前ホルツィンガーがくれた黒コショウ、ブレーマーに出すマッシュポテトのために手に入れたナツメグの残り、それからアニスを少々加えた。彼女はその赤茶色のどろどろを味見してみた。これこそがまさに完成品だった。》

灰色の凍てつくような十二月、初めて、彼女の屋台の客となったのは娼婦だった。ひとくち食べて、いう。《これだよ、人間に必要なものはこれなんだ》

これは、回復についての物語であると思う。そのことを示す、大事な場面が結び近くにあるのだが、そこまで引いてしまうのは、紹介文のなすべきことではなかろう。実際に読んでいただきたい。

なお、作者の用意した知的仕掛けの絵解きまでしてくれた訳者あとがきは、わたしには、とても有り難いものだった。

コロッケとクロケット――池波正太郎『むかしの味』

著者は、これを、

「いわゆる食べ歩きの本ではない」

という。

「むかしの味」のむかしとは、

「この本の書かれた昭和五十六年から見てのこと」

になる。情報を得るための書なら、時とともに古びてもおかしくない。そうはならない一冊だ。

少年時代、臆することなく銀座の資生堂パーラーに行った話がある。ソーダやアイスクリームと共に、銀座の名物であった、「白の制服に身をかためた少年給仕」が出て来る。互いに、ひと目で、

（小学校を出て、すぐさま、はたらきに出た身である）

ことを了解する。

ここから始まる、店の少年と客の少年との交流など、本を閉じても心に残る。二人は、クリスマスに、プレゼント交換をする。正太郎が渡したのは、岩波文庫の「足ながおじさん」であった。

ところで、『東京・銀座　私の資生堂パーラー物語』（菊川武幸著、講談社刊）といった「資

料」を読むと、昔も今も名高いのが「ミート・クロケット」。ボーイは、仮に客が「ミート・コロッケ」といっても、自分からは「コロッケ」とはいわぬよう、きびしく教育されたという。しかしこの本では、ためらいなく「コロッケ」と書かれている。

この辺にも、「わたくし」を通す、著者の「味」が出ている。

忘れられない名場面

『キャプテン』から、名場面ひとつをあげろというのは酷である。ちばあきおの登場人物は、誰も地に影が描かれている。太陽のもとで行う野球を象徴するように。名場面は、そのそれぞれの影にも似て『キャプテン』の全ての巻、全ての章に溢れている。しかし、ひとつといわれてしまえば仕方ない。どうしても、「最初の対青葉戦」をあげることになるだろう。そこまで絞っても、まだ困る。『キャプテン』なら、全巻が家の立て替えの時にも処分せず、三十年以上、全巻が揃って書棚に並んでいる。取り出して来て、見てみる。2巻53ページ、ラストの青葉監督の「わからん…」も、56ページ、ふっと立ち上がった佐野の「しょうがねえな…」も、121ページ、イガラシの投球「シュッ」も、全てぞくぞくする。しかし、ここでは、試合が終わった後のナインを迎え、静まり返ったスタンドの中で、涙ぐみつつ感激の笑みを浮かべ、最初の拍手をする女子中学生——をあげよう。一瞬、姿を見せるだけである。しかし名も知れぬこの子は、間違いなく、『キャプテン』の忘れ得ぬ登場人物の一人だ。彼女こそ、この作品を読む読者そのものである。その心が我々の心となるのだ。いいかえれば、そう感じさせる、確かな力を持っているのが、ちばあきおの『キャプテン』なのだ。

（巻数表記は文庫版「キャプテン」に沿っています。）

寂しさの違い

二〇〇二年の単行本ベスト3
『現代歌まくら』① 小池光／五柳書院
『昭和歌人集成12 レセプション』② 高瀬一誌／短歌新聞社
『水村 松平修文歌集』③ 雁書館

①②③という数字は順位ではありません。さて、どの本をどう並べようかと考えました。そこで、「確か、去年は版元に行って買った本のことから始めたな」と思いました。今年もそういう本がありました。単行本の①『現代歌まくら』です。このことはコラムの方に書きます。さて、①が短歌についての本ですから、続けて②、③と歌集をあげます。②は、ある短歌のアンソロジーで「吊るす前からさみしきかたちになるなよおまえトレンチコート」を読みました。そして、福島泰樹の「あおぞらにトレンチコート羽撃けよ寺山修司さびしきかもめ」や、またハンフリー・ボガートなどの着たトレンチコートとの、寂しさの違いに魅かれました。「どうもどうもしばらくしばらくとくり返すうち死んでしまいぬ」などには、そうだなあ、と思ってしまいます。③は、これもアンソロジーで、松平氏独特の、水と少女に出会いました。それらが、ごくごく短い小説のように思えました。そういう意味で、『水村』は実に贅沢な超短編集です。ただ、これが今は出版元にもなく、なかなか、手に入らないのです。本来、すぐ買えるものをあげるべきなのでしょうが、探すのも本好きの大きな喜びだと思います。

二〇〇二年の文庫本ベスト3

『超短編アンソロジー』④　本間祐編／ちくま文庫
『狐物語』⑤　鈴木覺　福本直之　原野昇訳／岩波文庫
『鳴雪自叙伝』⑥　内藤鳴雪／岩波文庫

超短編集といえば、文庫で④が出ました。心やわらかな子供の頃、ラジオでこういう短文の朗読を延々と、いつも流している放送局があったら……、と想像してしまいます。そんなわたしが中学生の頃、実際に読んだ傑作掌編集には、角川文庫水谷謙三訳の『狐物語』がありました。中世の古典を、あのレオポルド・ショボーが現代向きに編集した版が元です。それだけでも価値があり、また水谷謙三の仕事も不滅の名訳だと思います。実に面白かった。それの原典版が、⑤の形で出たのは嬉しい。元の形はこういうものだったのですね。古典の発見といえば、⑥の中では、蕪村句集を探し求め、ついに発見した喜びが語られます。読んでいて、嬉しくなります。

「謝罪」から始めます

今回のテーマに「謝罪」が入っています。昨年、笠間書院に出掛けて買った本のことを書いたら、お礼のお手紙を頂戴しました。筆無精なのと、面白い本のことを書くのは当たり前なので、そのままにしてしまいました。その後、またお葉書もいただいたのですが、前に何ともご返事しなかったのが面はゆく、つい後回しにしているうちに日が経ってしまいました。笠間書院さん、お許し下さい。

さて、今回はその笠間書院さんの近くの五柳書院さんに行きました。『現代歌まくら』は五年ほど前の本なので、一般の書店では手に入らなかったのです。

わたしは、短歌にはまったくの門外漢ですが、五十音配列の「あ・青森県」から始まり「わ・わたつみ」まで、どういう項目を立て、どういう歌を選び、どういう文を配するか、その三点で満足させてくれる名著だと思います。「満月を尾で掃き消した夜空からあなたをつまむあたしの狐」（高柳蕗子）なんて、知ることが出来て、ちょっと嬉しくなります。解釈では、他の本でも書いていらっしゃいましたが、河野愛子の「夏の靴しまひてをればげに遠く光にうねる阿武隈川は」についてのものなど、なるほどと思います。「これ、どこかで文庫になる予定はありますか」と聞いてしまいました。「ありません」ということでした。今、買おうとしているのでよかったようでもあり、また残念でもありました。

輪が広がっていって

二〇〇三年の単行本ベスト3
①『翻訳のココロ』鴻巣友季子　ポプラ社
②『百人一首をおぼえよう――口訳詩で味わう和歌の世界』佐佐木幸綱編　吉松八重樹絵　さ・え・ら書房
③『虹を摑んだ男――サミュエル・ゴールドウィン　上・下』A・スコット・バーグ　吉田利子訳　文藝春秋
二〇〇三年の文庫本・新書ベスト3
④『嵐が丘』エミリー・ブロンテ　鴻巣友季子訳　新潮文庫
⑤『ブロンテ姉妹とその世界』フィリス・ベントリー　木内信敬訳　新潮文庫
⑥『ミニ・ミステリ傑作選』エラリー・クイーン編　永井淳ほか訳　創元推理文庫

今回は、再読した本が多く入っています。一冊の本から、次々に読書の輪が広がって行くことがあります。

『文學界』の書評で知った新訳が④。早速、読みなおしてみよう――と思わせられる、力のある評でした。冒頭の夢の場面など、「こうだったっけ？」と、思わず高校時代に読んだ版を引っ張り出してしまいました。それをきっかけに、寝かせてあった⑤を取り出しました。すると、著者のフィリス・ベントリーという名前が気になります。読んだことのある作家です。『世界ミステリ作家事典本格派篇』（国書刊行会）を見て確認。何作か読み返したり、新しく読んだりしました。中でのベストは、⑥に収められている「逆の事態」。読んでいるのですが、まったく忘れていました。結びの四行が蛇足で、せっかくの作を台なしにしています。しかし、そこまでのタッチはなかなかのもの。舞台がヨークシャーというところがいい。

①も、当然、書店にあるのを見た途端に買い、すぐに読みました。中に、和歌の現代語訳の件が出て来るので、本棚から②を取り出し、ページをめくりました。さらに、①巻末の柴田元幸氏との対談を読んでいて、柴田氏の『嵐が丘』って、ローレンス・オリビエがなんか難しい顔して、ビビアン・リーがいてっていうあの映画の――」という言葉に、あれっと思いました。「あの映画」で、キャサリンを演じたのはマール・オベロンですね。わたしは、高校時代に、映画館で観ました。今は貸しビデオ屋さんにもあります。ビビアン・リーはオリビエの、当時の恋人ですから、無理のない記憶違いです。そこで、③の中の、映画『嵐が丘』が作られる辺り（下巻十六章驚異の年）を読み返すことになりました。これもまた、長いけれど一息に読める、素晴らしく面白い本なのです。

なんでだろ〜　あってほしいルビ

『翻訳のココロ』を、頷きながら読みました。ただ、（生意気なことをいって、申し訳ありませんが）一ヵ所だけ、「どうして振り仮名がないのだろう」と思ったところがあります。一七三ページ、『嵐が丘』の新訳をめぐる対談の中で、柴田元幸さんが語ります。

——鴻巣さんは、《古いことば、よくご存知ですよね》。——《「強情」って言わないで、強と情をひっくり返して「情強」とかね。こんなことばがあるのか、っていう風に》

ここだけ読むと、どうしても、「ごうじょう」を逆さにした「じょうごう」だと思ってしまいます。わたしも、一瞬、そんな言葉があるのかと思いました。そう考えるのが、自然でしょう。

ところが、鴻巣さんが『嵐が丘』の中で使っている「情強」には「じょうごわ」とルビが振ってあるのです。新潮文庫版七八ページ、ネリーがヒースクリフについて語る言葉です。

「情がこわい」という言葉なら、わたしも聞いたり読んだりしたことがあります。そこから、「じょうごわ」とも、いうんだろうな——と類推できます。耳にも無理なく入って来ます。実際、こちらなら、辞書にも載っていました。そうそう、何より、今この原稿を書いているワープロでも、「じょうごわ」を変換すると、たちまち「情強」と出て来るのです。

この部分、流れに乗ると、「じょうごう」と読んでしまいます。ルビが、必要ではないでしょうか。

近代詩との出会い

1　萩原朔太郎

わたしは、詩歌の作者でも研究家でもない。いわゆる《入門講座》的なものを書くわけにはいかない。ここでは、一読者として、自分がどのような形で近代詩の巨人たちと出会ってきたのか——を語りたい。

四回にわたって述べるわけだが、そういう主観的な視点に立つので、客観的な時代順——つまり詩人の生年順などは採らない。

最初にあげるのは、萩原朔太郎である。今から四十年ぐらい前、中学校の夏休みの、課題テキストブックで出会ったのだと思う。最後のページが国語で、下の方の《参考》欄に、朔太郎の次の詩が載っていた。

蛙の死
蛙が殺された、
子供がまるくなつて手をあげた、
みんないつしよに、

かわゆらしい、
血だらけの手をあげた、
月が出た、
丘の上に人が立つてゐる。
帽子の下に顔がある。

それまで出会ってきた、教科書に載る名作とは、全く色合いが違う。《詩》が、同時に、絵であり音楽であり物語である。うむをいわせぬ、言葉の魔術的な力にねじ伏せられた。

《蛙が殺された》から《手をあげた》の間の、《かわゆらしい》という一行がなかったらどうか。試みに、それを抜いて読んでみるといい。印象は一変し、そこにあるのは、違った残酷さになってしまう。

動から静に転調され、不思議な韻律を奏でる、終わりの三行。《丘の上に》と視線を上向かせ、そこから、わずかに《帽子の下に》と下ろす呼吸。そして、《石段の下に猫がいる》などというのなら当たり前だが、《帽子の下に顔がある》という《当たり前でない》表現の玄妙さ。そんなことを、こういう言葉ではなく、一つの《感じ》として受け止めた。

要するに《萩原朔太郎って、とんでもなく面白い！》と思ったのである。

進学してからだと思うが、高校のある市の書店で、現代教養文庫の『朔太郎のうた』（伊藤信吉編著）を買った。この本を繰り返し読み、改めて、言葉とは、使い手によって、こんなにも自在に操られ、輝くものかと思い知らされた。そこでは、夜の犬は《のをあある　とをあある　やわあ》と遠吠えし、明け方を迎えようとする鶏は《とをてくう、とをるもう、とをるもう》と鳴いた。

さらに、この本には、朔太郎の文章、警句、そして掌編小説といっていい「猫町」までもが収録されていた。また、詩集『月に吠える』の田中恭吉らの挿絵を見られたのも大きかった。

わたしは、小説などは原則的に《読めればいい》と考える方だ。しかし、詩集は違う。本や活字の、大きさ、作り、挿絵の選択などに、詩人の感性を読むのは楽しい。そう思うようになったのも、この本を見て、『月に吠える』の原型を知りたいと強く願ったのが出発点だ。

といっても高価な初版を手に取る必要はない。復刻本で十分なのだ。それらのページをめくると、詩という優れた脚本が、見事な演出によって舞台にかけられるのを観る思いがする。

2　北原白秋

中学生の時、萩原朔太郎を知ったわけだが、その詩集『月に吠える』に序文を寄せていたのが、北原白秋だ。文学史的には、朔太郎の《兄》といった位置にいる。

白秋は、いうなれば国民詩人だった。昔の子供なら、誰でも、彼の童謡を聞き知っていた。例えば、《赤い鳥、小鳥……》《からたちの花が咲いたよ……》、そして《雪のふる夜はたのしいペチカ……》、まだまだある。

わたしが、そこから一歩進んで、白秋の詩集を開いたのは、《朔太郎が敬意を抱いていた人らしい》と知ったからである。

白秋の本を読んでいると、母がいった。

《彼岸花の歌が嫌だったねえ》

わたしがページをめくり、

《それって、これ？》

という話になった。題は「曼珠沙華《ひがんばな》」。《GONSHAN《ゴンシャン》. GONSHAN《ゴンシャン》. 何処《どこ》へゆく。赤い、御墓の曼珠沙華、》と始まる。ちなみに、《ごんしゃん》は、白秋の故郷、柳川の方言で、《いいうちのお嬢さん》という意味である。

墓場に、血のように赤い彼岸花が七本咲いている。いくら摘んでも、それが七本のまま――という内容だ。

この詩も、曲がついているようだから、母が聞いて覚えたのか、それとも読んだのか、今となっては分からない。細かいことは尋ねなかった。ただ、白秋の作品が、ひと世代前の人々に、どれほど浸透していたかを実感した。

そしてまた、彼の詩の中には、色濃い絵の具で描いたように、忘れえぬ記憶を残すものがあると知った。母の言葉であるだけに、印象深い。

こんなくだりなど、まさに《魔》の存在を感じさせる。

GONSHAN《ゴンシャン》. GONSHAN《ゴンシャン》. 気をつけな。
ひとつ摘んでも、日は真昼、日は真昼、
ひとつあとからまたひらく。

さて、わたしが、白秋の詩の中で、少年時代に暗唱したものといえば「邪宗門秘曲」である。こう始まる。

われは思ふ、末世の邪宗、切支丹でうすの魔法。
黒船の加比丹を、紅毛の不可思議国を、

色赤きびいどろを、匂鋭《にほひと》きあんじゃべいいる、
南蛮の桟留縞《さんとめじま》を、はた、阿剌吉《あらき》、珍酡《ちんた》の酒を

若者には、奇抜な衣装を好むところがある。きらびやかな単語の羅列が、何とも魅力的だった。

詩は、これら麻薬のような言葉の先にある《極秘、かの奇《く》しき紅の夢》を我が物とすることができるなら、仮に磔《はりつけ》となって死んでも悔いはない、と語る。

いうまでもなく、芸術上の神秘なるものへの渇望を語っているのだ。

ところで、わたしの高校時代の愛読書のひとつが、現代教養文庫の『現代詩の鑑賞』だった。開いてみると、――白秋は自分の芸術生命を賭けたはずのこれらの語を、しばらく後に手まり唄に使っていると指摘する。つまり、それでよいのか、というわけだ。高校生のわたしは、《きびしいなあ》と、思った。

論は続く。彼の作品においては、《同一の主題やモチーフが、詩と短歌、詩と童謡といった異なったジャンルで実にしばしば同時に作品化されている（中略）これを白秋の「豊かさ」と見るか「貧しさ」と見るかで、論ははっきり二つに分れる》と。

簡潔にして的確。筆者は入沢康夫氏であった。

3　上田敏　堀口大学

日本の近代詩の流れを考える時、一群の翻訳詩に眼を向けないわけにはいかない。

わたしが、中学高校の頃、読んだ小説中に、無比の価値を持つものとして、エドガー・アラ

ン・ポオの「大鴉」なら日夏耿之介の《むかし荒涼たる夜半なりけり》と始まる訳、アーネスト・ダウスンの「シナラ」なら矢野峰人の《われはわれとてひとすぢに恋ひわたりたる君なれば、あはれシナラよ。》のリフレインを持つ訳が、紹介されていた。これらの全文を読みたくて、懸命に探したものだ。

訳者が誰であるかが、時に原作者と同等か、それ以上の意味を有する。古典的名訳とは、このように麻薬的魅力を持つ。

我々は、多くのそういう詩集を持っている。まず最初に浮かぶのが、上田敏の『海潮音』だ。ヴェルレーヌの「落葉」やカール・ブッセの「山のあなた」など、人に知られた作品は数多い。ここでは、ブラウニングの次の詩を引く。

春の朝

時は春、
日は朝、
朝は七時、
片岡に露みちて、
揚雲雀《あげひばり》なのりいで、
蝸牛《かたつむり》枝に這ひ、
神、そらに知ろしめす。
すべて世は事も無し。

中学時代、階段を上がったところの黒板に、詩が書かれていた。一定の周期で、書き換えられる。担当の先生がいるのか、文学部あたりの生徒がやっていたのか——いずれにしても、いい習慣だったと思う。

この「春の朝」も、その黒板に書かれていた。無論、季節の詩として選ばれたのだろう。肩掛けカバンを下げ、階段を上がって行くと、これが眼に入る。読み進むにつれ、後へ後へと繋がって行くリズムが快く、情景が染み込むように胸に入って来た。

さて、文学史の教科書を開いてみると、『海潮音』の次に、特別太い字で記される訳詩集は、堀口大学の『月下の一群』ということになる。

こちらにも、著名な詩は目白押し。アポリネールの「ミラボー橋」は、《ミラボー橋の下をセーヌ河が流れ　われ等の恋が流れる》と始まる。そして、《シモーン》と恋人に呼びかけるグールモンの数編、訳者と縁の深かったマリー・ローランサンの《退屈な女より　もつと哀れなのは　かなしい女です。／かなしい女より　もつと哀れなのは　不幸な女です。》と、曇天の道をとぼとぼ歩くように進んでいく「鎮静剤」などなど——である。

次に、ジャン・コクトーの短い二編をあげる。

シャボン玉

シャボン玉の中へは
庭は這入れません
まはりをくるくる廻つてゐます

耳

私の耳は貝のから

海の響をなつかしむ

知的な警句といっていい数行が、名人の技で流麗に訳されている。ことに「耳」などは、多くの人の記憶に残っているだろう。わたしも、大きな巻貝を耳に当て、潮騒のような音を聞いたりすると、どうしてもこの二行が口から出てしまう。頭から離れない詩句だ。

記憶に残るといえば、実は、この二つの訳詩集を並べたのにもわけがある。七、八年前、中公文庫版で読んだ『翻訳の日本語』（川村二郎・池内紀）中の、一句が忘れられないからだ。池内氏が両者の訳を比べて、いう。

——上田敏と堀口大学とのちがいは、いわば授業中と放課後のちがいである。

唸ってしまった。この一句はそれ自体、まさに詩のように、説明せずに、本質を伝えている。

4　高村光太郎

文学史上の巨人ということでは島崎藤村、そして朔太郎のこよなき友、室生犀星の回があってもよかったろう。しかし、ここでは高村光太郎のある作品について述べたい。

小学校高学年の教科書に『道程』が載っていたような気がする。しかし、中学高校時代のわたしにとって、光太郎は遠い詩人だった。理由は『智恵子抄』にある。読む前に、歌謡曲などを通して、あるイメージを刷り込まれた。

こういう先入観は、なかなか消えない。つまり、《ああ、純愛ものか》と思ってしまったのだ。そうなると、いたって幼児的だが、《男がそんなものを読むのは、気恥ずかしい》と考えてしまう。

勿論、いくつかの詩には断片的に触れたが、光太郎の詩集を開く気にはなれなかった。大学生になり、神田の古書店街を歩いている時、『私の中の一つの詩』串田孫一編（ドリーム出版）という本を見つけた。七十二人の方々が、自分の心に残る詩について語っている。その中で、光太郎の「レモン哀歌」を、複数の方があげていた。広く知られている通り、智恵子の死が語られている作品だ。これは、わたしも知っていた。

そんなにもあなたはレモンを待つてゐた
かなしく白くあかるい死の床で
わたしの手からとつた一つのレモンを
あなたのきれいな歯ががりりと噛んだ
（中略）
かういふ命の瀬戸ぎはに
智恵子はもとの智恵子となり
生涯の愛を一瞬にかたむけた
（中略）
写真の前に挿した桜の花かげに
すずしく光るレモンを今日も置かう

この詩をあげられた方のうち、吉武輝子さんの文章が、いまだに忘れられない。
吉武さんが女学校二年の時だ。愛した青年が学徒出陣し、半年と経たぬうちに逝った。彼が別れに渡してくれたのが『智恵子抄』だ。訃報を聞き、せつなくて見ることのできなかったそれを開いた。すると、《かういふ命の瀬戸ぎはに　智恵子はもとの智恵子となり　生涯の愛を一瞬にかたむけた》という一節に赤いアンダーラインが引かれていた――という。

吉武さんは、声をあげて泣いた。

なぜ泣いたか。――それは全くわたしの予想を越えていた。愛の激情が込み上げたわけではないのだ。

吉武さんは書く。――彼は死を前にし《救いを求め、祈りをこめて、あの詩句にアンダーラインをひいたに違いない。／そうでもしなければ確かめることの出来ない愛の不確かさ、もろさにわたしは打ちのめされたのである。》

ロマンチックやセンチメンタルといった言葉で、この詩を飾ることが出来るのは、平穏無事な世にいられる人間なのだ。吉武さんの時代、個人的感情は、羽毛のごとく軽くあるべきだと求められた。《死》さえ《個人》のものではなかった。今から見れば、特別の、ぎりぎりのところに立っての感情なのだ。

『智恵子抄』自体も、わたしが漠然と、無責任に感じていたような甘いものではないと、その後で知った。

詩の朗読は難しい。もうはるか昔になってしまったが、宇野重吉の読んだ『智恵子抄』を聞いた時、それは無理なく胸にしみた。

宇野重吉の声と年輪が、感傷的という言葉から、最も遠いところにあったからだろう。

お気に入りの場所

1

居間の整理をしていたら、雑物の間から、古い百人一首が出て来た。おそらく、何かの話のついでに、《子供達に見せよう》と出して来て、そのままになったのだろう。

古い——といっても、値打ち物ではない。半世紀ぐらい前の、学習雑誌の付録らしい。紙も薄く、カルタというより、むしろ印刷物といった感じだ。わたしが子供の頃、もう家にあった。引っ越しと建て替えを経て、今も手元に残っている。

その札では、兄と坊主めくりをやったぐらいだ。しかし、幼年時代、身近にあったものは懐かしい。見ていると、引っ越す前の、生まれ育った家を思い出す。前の道から入ってすぐのところが板の間になっていた。畳の部屋との間に、一段の踏み段があった。そこに腰掛けて、小学校の図書室から借りてきた本を読んだりした。

平屋だったから、二階のある家に憧れた。長い階段の高いところに座って、本が読んでみたかった。そういうところがあれば、きっと、《お気に入りの場所》になったろう。

さて、百人一首には、こういう歌がある。

村雨の露もまだ干《ひ》ぬ槇《まき》の葉に
霧立ちのぼる秋の夕暮れ

作者は寂蓮法師。（以下、原文の引用、現代語訳、注釈等は、小学館の『日本古典文学全集』『新編日本古典文学全集』による）

さて、この人には、他に《寂しさはその色としもなかりけり槇立つ山の秋の夕暮れ》という、有名な歌がある。西行法師や藤原定家の《秋の夕暮れ》の歌と三点セットとなり、古来、《三《さん》夕《せき》の歌》として名高い。

――なかなか『源氏物語』の話にならないとお思いだろう。もうちょっとだけ、お待ちいただきたい。寂蓮のこの二つの作は、共に《秋の夕暮れ》を歌っている。彼自身の《二夕の歌》といってもいい。しかし、重なるのはそれだけではない。《槇》という語もそうだ。《真木》とも書き、杉や檜のことだという。いうまでもないが、共に常緑樹である。

秋の木々といえば、紋切り型では紅葉のイメージが浮かぶ。しかし、寂蓮は、杉や檜に秋を見ることを好んだのだ。

そして、いささか連想ゲーム的だが、『源氏物語』には《真木柱の姫君》という少女が登場する。

2

真木柱の姫君は、髭黒の大将の子である。昔は、男が複数の女性とかかわりを持つことが普通だった。髭黒もまた、北の方とは別の女性と関係を持つ。

もともと不安定だった北の方の心の回線が、これによって切れる。ヒステリックに異常な行動を繰り返す。――夫の気持ちは、そんな妻から、ますます離れてしまう。

事情を知った北の方の父親は、頼りがいのない髭黒を怒り、迎えを差し向け、娘と孫達を引き取ろうとする。

結婚生活の崩壊による悲劇と考えると、実に現代的な情景である。父と母が、生活を別にするようになり、子供達は、突然、怒濤のような、運命の波に翻弄される。

かつては、耐える女性を美しいとする社会的風潮があった。《こんな夫にも我慢しているわたしって、何て健気なの》という思いが、ひとつのつっかい棒になることもあったろう。しかし、そういう意識の変化と共に、女性の経済的自立が、夫と離れて暮らすという選択肢をも《あり》とするようになった。大昔のことは分からない。しかし、取り敢えず戦前と比べただけでも、離婚率は高くなっているのだろう。

『源氏物語』は千年も前に作られたわけだが、「真木柱」の段を読むと、まさに今の話のようだ。

生まれ育った家から、連れ出されようとする姫君は、髭黒に可愛がられていた。父への思いに心が引き裂かれる。《いまなども聞こえで、また逢《あ》ひ見ぬやうもこそあれ》(『ではこれから』とお暇乞いなども申しあげないまま、もう二度とお目にかかれないことになっては)……と、悲しむ。

そして、感嘆するのは、続くこういう部分だ。《常に寄りゐたまふ東面《ひむがしおもて》の柱を人に譲る心地したまふもあはれにて》(姫君は、いつもご自分が寄りかかっていらっしゃる東面の柱を、これから他人に譲ってしまうような気がなさるのもせつなくて)。

彼女にとって、家の中の、そこが《お気に入りの場所》だったのだ。物心ついた頃から、触れていた毛布、縫いぐるみなどに、心の安らぎを感じる——という話はよく聞く。そういったものを、この少女は失うのだ。このような一節を前にすると、ここにある《悲しみ》が、実に身近な、鋭い痛みとして、我々に迫って来る。

さらにいえば、《お父ちゃんは一家の大黒柱》などという譬えは、昔は誰もが耳にしたろう。そんなことを考えるまでもなく、この《柱》のイメージは、《父》に繋がる。

そして、姫君は次のような歌をよむ。

今はとて宿離《か》れぬとも馴《な》れきつる
　真木の柱はわれを忘るな

（今はかぎりと、この邸を離れていってしまっても、これまでなれ親しんできたこの真木の柱は、私を忘れないでおくれ）——この歌があるから、彼女は《真木柱の姫君》と呼ばれるわけだ。そして、それを書いた紙を、柱のひび割れの間に差し入れる。

現代の住宅には、昔のような柱が見られない。こういう文章を読むと、子供の頃の家には、縦にひび割れの入った柱が、確かにあったことを思い出す。そしてわたしも、その隙間に、尖ったものの先で、紙を押し込んだりした。実に、リアルなことなのだ、ここに書かれているのは。

父になり、娘がいるようになってみると、なおさら、こういう部分は、忘れ難い。

3

『源氏物語』の少女として、第一に指を折られるのは《若紫》だろう。実は、ここで《真木柱》を、連れ戻そうとしている祖父——式部卿宮こそ、その《紫の上》の父にほかならない。そして、髭黒が心を傾けている若い女とは、源氏が養っている《玉鬘》なのだ。何とも、ややこしい。

そういう関係にあるからこそ、《北の方》の母は、こうなったことに、源氏の、そして義理の娘である《紫の上》の作為を邪推し、恨み事を述べる。

——と、書いても、こんな数行の説明だけ読んでも、何が何やら、判然としないだろう。『源氏物語』は、それだけ、登場人物がからみあい、こみいった、壮大なドラマなのだ。

そのうちには、こういった、実に繊細で胸を締め付けられるようなエピソードも語られている。

夢の中の十作

壱

中学生の頃、田圃の中の道を通《かよ》った。車の往来するところを避けるようにした。そうすると、歩きながら本が読めた。嘘のようだが本当だ。

よく読んだのは、芥川龍之介の文庫本だ。中に、《小説に出て来る夢は、どうも夢らしい心もちがせぬ。大抵は作為が見え透くのである》という一節があり、なるほどと思った。誰しも、筆をとる時には起きている。眠りながらではない。現し世《うつよ》の人となって書く。夢という異国を、異郷の人が描くわけだ。

ショーン・コネリー演ずるところのジェームズ・ボンドが大人気となったのは、それからしばらく経ってからだ。中に、日本ロケをした『007は二度死ぬ』というのがあった。友達と東京まで観に行った。

英国秘密情報部のボンド氏が東京に現れ、大相撲を見物し、横綱と会ったりする。《サダノヤマー》などと紹介されて握手をしていた――と思う。客席はどっと笑った。姫路城が、日本のスパイ組織のアジトだったりもした。

「他の国が舞台だと平気で観るけど、同じことだろうね。その国の人なら、笑うんだろうなあ」

などと、いい合いながら帰って来た。

現実の机の上で書いた小説もまた、《夢の国》の住人から見れば奇妙に歪んでいるに違いない。しかしながら、《実際見た夢》からは《往々神秘的な作品が出来る》と、芥川はいってい
た。そうした《好小品》として、彼は①「イヅク川」をあげていた。

わたしが、それを読んだのはかなり後のことになる。こう始まっていた。《雨降り挙句のようでもないが道が濡れている。近道をするつもりで道から右へ小さな草原《くさはら》へ入ると、踏む毎にジュクジュクと水が枯草や芥ににじむ》。そして、《間もなく大きな池のふちへ出た。澄んだ水を一っぱいにたたえている。底の水草《みずくさ》の蔭に小魚の動くのが見える。これがイヅク川だな、と思う。右は丘の側面で、遥か下の方に、薄靄の中に淡《うす》くぼーッと町の家並《やなみ》が見える。会いたい人は其所にいるのだ。なるほどもう直《じ》きだと思う》。

ここだけ見ると、この水は、百閒の本の中に流れているもののように思える。ところが、書いたのは志賀直哉である。『志賀直哉随筆集』（岩波文庫）の冒頭に収められている。志賀は、夢をも透徹した眼で見つめている。

百閒といえば、わたしの大学時代には簡単には手に入らなかった。神田の古書店で、昭和十四年発行、昭和十八年第七刷という『冥途・旅順入城式』（新潮文庫）を見つけて嬉しかったものである。百円だった。

雨水の染みのついたそのページをめくって、例えば、《土手の下は草原で、所所に水溜りがあつた。歩いてゐる拍子に、時時その水溜りが草の根もとに薄白く光ることがあつた。向う側には竹藪が続いてゐて、その向うに大川が流れてゐるのだけれども、此方の土手からは見えない。大水の時にはこの土手の下にも水が流れて川になるから、所所に橋が架かつてゐる》。そ

して、《大水の時の水が残つて、そのまま大きな池になつてゐる所まで来た》。さらに《すると池の真中の辺で、不意に水音がしたから、驚いて見たら、暗い水面の一尺ばかり下を、大きな鯉が一匹勢よく泳いでゐるのがはつきりと見えた。さう思つて見ると、そのもつと底の方に、その鯉よりも遥かに大きな鯉が、矢張り同じ方に向いて、勢よく泳いでゐるのが一枚一枚の鱗の数へられる程はつきりと見えた》。

こういうくだりを読むと、ますますそう思える。これは『冥途』の中の②「短夜」である。

――などと新潮社の一室で、思いをめぐらしていた。対談があったのだ。早く着いたので、椅子に背をあずけていた。

すると、さっとドアが開いて、『ヨムヨム』の編集者某氏が顔を出した。どことなくパンダに似ている。

「お忙しいところ、突然ですが、ファンタジーで、日本の名編を幾つかあげていただけますか」

何だか、ぼんやりしてしまって、

「今、いうんですか？」

「いや、次の『ヨムヨム』に書いて下さい」

「夢……」

「は？」

「……じゃあ、夢にまつわる話ということでよろしいですか」

「よろしゅうござんす」

「落語のこと、書いていいですか」

「落語、好きです」

気が付くと、某氏はいない。深夜、うちに帰ると、ファックスが届いていた。してみると、あれは現実のことだったに違いない。両手の指の数だけあげてみようか。

しじまの中で、日本の短編について考えると、すぐに澁澤龍彥の③「三つの髑髏」（『唐草物語』河出文庫）が浮かんで来た。厳密にいうなら、この物語の花山院は安倍晴明の言葉によって、自らの前世を《夢想》するのである。いわゆる夢の物語とは違う。しかし、この作に初めて触れた時、読んでいる自分の身すら、たちまち頼りどころのない中空にいるような気がして、ふうっとなったことが忘れられない。また、物語の末尾には、澁澤が《かなり気に入っている》という花山院の歌が引かれる。

長きよのはじめ終りもしらぬまにいくよのことを夢に見つらむ

ここにも《夢》という文字がある。だから、よいではないか。

弐

歌といえば、夢を詠んだものは古来あまたある。思い出す歌人も多い。

ここに、「イヅク川」「短夜」の水を受けて、松平修文の第一歌集④『水村』（雁書館）から、三首を引こう。

少女らに雨の水門閉ざされてかさ増すみづに菖蒲《あやめ》溺るる

水につばき椿にみづのうすあかり死にたくあらばかかるゆふぐれ

水の辺にからくれなゐの自動車《くるま》きて烟のやうな少女を降ろす

松平の最も新しい本は、第四歌集『蓬　ノヤ』（砂子屋書房）。昨年十月刊である。短歌は、一行の詩であり物語だが、少女から遠くないほど若い編集者であり、驚異的な読書家だった二階堂奥歯さんは『八本脚の蝶』（ポプラ社）の中で、《超短編なら飯田茂実『世界は蜜でみたされる　一行物語集』（水声社）が一番好きです》と書いている。（後に『一文物語集』と改題。）これを⑤としよう。

今はいない二階堂さんの言葉がなければ、わたしはこの本の存在すら知らなかった。百閒のものもこれも、そうと断らなくとも、むしろ夢の国で書かれたものである。一冊に三百三十三編の物語が収められている。例えば、こうだ。

《1世界のすべての人びとを愛するために、彼女は電話帳を開き、ひとりひとりの名前を精魂こめて覚え始めた。……3山頂の広場の太鼓が鳴りやむと、太陽や月は永久に光を失ってしまうため、族長の一家は絶えず交替で太鼓を叩き続けていた。……6彼女は十代の終りから三十歳ごろまで一室に閉じ籠り、母親が生涯書き溜めた膨大な日記を、一字一字丁寧に筆写して過ごした。》

参

さて、短い物語なら古典に多い。『宇治拾遺物語』の夢を買う話など、広く知られたものだし、また、江戸ともなれば、『雨月物語』もある。

しかし、ここではあまり人がいいそうもない黄表紙をあげよう。江戸時代の大人の絵本――いや、より近いイメージはコミックということになるだろう。夢と黄表紙は縁が深い。安永年間に出た恋川春町の『金々先生栄花夢《きんきんせんせいえいがのゆめ》』が名高い。

わたしは小学生の頃、父の本棚に『日本名著全集』の『黄表紙廿五種』を見つけた。絵の面白さを呼び水にして、繰り返し読んだ。夢に関するものでは、まず山東京伝の⑥『盧《ろ》生《せい》夢魂《がゆめ》其《その》前日《ぜんじつ》』。盧生とは、『金々先生栄花夢』の下敷きとなった中国の物語の主人公。わずかの間に一生の夢を見る。

天才京伝は、《天上と人間界との中二階に、夢茶羅国といふ世界あり。此国には多くの夢住みて、色々様々の夢を案じて、人間に見せる事を商売とするなり》という。盧生に夢を見させるための準備、仕掛けが何とも楽しい。他にも、機知は溢れるばかり。淫らな夢を見させた者は処刑されるのだが、この方法が貘に食わせるのだ。刑を執行される者が、《夢になれ〳〵といふ場だが、こつちが夢だから據《よんどころ》無く人になれ〳〵》と、つぶやいたりする。

同じ京伝の作に、⑦『金々先生造化夢《きんきんせんせいぞうかのゆめ》』がある。題名で明らかなように、春町の先行する著名作を受けたものである。《浮世は夢》と悟り過ぎ無為な生活を続ける金々に、生きる道を教えようと、また別の夢が見させられる。一杯の茶漬けを食うにも、どれほどの人の手がかかっているかを示すのだ。

米の種を蒔くところから始めるなど、誰もが考える。京伝は、山に入って膳を作る木を切り出し、また茶を沸かす炭をこしらえるところから始める。その作業は延々と続く。茶碗を作る仙人は《さて〳〵人間といふ者は気の短い者だ。もう二三百年たつたら茶漬を食ふやうにならう、もちつとだ。耐《こら》へさつせえ》という。

そこで、《笑い》から落語に移ろう。夢から落語を連想したのも、柳家小三治の新しいCD⑧『ドリアン騒動~備前徳利』（ソニー）を聴いたからだ。

耳にしたことのない噺と巡り合うことなど、もう稀になってしまった。しかし、この『備前徳利』は知らなかった。これにも、夢が登場する。珍品だ。枕と合わせて、まことにお買い得の一枚だった。

夢を扱った落語に名作は多い。しかし、多くはネタばれになる。夢が出て来る——といってしまっても大丈夫なものでは、やはり桂米朝⑨『天狗裁き』が印象深い。何とも洒落ていて、その洒落具合に舌を巻く。《見てもいない夢についてしつこく問われる噺》と見せかけて、そうではないところが何とも鮮やかだ——詳しくは語れないが、そう解釈しないと、この噺の値打ちは半減する。

ここまで来たのだから、最後も落語にしてしまおう。能の方に行けば、いわゆる夢幻能があり、歌舞伎なら鶴屋南北の『東海道四谷怪談　夢の場』が浮かぶ。あそこは、『ベルサイユのばら』のオスカルが、ドレスで舞踏会に出て来る場面のようなものだ。無論、ヒロインに対するサービスという意味だから、《オスカル様と比べた》といって怒らないでほしい。天下の大南北が書き、大成駒中村歌右衛門も演じた役だ。

しかし、——落語にしよう。

思い返せば、わたしが十歳から前ぐらいまでは家にテレビがなかった。夜、聴いたのはラジオだった。見えないだけに情景が広がり、それだけ深い妙味があった。聞こえて来る落語の世界こそ、まさに夢に似たものであった。

忘れられない落語は数多い。中で、いかにも理屈っぽく、子供心に面白かったのが⑩『鼓ケ滝』だ。西行法師が、《伝へ聞く鼓ケ滝に来てみれば沢辺に咲きしタンポポの花》と詠み、会

心の作と思う。粗末な家に泊めてもらい、それを披露する。歌など分かるまいと思いつつ、

「鼓ケ滝だから、タン・ポポと鼓の音を響かせたのだ」

　と、自解する。

するとあばら家の爺さんが、《鼓の縁なら、上を、音に聞く、としたらどうか》と添削する。田舎にもおそるべき者がいると思うと、婆さんが《中も、来てみれば、でなく、打ち見れば、にするといい》と直す。へこんでいると、幼女が《下も、沢辺でなく川辺にするといいよ。鼓には皮があるでしょ》。

　――音に聞く鼓ケ滝を打ち見れば川辺に咲きしタンポポの花。ふと。目覚めれば夢であった。和歌三神が、傲慢を戒め教えたのだ。

　すこぶる面白かった。翌日、友達に話したことを覚えている。無論、縁語懸詞を多く使えば和歌が上等になるわけではない。頭の体操とは違う。しかし、この理が勝利する噺は、幼いわたしには、たまらない快感だった。

　誰が演じたのかは覚えていない。闇の中で、光っている噺だ。

　最後に、志ん生が、『駒長』の枕で語った《巨大な茄子の夢》の小話を付け加える。このレコードを聴いた時、まさに宇宙的な大きさ――茄子が、というより、それを語る志ん生の――に愕然とした。

　故瀬戸《せと》川猛資《がわたけし》氏の本に、そのことを語る後輩が出て来る。あれが、わたしである。これを番外としよう。

御母《おっか》さんがいくらでも

苦しい夢を、よく見る。

夢というのは、起きた時、ほとんど忘れているものだ。しかし、あまりつらくて途中で目が覚めると、鮮やかな記憶となって残る。

こういうことにも血の繋がりというのは、あるものだ。わたしの母も、悪い夢を見てよくうなされた。悲鳴をあげたりするから、《夢だよ、夢だよ》と、いってやったものだ。どういうわけかはわからないが、《夢を見ている人に話しかけるのはよくない》という。しかし、苦しんでいる家族を助けないわけにもいかない。起きたところで、《こんな夢だった》という話になったものだ。

わたし自身の場合は、《ああ、あれが、こういう夢になったのか！》と説明出来る場合が多い。

先日、こんな夢を見た。

いつの間にか、自分のうちがとても広くなっている。平安時代の寝殿造りのようだ。これは小学校の頃、家の裏手が工場になっている友達がいて、どうもそのお宅のイメージがベースになっているようだ。

わたしは、渡り廊下を歩いて裏手に行く。そちらにも広い建物がある。まるでホールのようだ。床が《段々》になっている。そこに見かけない人達がいた。いるだけでなく何と、《段々》

に次から次へと座席を取り付けていた。

見ると、寂しげな顔の母がいた。わたしの母はもうこの世にはいないが、夢では違和感なく会える。

「どうしたの？」

と聞くと、

「……ここを、町の会議場にするんだってさ」

わたしはびっくりした。

「そんなことになったら、車とかいっぱい来て停められちゃうよ」

「……でも、もう仕方がないんだよ」

それは困った——というところで目が覚めた。取り敢えず《夢でよかった》とほっとした。考えてみると、その数日、作家の集まりの会場をどうするかで、あれこれ頭をひねっていた。それが奇妙な形で、出て来たのだろう——と分かった。

不可思議で滑稽なことでも、夢の中にいる限りは現実と同じだ。馬鹿馬鹿しいどころか、真剣な悩みの種となる。

ところで先ほど書いた《こんな夢を見た》というのは、夏目漱石の『夢十夜』の、有名な言葉である。

その漱石に『硝子戸の中』という小品集があり、幼き日の思い出が書かれている。漱石先生も、小さい頃には悪夢をよく見たそうだ。親指が見る見る大きくなったり、天井が降りて来て押さえ付けられたり——という苦しいものだ。

ある時、《人の大金を使い果たしてしまう》という夢を見た。自分のものではない。返さねばならない。しかし、子供にはどうにもならない金額である。これで漱石は苦しみ出した。すると母親がやって来て、夢うつつの我が子にわけを聞いた。そして、こういってくれた。

「心配しないでも好いよ。御母さんがいくらでも御金を出して上げるから」

その言葉に救われた漱石少年は、またすやすやと眠りに就いた。

なるほど、この時の深い安堵感は非常によく分かる。ここに《母》がいると思える。

——《心配しないでも好いよ。御母さんがいくらでも》という言葉。これでくるんでくれるものこそが、子供にとっての《母》であろう。そんなことを考えさせる、忘れ難い一節である。

謎解きに通じる楽しさ――前川淳著『本格折り紙』(日貿出版社刊)

われわれの世代の多くがそうであるように、子供のころ、模型作りが好きだった。定番のプラモデルにも手を出したが、同時に折り紙にも興味を持った。

小学生のとき、吉沢章氏の『折り紙読本』を繰り返し読み、著者は天才だと思った。昭和三十二年発行のぼろぼろになった本を、まだ取ってある。つまり、それだけ愛着があるのだ。

思うに、わたしが折り紙にひかれたのは、できる限り一枚の正方形の紙を使い、切り込みを入れず、ただ折ることだけによって、思いもよらぬ見事な像を生み出すこと――そこに快感を感じたからだ。

この、限定された条件の中での不可能事の解決――というのは、謎解きを重んじる、いわゆる本格ミステリーの精神に通じる。だから、優れた本格ミステリー作家である綾辻行人氏が、折り紙に興味を持っていると知ったときには、まさにわが意を得たりという感じだった。

その綾辻氏が、推薦文を寄せているのが、この『本格折り紙　入門から上級まで』だ。綾辻氏は、こう書いている。

――この本をひもとけば、あなたにも「悪魔」がつくれます。たった一枚の紙を「折る」だけで。

実は、綾辻氏の小説中には、折り紙の「悪魔」や、「三ツ首の鶴」などが登場するのだ。そんなものは空想の産物だ、実際には作れない――と思っている読者も多いだろう。しかし、前川氏という「本格折り紙作家」は、それを現実のものにしてわれわれの前に示してくれる。

前川氏が「デビュー作にして、代表作」という「悪魔」は、この本の巻末に置かれている。折り方は何と九ページにわたって説明され、百四十四の工程を経て完成する。

実はわたしは、まだ挑戦していない。しかし、眺めているだけで、人間の持つ力や可能性を感じて十二分に楽しい。

神様が書かせた小説

「その木戸を通って」山本周五郎　『おさん』所収
「五十年後」コナン・ドイル　『ドイル傑作集Ⅰ』所収

読み始めたらやめられなくなり、しかも、しみじみとした読後感の残るもの——秋の夜にはそういう作品がふさわしいだろう。内外のものを一篇ずつ、あげてみる。いずれも傑作、そして〝記憶喪失〟を扱っているという共通性がある。

神様が手を取って書かせたのではないかと思えるのが、山本周五郎の「その木戸を通って」。類例のない形で、読む者の胸に食い入ってくる。冒頭から、まるで霧の中を歩くような結びの部分に至るまで、全ての行に小説を読む醍醐味を感じる。

一方の「五十年後」は、作者こそあの「名探偵ホームズ」の生みの親ドイルだが、ミステリではない。中学生の時、読んだが、いまだに忘れない。訳者延原謙が、あえて『傑作集Ⅰ』の最後に付け加えたというが、それにふさわしい珠玉作である。当時、中学の国語の教科書に森鷗外が出て来た。そこで、文庫本の短篇集を買い、中の「じいさんばあさん」に「五十年後」とあい通じるものを感じた。もし、「じいさんばあさん」を未読なら、この機会にあわせて読んでいただければと思う。

昔話と物語

昔話の類いには、人の心の内の畏怖や願望が、薄布を通すように現れる。

一日の労働を終え、粗末な食事をした後の夜や、あるいは畑や狩猟に出られぬ悪天候の時などに、そういう話がなされたのだろう。つまりは、まぶしく健康な昼の光の届かぬところで、ひっそり語られたに違いない。無論、とんち話や長者になる成功譚も数多く、それらが闇を払う輝きを広げもしたろう。しかし、一方でさらに周囲に暗さを加えるものも多い。

時代が変わり活字文化が一般的なものになると、各地で採集された民間説話が、書籍となって本棚に並べられる。子供の頃、わたしの小学校の図書館には、創元社の『世界少年少女文学全集』が入っていた。多分、それで読んだのだと思うが、南方の民話に恐ろしいものがあった。

どういうわけでかは忘れたが、少年がヤシの実の中に閉じ込められてしまうのだ。いつになっても帰って来ない子供を探して、母親が浜辺に出る。名を呼んでも答えはない。ただ、暗い空でざわざわとヤシの葉が鳴り、その実がコツコツと揺れるばかりである。堅く狭い樹上の牢獄に幽閉され、出られない。——この印象は強烈である。

その夜、床の中に入って、電灯が消えるとさらに恐ろしさが身に迫って来たことを思い出す。ここにあるのは、《早すぎた埋葬》にも似た極限の閉所恐怖だ。

小学校も高学年の頃になると、文庫本を買うようになった。字が小さいから一冊に入っている物語の分量も多く、お買い得ということになる。

岩波文庫で出ている『日本の昔ばなし』（関敬吾編）という三冊本を、駅前の書店で買った。その中に、山梨県西八代郡に伝わる『水ぐも』という民話が載っていた。

——釣り人がやまめを釣っていると、水中からクモが出て来て、草履に糸をかけて行く。それを何十回も繰り返す。釣り人は、クモが水に入ったすきに、糸をはずし側の木の根にかけておく。すると、水中からそれが強く引かれ、切り株は根こそぎ川に引きずり込まれる。

こういう話である。これには、得体の知れぬどす黒い悪意を感じた。


大人になってからは、京都の蟹満寺《かにまんじ》というところで知った伝承が記憶に残っている。何匹もの蟹を助けた父親が、次に、蛇に飲まれそうになっている蛙を救おうとする。そして何と、《飲むのを止めれば、うちの娘を嫁にやる》といってしまうのだ。

昔話にはよくあるパターンだが、無責任極まりない。《自分自身が、蛇の住まいに家事手伝いに行く》のならともかく、了解も得ぬままそんな約束をされては子供が困る。たまったものではない。おまけに、この父親（というか、昔話のこの手の親父は皆）、実際、蛇が《お嬢さんをいただきに来ました》と現れるとうろたえるのだ。こんな奴に、うろたえる権利などないと思う。

《蛇である》というだけで拒否される彼氏も可哀想だ。問答無用で《あいつは、蛇だからな》という論理がまかり通っている。その人権というか、蛇権は完全無視である。

なるほど《蛇》というのは、人から見ると異形である。ゆえに忌み嫌われる。市川海老蔵といえば人気者だが、市川蛇蔵は嫌だろう。テレビでも『ちびまる子ちゃん』なら、《現代のサザエさん》ともてはやされる。『へびまる子ちゃん』だったら、こうはいくまい。

しかし、それは蛇の知ったことではなかろう。あちらからすれば、きっと《人間》という形の方が無気味で、《嫌だねえ》となる筈だ。

ともあれ、蟹満寺の親父は今更ながら、《大変なことになった》とあわてる。そこで、助けてやった蟹の群が恩返しに現れ、蛇と戦い、ずたずたに切ってしまう。

この話の、現代の眼で見れば身勝手な展開と、《蟹のハサミで切られる》というイメージの肉体的不快感が妙に心に残った。


伝承を素材にして、大きな効果をあげた現代小説といえば、すぐに思い浮かぶのは日影丈吉の『吉備津の釜』である。

わたしが大学のミステリクラブに入った時、一級上にいたのが、後に俊英評論家として名を馳せた瀬戸川猛資氏であった。

その氏が、

「あれは傑作だぞ！」

と、熱をこめて語ってくれたのが、この『吉備津の釜』。そこで早速、読んでみた。川の魔物と陸の魔物についての伝承と、靖国神社の縁日でやっていたという吉備津の釜の見世物。それに、ある出来事を重ねあわせて、見事な短篇世界を構築している。

この二重写しの手法はまことに魅力的である。到底、及びはしないが、わたしも先頃、前述の『水ぐも』の民話、さらに蟹満寺の伝承にからめて、短篇を二つ書いた。

昔話の豊かさが、物語の幅を広げてくれるわけだが、何よりこういう話は、書いていて当人が楽しいのである。

伝わる言葉

一冊の書を読む。——すると、そこから別の本に手がのびるものだ。

武藤康史氏の『文学鶴亀』（国書刊行会）に色々と教えられ、続いて、里見弴の『鶴亀』のページを開いた。うちにあるのは『里見弴集』（現代文豪名作全集19・河出書房）である。学生時代に買った。読んだのかも知れないが、全く覚えていなかった。

実に洒落た話だ。この題で始まり、鶴さん亀さんが出て来る。そして、老女の「あたしア、これで、いつお迎ひを頂いてもいゝ。ふんとにもう、なんにも思ひ残すことはないよ」という言葉を受けて「鶴亀々々……」、これが結びの言葉なのだ。

巧みさは、物語の外にまで及んでいる。この短編は、昭和十四年の『文藝春秋』に載った——というだけなら、何ということもないが、その一月号に掲載された。新年号に『鶴亀』である。そして、この芸を見せる。

ここまで来ると金箔でもはったようで、嫌みになりそうだ。しかし、違う。ことに、今、読むとそうではない。昭和十四年の里見は、五十一歳。この後、九十を越えて没するまでに、多くの知人を見送る。我々は否応無しに、そのことを知っている。戦前の読者には、無論、分かりようのないことだ。

さて、作中の《人間も、もう昔のことを思ひ出すやうになつちやアお仕舞さ》という《おばあちゃん》は、ある朝、《つひぞ見たこともないラヂオの番組》案内を見る。そして、《寅派の家元の放送》があることを知る。寅派とは、うた沢の二流派の一つである。そこで紹介されていたのが「初ひかげ」。この文句が三十年以上前に亡くなった亭主の作だった。

「あたしア、はツとしてね、なんだか知らないけど、だしぬけに旦那に會つたやうな氣がしたのさ」

「まア、伯母さん！」

把られてゐた手を抜くと、ぽんとひとつ、輕く膝を打つて、

「いゝ加減におしなさいよ！」

そして、一同、物語の最後で、ラジオから流れる《思ひ切つてお目出度い唄》を聴くことになる。

〽初ひかげ、蓬萊山に鶴舞うて、龜の齡《よわい》を尉《じょう》と姥《うば》……。

そこから結びへと向かうわけだ。唄を作中に引くのは、ひょいっと効果音楽を入れるようで難しい。さすがにここは名工の技、無理なく、時の垣根の彼方から響くものと聴こえる。

晩年の里見なら、こういうものは書かない。同じように《時》を扱ったら、どうなるか教えてくれるのは小谷野敦氏だ。『里見弴伝』（中央公論新社）で、《いかにも談話筆記》のような形態の『小坪の漁師』を珠玉の名品と熱く語る。なるほどそうだと思わせられる。教えられて知ったのは有り難いが、それを語るのが自分でなかったのが口惜しくなる。

それに比べると『鶴亀』は、いかにも作られたものだ。でありながら、里見が、老境に達す

るより先に、前以て書いておいた、まことに彼らしい趣向の作として、不思議な感銘を与える。

ただ、戦前の読者の方が、ここに語られる言葉や、ポイントとなるうた沢なるものが分かりやすかったことは事実だ。

早い話が《鶴亀々々》という言葉である。今の読者にどれほど通じるものかと思い、ある編集者の方に聞いてもらった。すると周りの二、三十代の方は誰も知らなかったそうだ。

——あいづちですか？

——遊びですか？

などという答えが返って来た。本の身近にいる人でもこうだ。四十代で初めて、使ったことはないが知識として知っているという声があった。

作家の例となると、この《鶴亀探索》中、ある方が口にされるのを、実際に聞いたという。縁起の悪いことをいった後、

「あら、すみません。——鶴亀々々」

びっくりしました——という連絡があった。昆虫採集をしている時、いきなり珍種の蝶が飛んで来たようなものだ。その方は鹿児島出身で、お祖母様もお母様も、そうおっしゃっていたそうだ。だから、自然に口をついて出る。

一方、東京生まれの宮部みゆきさんは、別の用法まで知っていた。良い着物を着た時など、重ねてまた、こういう物が着られますように——という、祈りの鶴亀もあったという。

そこで、うちの場合だ。実はわたしは、子供にこれを伝えている。不吉なことをいったりした時、《鶴亀々々》と続け、

「これはね、縁起の悪いのを消す、消しゴムの言葉なんだよ」

と説明した。だから、うちの子は小学生の時、口にしていたのだ。

「——鶴亀々々」

と。

子供時代のわたしは、父がテレビで歌舞伎や文楽などを観ていたから、自然、並んで観ることになった。そこでの様々な言葉との出会いは、文章を書く上での土台の一つになっていると思う。

というわけで、ようやく本題に近づいて行く。ものを書くきっかけになった本は何か——という問いに答えるのは難しい。そこに至る全てが、自分を包んでいる生活が書かせている——というのが正直なところだ。つまり、あれもこれもとなる。

そこで、言葉を伝えてくれた親が、わたしに買ってくれた生涯最初の本を、いろはのいのようにあげて終えるのが妥当かと思う。

『トッパンの絵物語　イソップ1』。昭和二十九年五月に出た、第三版がそれである。

あとがき

神保町の古書店に、長谷川町子の本が七、八十冊、揃いで出ていました。姉妹社のものです。欲しかったのですが、その量に圧倒されました。買ってしまったら置き場に困る。

子供の頃、毎日読んでいたのが新聞の四コマ漫画。朝日新聞の『サザエさん』と、読売新聞の『轟先生』でした。それぞれ記憶に残る回があります。『サザエさん』は、単行本も数冊、駅通りの書店で買いました。子供には高い本でしたから、揃えるわけにはいかなかったのです。昔、確かに手にした――という記憶があるから、読むなら姉妹社版で、という思いになります。それにしてもあの量では、と葛藤しているうち、長谷川町子の揃いは姿を消しました。口惜しい。食べられないとなると食べたくてたまらなくなる子供のようなものです。

置き場所の問題を考え、とりあえず『長谷川町子全集』（朝日新聞社）の『サザエさん』を買いました。これなら、一冊に姉妹社版の二冊から三冊分が収められているのです。《あの表紙》や《あの手触り》をあきらめたわけです。一巻から読んでいきました。四コマ漫画は、人によって喜ぶ作品が違います。百メートル競走ではないから、一位がどれか、客観的には決まらない。当然です。自分の心に刻まれているものが出て来た時には、タイムマシンの窓を覗いたようでとても嬉しい。

そうやって読んでいき、「あっ！」といったのが、本書、二十四ページ付記に記した発見。中学生の時のエピソードだったから、わたしはてっきり、ここで話題になった四コマ漫画を、当時、学校の廊下に毎日掲示されていた『中学生新聞』のそれだとばかり思っていました。その新聞の連載漫画は、四コマも、また時間旅行をして日本史を経験する学習物も、どれも面白かったのです。それだけに、『サザエさん』とは思いませんでした。ところが、（くわしくは、そちらを読んでいただくとして）俳句を作るのは、波平だったのです。

かくして積み上げた『サザエさん』を征服し、次に『エプロンおばさん』にかかると、また発見がありました。最も大きなものは、歌舞伎の『菅原伝授手習鑑』、「寺子屋」の段に関するもの。長谷川町子は歌舞伎が好きで、そのパロディをいくつも描いています。わたしには子供の頃、それで「寺子屋」を読んだ記憶がありました。向こうが義理でくるなら、こっちは人情だ——といった台詞や登場人物の表情まではっきり覚えている。後年、朝日文庫から『町子かぶき迷作集』が出た時、「これこれ！」と、飛びつく思いで買ったけれど、入っていない。

——はて、どこで読んだのだろう？

と、ずっと気になっていました。そうしたらこれが『エプロンおばさん』のある巻に、付録のような形で付けられたものでした。同じ本に印象的な一編（わたしは、それを『サザエさん』一家の出来事と記憶していた）も入っているので、手にしたことは確かです。思えば、小中学生の時、よく通っていた貸本屋さんにあったのでしょう。長い間、抱えていた謎が解けたのです。

本との巡り合いは不思議なもので、神保町で長谷川作品の山を見なければ、二十四ページの《付記》も付けられなかったし、解けない謎が解ける快感も得られなかったわけです。

その直後、二〇一六年の年末、入院することになり、新年をベッドの上で過ごしました。

家族が支えてくれました。家に帰ってからしばらくは四コマ漫画、秋月りすさんの『ＯＬ進化論』中、未読の巻を娘に買ってもらい、読みました。そして、『黄昏』南伸坊　糸井重里（東京糸井重里事務所）、『人生の踏絵』遠藤周作（新潮社）と読み進みました。

どれも素晴らしかった。新しい年を迎えられたから、本を読めます。しみじみとありがたい。それぞれの本から、思いは枝のように伸びて行きます。半世紀ほど前に買ったまま、今も読まずに書庫にある本たちにも、その先は届きました。

入院のことを後から知った多くの方々も、心配してくださいました。愛する人たち、愛する言葉がある。それを、心から、しあわせだと思います。

作品リスト（登場順）

1　懐かしい人　忘られぬ場所

スキップ　北村薫
なめくじ長屋　都筑道夫
りら荘事件　下り〝はつかり〟　鮎川哲也
薔薇荘殺人事件——犯人当て探偵小説集　達也が嗤う　白い密室　五つの時計　地虫　絵のない絵本　幻の探偵作家を求めて　ファンタジーの細工師・地味井平造　鮎川哲也
密室の妻　硝子の家　島久平
黒い白鳥　憎悪の化石　死のある風景　鮎川哲也
湯治客　丹羽文雄
猫の舌に釘をうて　都筑道夫
十角館の殺人　綾辻行人
しあわせの書　大江戸奇術考　泡坂妻夫
蜘蛛の糸　杜子春　白　羅生門　奉教人の死　カルメン　芥川龍之介
一文物語集　飯田茂実

ミステリは万華鏡　北村薫
徳川慶喜家の子ども部屋　榊原喜佐子
むかし卓袱台があったころ　美の死　久世光彦
授業　ウェジューヌ・イヨネスコ
道化役者と虫歯　宮本演彦
童謡詩人　金子みすゞの生涯　矢崎節夫
寄席がき話　真山恵介
日本童謡集　与田準一編
詩歌の待ち伏せ　北村薫
いとま申して　北村薫
童話
書かずにはいられない　北村薫
おもしろげ　長谷川幸子（不二幸江）
笛吹童子　北村寿夫
阪田寛夫全詩集　伊藤英治編
あひるの学校　阿川弘之
赤毛のなっちゅん　内藤啓子
暖流　岸田國士
海　もの思う葦　太宰治
トッパンの絵物語　イソップ1　北風と太陽　よ
くばり犬　ねずみのそうだん　文・川端康成／え・村上松次郎

おおきくなりたいちびろばくん　R・クロムハウト作　A・V・ハーリンゲン絵　野坂悦子訳
野球の国のアリス　北村薫
宇宙怪人　透明怪人　江戸川乱歩
キャプテン　プレイボール　ちばあきお
H2　あだち充
ユニヴァーサル野球協会　R・クーヴァー
ロボット名探偵　ロボット三等兵　前谷惟光
少年探偵団　江戸川乱歩
怪盗ルパン　モーリス・ルブラン
ジキル博士とハイド氏　ロバート・L・スティーブンソン
ロボット名探偵2　前谷惟光
野球の国のアリス　北村薫
三匹のめくらの鼠　アガサ・クリスティー
死人の話　エラリイ・クイーン
紙上殺人現場　大井広介
虚無への供物　中井英夫
二世の契り　ヘンリー・スレッサー
北村薫のミステリー館　北村薫
聖アレキセイ寺院の惨劇　小栗虫太郎
斧　ガストン・ルルー

ミステリ　マガジン　インデックス	法政大学推理小説研究会
海の王子　シルバー・クロス　オバケのQ太郎	藤子不二雄
マンガ狂につける薬	呉智英
天才バカボン　おそ松くん	赤塚不二夫
妹の力　玉依彦の問題　附記	柳田國男
をなり神考	伊波普猷
スキップ	北村薫
少年探偵団　怪人二十面相	江戸川乱歩
幽霊屋敷＝震えない男	ジョン・ディクスン・カー
鼈皮	中井英夫
事件	大岡昇平
プリンス・ザレスキーの事件簿	M・P・シール
物語の迷宮	山路龍天・松島征・原田邦夫
カトリーヌ・ド・メディシス／コルネリユス卿	オノレ・ド・バルザック
五つの棺	折原一
貼雑年譜	江戸川乱歩

2　言葉と謎と日常

チョコレート工場の秘密	ロアルド・ダール
卵1個のお菓子	柴川日出子
盤上の敵	北村薫

語り女たち　北村薫
詩歌の待ち伏せ　北村薫
惜別の歌　藤江英輔
若菜集　高楼　島崎藤村
悲しみ　石垣りん
スルメと焼酎　吉行淳之介
踊る人形　コナン・ドイル
少年探偵団　江戸川乱歩
ボヘミアの醜聞　コナン・ドイル
小沢昭一の　ドキュメント　日本の放浪芸　小沢昭一
商う芸＝香具師の芸
赤と黒　スタンダール
世界文学としての源氏物語　サイデンステッカー
氏に訊く　伊井春樹編
源氏物語（英訳版）　末松謙澄訳
闇からの声　イーデン・フィルポッツ
おとこ友達との会話　白洲正子
化政期　落語本集　武藤禎夫校注
砂払（上）　山中共古　中野三敏校訂
CDブック　栄光の上方落語　朝日放送ラジオ「上方落語をきく会」編
百萬圓煎餅　三島由紀夫

小沢昭一的新宿末廣亭十夜　小沢昭一
犬が西むきゃ尾は東　数字で書かれた物語――
『死なう團』顚末記　別役実
蛙の死　萩原朔太郎
朔太郎のうた　伊藤信吉編著
猫町　およぐひと　月に吠える　萩原朔太郎
江分利満氏の華麗な生活　山口瞳
鷺と雪　北村薫
雪之丞変化　三上於菟吉
クレヨンしんちゃん　臼井儀人
若草物語　こがね虫　世界少年少女文学全集
小公子　小公女　秘密の花園　バーネット
赤毛のアン　モンゴメリ
壺坂霊験記　浪花亭綾太郎
黄表紙廿五種　日本名著全集　江戸文芸之部
トッパンの絵物語　イソップ1　文・川端康成／え・村上松次郎
ざくろ　北村薫
黒死館殺人事件　小栗虫太郎
人生の阿呆　木々高太郎
銀座が映画の主役だった――お嬢さん乾杯！――　川本三郎
これでおしまい　佐藤愛子

兄　小林秀雄
ミステリ・オールスターズ
ミステリ作家の自分でガイド
本格ミステリ大賞全選評2001〜2010　高見澤潤子

3　読書　1991〜2016

邂逅の森（熊谷達也）／ZOO（乙一）／カイジ（福本伸行）／長い布（ウィリアム・サンソム）／クライマーズ・ハイ（横山秀夫）／接近（古処誠二）／家守綺譚（梨木香歩）／明日の記憶（荻原　浩）／アルジャーノンに花束を（ダニエル・キイス）／君たちに明日はない（垣根涼介）／チルドレン（伊坂幸太郎）／私が語りはじめた彼は（三浦しをん）／ナラタージュ（島本理生）／安徳天皇漂海記（宇月原晴明）／永遠の旅行者（橘玲）／スープ・オペラ（阿川佐和子）／Op．ローズダスト（福井晴敏）／終末のフール（伊坂幸太郎）／中庭の出来事（恩田　陸）／夜は短し歩けよ乙女（森見登美彦）／雷の季節の終わりに（恒川光太郎）／フィッシュストーリー（伊坂幸太郎）／金槐和歌集（源実朝）／陪審法廷（楡周平）／オーデュボンの祈り（伊坂幸太郎）／果断　隠蔽捜査2（今野　敏）／ゴールデンスランバー（伊坂幸太郎）／ブラックペアン1988（海堂　尊）／月芝居（北　重人）／ラットマン（道尾秀介）／この胸に深々と突き刺さる矢を抜け（白石一文）／オレたち花のバブル組（池井戸　潤）／草祭（恒川光太郎）／秋月記（葉室　麟）／鬼の跫音（道尾秀介）／もうすぐ（橋本　紡）／ながい坂　樅ノ木は残った（山本周五郎）／後悔と真実の色（貫井徳郎）／光媒の花（道尾秀介）／WILL（本多孝好）／小太郎の左腕（和田　竜）／マドンナ・ヴェルデ（海堂　尊）／ふがいない僕は空を見た（窪　美澄）／下町ロケット（池井戸　潤）／折れた竜骨（米澤穂信）／民宿雪国（樋口毅宏）／本日は大安なり（辻村深月）／ちょちょら（畠中　恵）

山本周五郎賞選評

おしまいのページで（「オール讀物」連載）／虹を摑んだ男（A・スコット・バーク）／引用句辞典の話（加島祥造）／読書の楽しみ（篠田一士）／篠沢フランス文学講義Ⅲ（篠沢秀夫）／一人書

房（成瀬露子）／秘密は何もない（ピーター・ブルック）／「レ・ミゼラブル」百六景（鹿島　茂）／千載集――勅撰和歌集はどう編まれたか（松野陽一）／江戸前の釣り（三代目三遊亭金馬）／ルイス・キャロルの想い出（アイザ・ボウマン）／勧進帳――日本人論の原像（渡辺　保）／3D・MUSEUM（杉山　誠）／のしめ〈熨斗目〉（吉岡幸雄）／江戸川乱歩　日本探偵小説事典（新保博久・山前　譲共著）／とっておきのものとっておきの話　全3巻（YANASE　LIFE編集室編）／石井桃子集（5）（石井桃子）／少年の王国　潤一郎ラビリンス（5）（谷崎潤一郎）／或る少年の怯れ（谷崎潤一郎）／和田夏十の本（谷川俊太郎編）／父ちゃんは二代目紙切り正楽（桂小南治）／ザ・マン盆栽（パラダイス山元）／極楽まくらおとし図（深沢七郎）／河野裕子の歌（古谷智子）／小説家ヘンリー・ジェイムズ（中村真一郎）／中井英夫全集⑩黒衣の短歌史（中井英夫）／中山省三郎　七編（中山省三郎）／白菜のなぞ（板倉聖宣）／昭和史発掘　全13巻（松本清張）／のらくろ先生と野沢（田河水泡）

／チャールズ・アダムスのマザー・グース（チャールズ・アダムス）／気になる部分（岸本佐知子）／論よりコラム（漫画アクション編集部編）／プロ野球選手はお嬢さま　白球に恋した淑女たち（田中科代子）／戦中派復興日記（山田風太郎）／詩趣酣酣（塚本邦雄）／寺山修司・遊戯の人（杉山正樹）／美の死　ぼくの感傷的読書（久世光彦）／大人の写真。子供の写真。（新倉万造×中田　燦）／ねにもつタイプ（岸本佐知子）／わが推理小説零年（山田風太郎）／東京百話（種村季弘編）／整形前夜（穂村　弘）／文豪　てのひら怪談（東　雅夫編）／小袖雛形（長崎　巌解説）／イッセー尾形とステキな先生たち「毎日がライブ」（イッセー尾形・ら株式会社編著）／小川洋子の偏愛短篇箱（小川洋子編著）／松尾芭蕉この一句　現役俳人の投票による上位157作品（有馬朗人、宇多喜代子監修、柳川彰治編著）／ココロミくん（べつやくれい）／中央モノローグ線（小坂俊史）／花もて語れ（片山ユキヲ）／古今亭志ん朝　大須演芸場　CDブック／木村政彦はなぜ力道山を殺さなかったのか（増田俊也）／

怖い俳句（倉阪鬼一郎）／エンジェル（エリザベス・テイラー）／そばちょこ展開文様集（田所耕一、中島光行）／絵解き謎解き　江戸のそば猪口（岸間健貪）／東京今昔散歩　彩色絵はがき・古地図から眺める（原島広至）／横浜今昔散歩　彩色絵はがき・古地図から眺める（原島広至）／百人一首今昔散歩　彩色絵はがき・古地図から眺める（原島広至）／泉　鏡花　1873―1939（泉　鏡花）／日出処の天子　完全版（山岸涼子）

アンケート特集　印象に残った本

虹をつかむ男　ジェームズ・サーバー
11の物語　パトリシア・ハイスミス
薔薇の名前　ウンベルト・エーコ
招かれざる客たちのビュッフェ　クリスチアナ・ブランド
回転する世界の静止点　初期短篇集1938～1949　目には見えない何か　中後期短篇集1952～1982　太陽がいっぱい　パトリシア・ハイスミス
虹をつかむ男　ジェームズ・サーバー
「絶対」の探求　オノレ・ド・バルザック
空中ブランコに乗る中年男　ジェームズ・サーバー
カレーソーセージをめぐるレーナの物語　ウーヴェ・ティム　浅井晶子訳

むかしの味	池波正太郎
東京・銀座　私の資生堂パーラー物語	菊川武幸
キャプテン	ちばあきお
現代歌まくら	小池光
昭和歌人集成12　レセプション	高瀬一誌
水村　松平修文歌集	松平修文
超短編アンソロジー	本間祐編
狐物語	レオポルド・ショボー　水谷謙三訳
狐物語	中世古典　鈴木覺・福本直之・原野昇訳
鳴雪自叙伝	内藤鳴雪
翻訳のココロ	鴻巣友季子
百人一首をおぼえよう――口訳詩で味わう和歌の世界	佐佐木幸綱編
虹を摑んだ男――サミュエル・ゴールドウィン	A・スコット・バーグ
嵐が丘	エミリー・ブロンテ
ブロンテ姉妹とその世界	フィリス・ベントリー
ミニ・ミステリ傑作選	エラリー・クイーン編
世界ミステリ作家事典本格派篇	森英俊編著
逆の事態	フィリス・ベントレー（ミニ・ミステリ傑作選ではベントレーと表記）
蛙の死　猫町　月に吠える	萩原朔太郎

曼珠沙華　邪宗門秘曲	北原白秋
北原白秋（現代詩の鑑賞）	入沢康夫
大鴉	エドガー・アラン・ポオ　日夏耿之介訳
シナラ	アーネスト・ダウスン　矢野峰人訳
海潮音	上田敏
春の朝	ブラウニング　上田敏訳
月下の一群	堀口大学
ミラボー橋	ギョーム・アポリネール
鎮静剤	マリー・ローランサン
シャボン玉　耳	ジャン・コクトー
翻訳の日本語	川村二郎・池内紀
道程　智恵子抄	高村光太郎
私の中の一つの詩	串田孫一編
レモン哀歌	高村光太郎
源氏物語・真木柱	紫式部
００７は二度死ぬ	イアン・フレミング
イヅク川	志賀直哉
短夜	内田百閒
三つの髑髏	澁澤龍彦
水村　蓬　ノヤ	松平修文
八本脚の蝶	二階堂奥歯

世界は蜜でみたされる　一行物語集	飯田茂実
金々先生栄花夢	恋川春町
廬生夢魂其前日　金々先生造化夢	山東京伝
ドリアン騒動～備前徳利	柳家小三治
天狗裁き	桂米朝
東海道四谷怪談　夢の場	鶴屋南北
ベルサイユのばら	池田理代子
鼓ケ滝	
駒長	古今亭志ん生
夢十夜　硝子戸の中	夏目漱石
本格折り紙	前川淳
その木戸を通って	山本周五郎
五十年後	コナン・ドイル
じいさんばあさん	森鷗外
日本の昔ばなし　水ぐも	関敬吾編
吉備津の釜	日影丈吉
文学鶴亀	武藤康史
鶴亀	里見弴
里見弴伝	小谷野敦
小坪の漁師	里見弴
トッパンの絵物語　イソップ1	文・川端康成／え・村上松次郎

初出一覧

1　懐かしい人　忘られぬ場所

二十五年の時を飛び越えて――『スキップ』「週刊読書人」１９９９年8月6日
鮎川先生訪問記『本格一筋六十年　想い出の鮎川哲也』２００２年12月25日刊
比類ない純粋さ「ジャーロ」２００３年冬号
私が出会った作家　鮎川哲也「日記は語る」「オール讀物」２０１０年5月号
都筑道夫氏を悼む　日本ミステリー界の青春だった　読売新聞　２００３年12月17日
泡坂妻夫氏を悼む　小説輝く　魔法の手　読売新聞　２００８年2月6日
四コマ漫画「目の眼」１９９７年2月
えさし藤原の郷――奥州の地に広がる平安建築の世界　掲載誌名不明「私の好きな日本の風景Ｎｏ．36」１９９８年
さまざまな窓から『読んでおきたい日本の名作　羅生門・鼻・芋粥ほか』２００３年7月刊
さらば青春！　などとは言うな　春日部地区稲門会会報　ＮＯ・１３　２０１１年4月15日
背番号1、大倉英貴「オール讀物」２００５年5月号
振り出しも上がりも鷗外双六　上野の森に森鷗外の面影を探して「小説すばる」２００６年11月号
虎「ちくま」２００６年12月号
父とわたしを繋ぐ一冊「週刊朝日」２０１０年4月2日号
金子みすゞと父の時代「オール讀物」２０１１年5月号

生きた言葉たち　「一冊の本」　2011年6月号
春蝶のいた夏　「ジェイ・ノベル」　年齢を巡るリレーエッセイAge23　2015年10月号
エンゲンさんの落馬　「ku:nel」　2007年7月号
海を見せたい　「PHP」　2007年7月号
我が家と読書　親から子から　「新刊ニュース」　2008年3月
桜　「本」　2008年9月号
わたしが子どもだったころ　『野球の国のアリス』　あとがき　2008年8月刊
半世紀を照らした灯台　「ミステリマガジン」　2006年7月・創刊50周年記念号
心の響き　『海の王子』　解説　2010年3月刊
会話　「本の雑誌」　2014年5月号

2　言葉と謎と日常

大きなチョコレート　「四季の味」　1999年冬号
心の寓話　シアタードラマシティダンスアクトシリーズ　VOL・4　『盤上の敵』　公演パンフレット　2004年8月
語られる喜び　「語り女たち」　シリーズ公演VOL・2　公演パンフレット　2006年3月
衣、言葉、そして――　「文藝春秋」　2005年5月号
講演を聴く喜び　読売新聞　2005年7月5日
伝わる言葉、伝わらない言葉　「埼玉文芸家集団　会報」　NO・5　2005年9月
銀幕のオペラ　オペラ大学〈特別テキスト（2）〉株式会社ソニーミュージックハウス　1998年
魔法の箱の時代　「考える人」　2006年冬号

くじ　「飛ぶ教室」　２００５年春号
忘れていたアイリーン・アドラー　〈シャーロック・ホームズ全集〉刊行記念エッセイ　「ジャーロ」
２００６年春号
縦と横　「群像」　２００６年７月号
愛しているのに　男のひといき　朝日新聞　２００７年３月８日
《ヴァイオレット》と《おとらさん》　「潮」　２００７年12月号
迷子の迷子の子猫ちゃん　「小説すばる」　２０００年８月号
落語という海　「熱風」　落語の愉しみ　２００７年４月号
唐茄子へあて身　「図書」　２００７年５月号
ヨムヨムとキクキク　「yomyom」　２００７年２号
「はて？」と「なるほど！」　「小説すばる」　２００７年５月号
現実につながる普遍性　文学座「別役実のいる宇宙」　朝日新聞　２００７年６月26日
およぐひとのたましひは　「文藝春秋スペシャル」　２００８年秋号
直木賞に決まって　待った先の「美味珍味」　読売新聞　２００９年７月23日（「直木賞待ち」と改題）
直木賞に決まって　時の流れの不思議な縁を思う　毎日新聞　２００９年７月30日
『鷺と雪』直木賞受賞が決まって　生きる、物語が生まれる　北海道新聞　２００９年８月３日
どこ行くの　「オール讀物」　２００９年９月号
おいで、R2-D2　「青春と読書」　２００９年10月号
初めに『黒死館殺人事件』？　「ミステリマガジン」　受賞作&話題の作家最新事情『鷺と雪』直木賞受
賞　２０１０年２月号
おーい、どこへ行くんだ　「銀座百点」　２００９年11月号

この目で見たんだ　日常の謎　「メフィスト」２００９年ＶＯＬ・３
寄り添う心　万葉から吹く風　「ひととき」２０１０年２月号
本格ミステリ作家クラブ十周年　毎日新聞　２０１０年11月22日

３　読書　１９９２〜２０１６

山本周五郎賞選評　第17回〜24回　「小説新潮」２００４年７月号〜２０１１年７月号
アンケート特集　印象に残った本　「新刊ニュース」１９９２年１月号〜２０１０年１月号（１９９４、１９９８、１９９９年は回答なし）、２０１１年11月号〜２０１６年11月号
訳題と原題──ジェームズ・サーバー「虹をつかむ男」「小説現代」短編小説を読む醍醐味　２００５年５月号
人間に必要なもの──ウーヴェ・ティム『カレーソーセージをめぐるレーナの物語』「小説すばる」記憶に残る美味しい情景《シーン》　２００６年10月号
私の名作ブックレビュー　コロッケとクロケット──池波正太郎『むかしの味』「週刊新潮」２００６年11月16日号
あの人の選ぶ「キャプテン」忘れられない名場面!!北村薫　青葉との最初の戦いが終わった場面。ダグアウトに帰ってくるナインを迎える、女子中学生の『パチパチ』。「ビジネスジャンプ14号」２００７年６月
寂しさの違い　「リテレール」別冊『ことし読む本いち押しガイド２００３』２００２年12月
輪が広がっていって　「リテレール」別冊『ことし読む本いち押しガイド２００４』２００３年12月
近代詩との出会い・萩原朔太郎　北原白秋　上田敏　堀口大学　高村光太郎　日本経済新聞　２００７年12月６、13、20、27日

お気に入りの場所　「文藝春秋」２００７年12月臨時増刊号
夢の中の十作　「yomyom」２００８年6号
御母さんがいくらでも　ＧＬＯＢＡＬ　ＥＤＧＥ　２００８年　ＳＰＲＩＮＧ
謎解きに通じる楽しさ——前川淳著「本格折り紙」思い出のあの本この本　新潟日報　２００８年3月23日
神様が書かせた小説——山本周五郎「その木戸を通って」コナン・ドイル「五十年後」五人の作家が選ぶ　秋の夜長に——おすすめ短篇小説「ＰＨＰ」２００８年11月号
昔話と物語　「本とも」２００９年ＮＯ18
伝わる言葉　「文藝春秋スペシャル」２００９年春号

北村薫 著作リスト

1989年3月『空飛ぶ馬』(東京創元社) 創元推理文庫
1990年1月『夜の蝉』(東京創元社) 創元推理文庫
＊第44回日本推理作家協会賞短編および連作短編集部門受賞
1991年2月『秋の花』(東京創元社) 創元推理文庫
1991年11月『覆面作家は二人いる』(角川書店) 角川文庫／中央公論新社C★NOVELS
1992年4月『六の宮の姫君』(東京創元社) 創元推理文庫
1993年9月『冬のオペラ』(中央公論社) 中公文庫／角川文庫／中央公論新社C★NOVELS
1994年10月『水に眠る』(文藝春秋) 文春文庫
1995年8月『スキップ』(新潮社) 新潮文庫
1995年9月『覆面作家の愛の歌』(角川書店) 角川文庫／中央公論新社C★NOVELS
1996年5月『謎物語—あるいは物語の謎』(中央公論社) 中公文庫／角川文庫
1997年1月『覆面作家の夢の家』(角川書店) 角川文庫／中央公論新社C★NOVELS
1997年8月『ターン』(新潮社) 新潮文庫
1998年4月『朝霧』(東京創元社) 創元推理文庫
1998年7月『謎のギャラリー』(マガジンハウス)
＊2002年2月増補し『謎のギャラリー 名作博本館』として新潮文庫化
1999年5月『ミステリは万華鏡』(集英社) 集英社文庫／角川文庫
1999年8月『月の砂漠をさばさばと』(新潮社) 新潮文庫

1999年9月『盤上の敵』（講談社）　講談社ノベルス／講談社文庫
2001年1月『リセット』（新潮社）　新潮文庫
2002年6月『詩歌の待ち伏せ　上』（文藝春秋）
＊『詩歌の待ち伏せ1』として文春文庫化
2003年1月『街の灯』（文藝春秋）　文春文庫
2003年10月『詩歌の待ち伏せ　下』（文藝春秋）
＊『詩歌の待ち伏せ2』として文春文庫化
2004年4月『語り女たち』（新潮社）　新潮文庫
2004年10月『ミステリ十二か月』（中央公論新社）　中公文庫
2005年2月『ふしぎな笛ふき猫―民話・「かげゆどんのねこ」より』　山口マオ・絵　（教育画劇）
2005年4月『続・詩歌の待ち伏せ』（文藝春秋）
＊『詩歌の待ち伏せ3』として文春文庫化
2005年6月『ニッポン硬貨の謎―エラリー・クイーン最後の事件』（東京創元社）　創元推理文庫
＊第6回本格ミステリ大賞（評論・研究部門）受賞
2006年3月『紙魚家崩壊―九つの謎』（講談社）　講談社ノベルス／講談社文庫
2006年7月『ひとがた流し』（朝日新聞社）　新潮文庫
2007年4月『玻璃の天』（文藝春秋）　文春文庫
2007年8月『1950年のバックトス』（新潮社）　新潮文庫
2007年11月『北村薫のミステリびっくり箱』（角川書店）　角川文庫
2008年5月『北村薫の創作表現講義―あなたを読む、わたしを書く』（新潮選書）
2008年8月『野球の国のアリス』（講談社）　講談社文庫

２００９年４月　『鷺と雪』（文藝春秋）　文春文庫
＊第１４１回直木賞受賞
２００９年８月　『元気でいてよ、Ｒ２-Ｄ２。』（集英社）　集英社文庫／角川文庫
２０１０年１月　『自分だけの一冊―北村薫のアンソロジー教室』（新潮新書）
２０１１年２月　『いとま申して―「童話」の人びと』（文藝春秋）
２０１１年５月　『飲めば都』（新潮社）　新潮文庫
２０１４年５月　『八月の六日間』（角川書店）　角川文庫
２０１４年11月　『いとま申して２―慶應本科と折口信夫』（文藝春秋）
２０１５年３月　『太宰治の辞書』（新潮社）
２０１５年９月　『中野のお父さん』（文藝春秋）
２０１６年４月　『うた合わせ　北村薫の百人一首』（新潮社）
２０１６年９月　『遠い唇』（角川書店）

アンソロジー

１９９８年７月　『謎のギャラリー　特別室』（マガジンハウス）
１９９８年11月　『謎のギャラリー　特別室Ⅱ』（マガジンハウス）
１９９９年５月　『謎のギャラリー　特別室Ⅲ』『謎のギャラリー　最後の部屋』（マガジンハウス）
＊２００２年２月『謎の部屋』、２００２年３月『愛の部屋』『こわい部屋』として増補し新潮文庫化、さらに２０１２年７月『謎の部屋』８月『こわい部屋』は増補の上、ちくま文庫化
２００１年８月　『北村薫の本格ミステリ・ライブラリー』（角川文庫）

2005年10月　『北村薫のミステリー館』（新潮文庫）

宮部みゆき氏との共編アンソロジー（ちくま文庫）

2008年1月　『名短篇、ここにあり』
2008年2月　『名短篇、さらにあり』
2009年5月　『読んで、「半七」！　―半七捕物帳傑作選1』
2009年6月　『もっと、「半七」！　―半七捕物帳傑作選2』
2011年1月　『とっておき名短篇』
2011年1月　『名短篇ほりだしもの』
2014年5月　『読まずにいられぬ名短篇』
2014年6月　『教えたくなる名短篇』

エッセイ

2012年12月　『読まずにはいられない　北村薫のエッセイ』
2014年3月　『書かずにはいられない　北村薫のエッセイ』
2017年3月　『愛さずにいられない　北村薫のエッセイ』

ガイド・ブック

2004年6月　『静かなる謎　北村薫』（別冊宝島1023）
2013年3月　『北村薫と日常の謎』（宝島社文庫）

編集協力　宮本智子

北村薫（きたむら・かおる）

一九四九年埼玉県生まれ。早稲田大学ではミステリ・クラブに所属。母校埼玉県立春日部高校で国語を教えるかたわら、八九年、「覆面作家」として『空飛ぶ馬』でデビュー。九一年『夜の蟬』で日本推理作家協会賞を受賞。小説に『秋の花』『六の宮の姫君』『朝霧』『スキップ』『ターン』『リセット』『盤上の敵』『ニッポン硬貨の謎』（本格ミステリ大賞評論・研究部門受賞）『月の砂漠をさばさばと』『ひとがた流し』『鷺と雪』（直木三十五賞受賞）『語り女たち』『1950年のバックトス』『いとま申して』『飲めば都』『八月の六日間』『太宰治の辞書』『中野のお父さん』などがある。読書家として知られ、『詩歌の待ち伏せ』『謎物語』『うた合わせ　北村薫の百人一首』など評論やエッセイ、『名短篇、ここにあり』『名短篇、さらにあり』『とっておき名短篇』『名短篇ほりだしもの』（宮部みゆきさんとともに選）などのアンソロジー、新潮選書『北村薫の創作表現講義』新潮新書『自分だけの一冊――北村薫のアンソロジー教室』など創作や編集についての著書もある。

愛《あい》さずに いられない

北《きた》村《むら》薫《かおる》のエッセイ

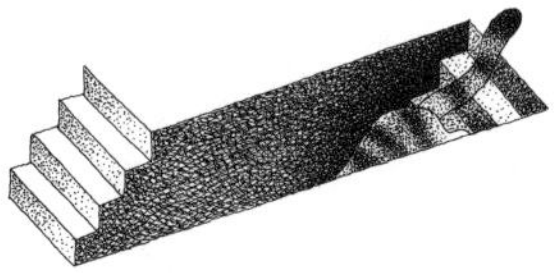

2017年3月25日 発行

著者 北《きた》村《むら》薫《かおる》

発行者 佐藤隆信

発行所 株式会社新潮社
〒162-8711 東京都新宿区矢来町71
電話 編集部03-3266-5411 読者係03-3266-5111
http://www.shinchosha.co.jp

装画・挿画 中山尚子
装幀 新潮社装幀室

印刷所 大日本印刷株式会社
製本所 大口製本印刷株式会社

乱丁・落丁本は、ご面倒ですが小社読者係宛お送り下さい。
送料小社負担にてお取替えいたします。
価格はカバーに表示してあります。

ISBN978-4-10-406612-4 C0095

読まずにはいられない
北村薫のエッセイ

北村　薫

書物愛と日常の謎の多彩な味わい。作家になる前のコラムも収録。人生の時間を深く見つめる《温かなまなざし》に包まれて読む喜びを堪能できる読者人必携の一冊。

書かずにはいられない
北村薫のエッセイ

北村　薫

ふと感じる違和感や記憶の底の事物に《謎》をみつける作家の日常に、《ものがたり》誕生の秘密を知る――当代おすすめ本書評も多数収録、読書の愉悦を味わえる一冊。

北村薫の創作表現講義
あなたを読む、わたしを書く

北村　薫

「読む」とは「書く」とはこういうことだ！小説家の頭の中、胸の内を知り、「読書」で自分を深く探る方法を学ぶ。本を愛する読書の達人の特別講義。

《新潮選書》

うた合わせ
北村薫の百人一首

北村　薫

短歌は美しく織られた謎……言葉の糸を解《ほぐ》して、隠された暗号に迫る、自由で豊かな解釈の冒険。独自の審美眼で結ぶ現代短歌五十組百首。歌の魔力を味わう短歌随想。

太宰治の辞書

北村　薫

編集者として時を重ねた《私》は太宰治の「女生徒」に惹かれ、その謎に出会う。円紫さんの言葉に導かれて本を巡る旅は、創作の秘密の探索に――《私》シリーズ最新作。

世界中が夕焼け
―穂村弘の短歌の秘密―

穂村　弘
山田　航

穂村弘の〈共感と驚異の短歌ワールド〉を新鋭歌人・山田航が解き明かし、穂村弘が応えて語る。ほむほむの言葉の結晶１２０首を収録。より深く味わえる、必携の一冊。